La memoria

1046

Andrea Camilleri

La cappella di famiglia
e altre storie di Vigàta

Sellerio editore
Palermo

2016 © Sellerio editore via Enzo ed Elvira Sellerio 50 Palermo
e-mail: info@sellerio.it
www.sellerio.it

Questo volume è stato stampato su carta Palatina prodotta dalle
Cartiere di Fabriano con materie prime provenienti da gestione fore-
stale sostenibile.

Camilleri, Andrea <1925>

La cappella di famiglia e altre storie di Vigàta / Andrea Camilleri. -
Palermo: Sellerio, 2016.
(La memoria ; 1046)
EAN 978-88-389-3566-4
853.914 CDD-23   SBN Pal0292319

CIP - *Biblioteca centrale della Regione siciliana «Alberto Bombace»*

La cappella di famiglia
e altre storie di Vigàta

Il duello è contagioso

Uno

Il fatto di sangue che rapprisintò l'accomenzo di 'sta storia capitò a novicento chilometri e passa da Vigàta e pricisamenti a Roma, capitali del Regno d'Italia.

Per essiri ancora cchiù pricisi, il fatto di sangue avvinni al centro della città, nella vicinanza della chiazza del Pantheon, dintra a 'na squallita cammaruzza di un albirguzzo a ure, chiamato Rebecchino, indove che, il dù di marzo del milli e novicento e dudici, un tinenti di cavallaria che faciva la bella vita, ed era assà accanosciuto per le sò prodizze, il baroni Paternò, pugnalò a morti, 'n seguito a 'n'azzuffatina furibonna, alla sò amanti che lo voliva abbannunari per sempri doppo dù annate d'amori trubbolento, passionevoli e dispirato, a ti voglio e non ti voglio, a ora ti lasso e ora ti piglio.

'Na facenna accussì, per quanto un dilitto passionali potissi essiri un muccuneddro prilibato per la curiosità della genti, si sarebbi potuta concludiri bastevolmenti presto con una facciata di cronaca nei jornali romani. 'Nveci, appena che della fìmmina ammazzata si vinniro ad accanosciri nomi e cognomi, la notizia 'ngigantì di colpo, finenno supra alle pri-

11

mi pagini di tutti i jornali taliàni, dall'Alpi a Capo Passaro.

Pirchì la morta malamenti era nentidimeno che la billissima contissa Giulia Trigona di Sant'Elia, maritata, matre di dù figli, non sulo appartenenti all'alta nobiltà, ma soprattutto prima dama di cumpagnia nella corti di Sò Maistà la Rigina Elena.

Lo scannalo fu tanto e tali che arrischiò d'allordari l'ermellino 'mmacolato della stissa sovrana.

E scatinò non sulo chiacchiari e filame d'ogni generi 'ntorno a quello che succidiva a corti, ma macari portò ligna al foco della mai finuta guerra tra monarchici e repubblicani.

«Ma io m'addimanno e dico» fici don Vicenzo Paglia finenno di leggiri il jornali che arriportava l'urtime novità dello scannalo. «Pirchì dù pirsone accussì altolocati, bituati alle linzola di sita, si 'ncontravano in questo albergo fituso?».

«Secunno lei se la contissa l'attrovavano ammazzata al Granni Hotel la cosa cangiava?» spiò don Agatino Cipolla.

«Cangiava sì!» ribattì don Vicenzo. «Non nella sustanzia, certo, ma nell'apparenzia».

«Si spiegasse meglio».

«La servo subito. 'Ntanto, al Granni Hotel, il direttori non avrebbi subito acchiamato i carrabbineri ma, sapenno chi era e chi non era la contissa, avrebbi avvirtuto per prima la corti. E la corti si sarebbi cataminata con la dovuta discrezioni, a pedi leggio, senza fari tutto il gran burdello che 'nveci è stato fatto con gran danno del bon nomi della corti riali. Ma lei mi ha portato fora strata e la mè dimanna resta».

«Il jornali dici che il tinenti era un jocatori e 'no scialacquatori e che lo mantiniva la contissa» fici don Agatino.

«E allura la mè dimanna acquista cchiù forza, dato che alla contissa il dinaro non fagliava».

In quel priciso momento nel circolo trasì il colonnello Anselmo Capatosta.

Aviva la facci arraggiata e l'occhi 'nfuscati. Monarchico fino alla sola delle scarpi, da quanno era scoppiato lo scannalo non arrinisciva a pigliare sonno. Accapenno di che parlavano i dù, li taliò torvolo, battì i tacchi, si 'mpalò sull'attenti.

«Signori» dissi «mi corri l'obbligo d'avvirtirivi che non tollero nel modo cchiù assoluto che in mia prisenzia s'ammanchi di rispetto a Sò Maistà la Rigina d'Italia».

«Non parlavo della regina ma della contissa e stavo arrispunnenno a 'na dimanna di don Vicenzo» dissi annirbusuto don Agatino. «Posso aviri il sò beniplacito?».

«Vabbeni».

«La raggiuni del pirchì si 'ncontravano in quell'albirguzzo fituso è semprici» continuò don Agatino. «Nisciuno ddrà potiva arraccanosciri alla contissa. Inveci al Granni Hotel…».

Fu 'nterromputo da 'na gran risata che viniva dal funno del saloni indove ci stava assittato solitario don Michele Piazza, con la solita larghissima cravatta alla La-

vallière, che era il signo evidenti, 'na speci di bannera, delle sò idee focosamenti repubblicane, i capilli a
criniera di lioni e l'immancabili sicarro 'n vucca.

«Lei che ha da ridiri?» spiò don Vicenzo.

«Rido pirchì la spiegazioni data da don Agatino mi
fa arridiri».

«Lei ne avi 'n'autra?» fici don Vicenzo.

«Certamenti».

«La dicisse».

«Non la dico».

«E pirchì?».

«Non vorria fari aumentari il nirbùso al qui presenti valoroso colonnello Capatosta».

«Ah ah!» fici il colonnello.

«Che significa 'sto ah ah?» spiò don Michele.

«Dica chiuttosto che le ammanca il coraggio» arrispunnì il colonnello.

«A mia non ammanca nenti, carissimo. E glielo ad-
dimostro. Pari certo che i dù si erano già 'ncontrati diverse vote in quell'albergo e che la prima vota anzi era
stata la stissa contissa a prenotari la càmmara».

«E con ciò?».

«E con ciò, egregio don Vicenzo, si devi concludiri
che in quell'albergo fituso, quivoco, friquintato da
fìmmine di malaffari, la contissa ci s'attrovava bona».

Tutti si votaro a taliare al colonnello. Il quali si susì di scatto dalla seggia giarno come un morto.

«Che 'ntende diri?».

Nel circolo calò silenzio di tomba. La quinnicina di
soci ch'erano prisenti stavota si votaro a taliare a don

14

Michele Piazza, i jocatori ristaro con le carti 'n mano, il cammareri Gasparino che stava portanno quattro cafè si bloccò con la guantera a mezz'aria.

«Com'ha fatto ad addivintari colonnello accussì duro di comprindonio com'è?» fu la risposta di don Michele.

Il colonnello non raccoglì l'offisa.

«Lei non tenti di sdivagari pirchì io non ci cado. Arripeto per la secunna vota: che 'ntende diri? Esigo 'na risposta».

«Lei non è un esattori epperciò non può esigiri 'na minchia. Comunqui le arrispunno per pura cortisia. 'Ntinnivo diri che la contissa al Rebecchino ci s'attrovava bona in quanto che l'ambienti non era po' tanto diverso da quello della corti nella quali lei era la nummaro uno. E se tanto mi dà tanto, sia la patrona di casa, vali a diri la Rigina, sia le autre dame di cumpagnia, figuramonni di che pasta sunno fatte. Accapì tutto, finalmenti? O glielo devo arripitiri?».

Fu come se fossi esploduta 'na bumma silenziosa ma che aviva il potiri di petrificari. Persino le moschi che volavano si firmaro.

Il primo a cataminarisi fu Capatosta che principiò ad avanzari verso don Michele Piazza con le gamme rigite che pariva un palatino dell'Opira dei pupi.

Don Michele si susì taliannolo con un sorriseddro mentri s'aggiustava la cravatta e scotiva la chioma lionina.

Arrivato alla sò artizza, Capatosta isò la mano dritta e detti 'na timpulata 'n facci a don Michele.

«Di quello che ha detto mi darà soddisfazione».

«L'avrà» fici don Michele.

E gli ammollò un càvucio nei cabasisi.

Il colonnello si piegò in dù, le mano supra alla parti offisa, facenno lamintii di maiali scannato. Tri o quattro soci correro a darigli 'na mano d'aiuto.

Il, diciamo accussì, guanto di sfida era stato lanciato e raccogliuto.

Siccome che a memoria di vigatisi 'n paìsi mai c'era stata 'na sfida cavallirisca, il notaro Prestigiacomo, ch'era in posesso di 'na copia del codici Gelli, vali a diri il vangelo in quanto a regoli e comportamenti 'n fatto di duelli, dissi che nella nuttata se lo sarebbi studiato e che all'indomani doppopranzo ne avrebbi parlato all'assimblea plinaria dei soci del circolo.

'Nfatti il jorno appresso comunicò che, come prima cosa, il colonnello Capatosta e don Michele Piazza dovivano sciglirisi ognuno dù patrini e che a questi patrini spittava il compito di stabiliri quali arma 'mpiegari e la data, l'ura e il loco dello scontro.

Il duello, spiegò ancora il notaro, potiva essiri alla pistola o all'arma bianca, vali a diri spata o sciabola. Spittava allo sfidato, nel caso spicifico a don Michele, di scigliri l'arma e il grado del duello.

«Che significa 'sto grado?» spiò don Michele.

«Significa che il duello all'arma bianca pò essiri al primo o all'urtimo sangue».

«Si spiegasse meglio».

«Al primo sangue significa che appena uno dei dù veni feruto, macari da 'na semprici strisciata, 'na fissaria che fa nesciri 'na guccia di sangue nica nica, il duello si devi acconsiderari onorevolmenti concluso. I duellanti si stringino la mano e la cosa finisci ccà. M'aviti seguito?».

«Annasse avanti».

«All'urtimo sangue significa 'nveci che il duello continua fino a quanno uno dei dù non veni ammazzato e il medico, che devi essiri scigliuto di comuni accordo dai patrini, non ne constata la morti».

«Allura questo non vali se il duello è alla pistola?» spiò il colonnello Capatosta.

«Con la pistola pejo mi sento, egregio amico. In questo caso il grado è in rapporto alla distanzia dalla quali si spara. Se il duello si stabilisci a trenta passi, trenta uno e trenta l'autro fanno sissanta passi ed è difficili assà colpirisi. Se si fa a deci passi le cose, come vi è facili accapiri, cangiano di radica. E inoltri se lo scontro è a sissanta passi e a prima palla, di sicuro nisciuno resta firuto e la facenna finisci accussì. Ma se lo scontro è all'urtima palla e a deci passi è squasi certo che uno dei dù ci lassa la peddri. Sugno stato chiaro?».

«Chiarissimo» ficiro a 'na voci il colonnello e don Michele.

«Ci sunno dimanne?».

«Nossignura».

«Allura scigliti i vostri patrini».

Don Michele e il colonnello se la pinsaro un momento. Per primo parlò don Michele:

«Io scelgio al raggiuneri Tumminello e all'avvocato Guarnotta» fici

17

«Io sceglio al tinenti Seddio e all'avvocato Spina» dissi il colonnello.

«I sunnominati signori accettano?» spiò il notaro.

«Accittamo» ficiro i quattro in coro susennosi.

Il momento era sullenni. Il silenzio si tagliava col cuteddro. Il notaro si isò addritta e dissi:

«Nuautri cinco nni ritiramo nella càmmara allato per addicidiri le modalità del duello».

E naturalmenti fu sempri il notaro a pigliari la parola davanti ai quattro patrini.

«Devo primittiri qualichi precisazioni».

«Ccà semo» fici Guarnotta.

«Il codici Gelli stabilisci che all'atto del lancio del guanto di sfida, se lo sfidato si comporta picca cavalliriscamenti perdi il diritto alla scelta dell'arma».

«Parlasse chiaro» dissi il raggiuneri Tumminello. «Lei 'ntende sostiniri che don Michele non si è comportato come doviva?».

«Io non intendo sostiniri nenti, io mi rifazzo al codici» ribattì il notaro. «Un càvucio nei cabasisi vi pari un gesto cavallirisco?».

«Ma il colonnello un pagnittuni gli detti, non gli lanciò un guanto!» fici osservari l'avvocato Guarnotta.

«Pirchì il guanto in quel momento non ce l'aviva» 'ntirvinni il tinenti Seddio.

«E che significa? Che uno al posto del guanto può spaccari la testa all'avvirsario con 'na seggiata?» addimannò ironico Tumminello.

La discussioni annò avanti 'na mezzorata, alla fini si

misiro d'accordo di lassare la scelta dell'arma a don Michele.

Ci 'mpiegaro cinco minuti a fari il nomi del medico che arrisultò essiri il dottori Caruana.

Circa il loco indove doviva avviniri lo scontro, la vincì l'avvocato Guarnotta che suggirì il baglio della sò casa di campagna, tutto circonnato da muri àvuti tri metri, a parti il fatto che la casa s'attrovava in una contrata spersa acchiamata Pilliccia.

Il jorno e l'ura vinniro stabiliti per il sabato che viniva alli setti del matino.

Due

«E ora» ripigliò il notaro «i signori patrini di don Michele parlino con il loro assistito e si facciano 'ndicare l'arma e il grado del duello».

Tumminello e Guarnotta si susero. Il notaro li firmò con un gesto.

«Devo fari prisenti però che il codici Gelli spicifica che non essenno l'offisa fatta allo sfidanti arriguardante pirsone a lui ligate da vincoli di parintela, il grado del duello può non essiri quello estremo».

«Non ci accapii nenti» fici il raggiuneri Tumminello.

«Siccome che Sò Maistà la Rigina non è parenti del colonnello Capatosta, il duello può non essiri all'urtimo sangue» spiegò il notaro.

«Può non essiri o non devi?» spiò Guarnotta.

«Il codici dici può non essiri» arrispunnì il notaro.

Tumminello e Guarnotta passaro nel salone e chiamaro sparte a don Michele che stava jocanno a trissetti e briscola. Gli contaro tutto quello che aviva ditto il notaro.

Don Michele non ci pinsò un momento a dari la risposta.

Tumminello e Guarnotta, sintute le sò paroli, ristaro 'mprissionati e 'mparpagliati.

«Non ci voli arriflittiri supra tanticchia?» spiò Guarnotta.

«No» fici sicco don Michele.

E si nni tornò a jocare.

I dù patrini ritrasero nella càmmara allato. Il notaro, il tinenti Seddio e l'avvocato Spina li taliaro 'nterrogativi. Il raggiuneri Tumminello allargò le vrazza e non dissi nenti. Parlò 'nveci l'avvocato Guarnotta:

«Pistola. Deci passi. All'urtima palla» dissi.

I dù patrini del colonnello aggiarniaro.

«Posso 'nformari il mè assistito?» spiò l'avvocato Spina appena che s'arripigliò.

«Certamenti».

L'avvocato passò nel saloni, chiamò sparte al colonnello, gli dissi le condizioni volute da don Michele.

«Potremmo fari opposizioni 'n basi al codici Gelli» concludì.

«Opposizioni?» fici Capatosta. «Ai campionati militari di tiro alla pistola quinto mi qualificai».

Spina tornò nella càmmara allato e fici noto che il colonnello accittava le condizioni e ne spiegò, sorridenno, il pirchì.

Stavota foro Tumminello e Guarnotta ad aggiarniare.

«Restano 'n'autre dù cose da fari e po' avemo finuto. La prima è che supra al tirreno di scontro ci voli il judici che sorveglia la regolarità del duello e che è la massima autorità in campo. Uno che accanosce le regoli e che…».

«Per noi pò essiri lei» fici Tumminello.

«'N'associamo» fici Spina.

«Grazii, accetto l'onori» dissi il notaro. «La secunna è che abbisogna attrovare le pistole adatti».

«Io pozzo portari la mè Smith & Wesson» dissi il tinenti Seddio.

«Ma lei voli babbiare?» s'arrisintì il notaro. «'Na Smith & Wesson! Cose da pazzi!».

«Ma pirchì?».

«Pirchì se a uno dei duellanti ci sàvuta il firticchio può sparari l'intero carricatori contro all'avvirsario! E lo stinnicchia morto prima che l'autro avi il tempo di tirari il grilletto! Nossignori, ci vogliono le pistole da duello, quelle rigolamentari, ad avancarica e a una palla per vota!».

«Videmo se qualichi socio ci l'avi» fici il tinenti Seddio susennosi e annanno nel saloni.

Tornò doppo cinco minuti.

«Il baronello Lomascolo ci l'avi. Ma sunno trent'anni che non sparano. Domani li porta ccà e videmo».

«Mi scusasse, notaro, ma lei il codici Gelli ce l'ha ccà?» spiò l'avvocato Guarnotta.

«Sì, nella vurza».

«Me lo 'mpresta fino a dumani? Ci voglio dari 'na taliata».

«E doppo che se l'è taliato lei, lo passa a mia?» fici l'avvocato Spina. «Macari io ci voglio dari 'na taliata».

«Allura» dissi il notaro «la riunioni è sciogliuta. Nni videmo dumani doppopranzo ccà alle quattro».

La notizia del duello scorrì pàisi pàisi con la vilocità di un furgarone da joco di foco. Patre Cannata, dal purpito, si misi a ghittare sciamme facenno voci che il duello era proibito dalla Chiesa, e che chi lo faciva o vi participava a qualisisiasi titolo non sulo committiva piccato mortali ma era da acconsiderari scomunicato.

Da parti sò il marisciallo dei carrabbineri fici discretamenti sapiri al notaro Prestigiacomo che da quel jorno in po' avrebbi fatto battiri le campagne dalle sò pattugli e che queste, se li scoprivano, avivano l'ordini d'arristari a tutti i prisenti al duello senza taliare 'n facci a nisciuno.

«Tu nni sai nenti di 'sto duello tra don Michele Piazza e il colonnello Capatosta?» spiò al raggiuneri Tumminello sò mogliere Pippina mentri che stavano mangianno.

«Io?! E che nn'aio a sapiri?» replicò Tumminello facenno la facci d'angileddro.

«Siccome che sei amico di don Michele, mi cridiva… Meglio accussì» dissi Pippina.

«Pirchì?».

«Pirchì patre Cannata pridicò che chi partecipa a un duello, in qualisisiasi modo, è scomunicato per l'eternità».

Tumminello si sintì moriri il cori. Era cattolico e praticanti, si cunfissava e si faciva la comunioni 'na vota al misi.

Potiva addannarisi l'anima per fari un favori a un amico? Manco a parlarinni.

'Ntanto l'avvocato Guarnotta mangiava con grannissima soddisfazioni. Studiannosi il codici Gelli aviva scopruto un passo che avrebbi 'mpiduto il duello. Pirchì

23

lui aviva tutto lo 'ntiressi che don Michele ristava vivo. Gli aviva 'mpristato, senza carti scritte, sulo supra alla parola, trimila liri e se quello moriva ammazzato, a tutto quel dinaro lui lo potiva salutari.

Alla riunioni delle quattro di mircoldì il notaro Prestigiacomo 'nveci che al raggiuneri Tumminello s'attrovò davanti all'avvocato Scanatore. Il quali spiegò che pigliava il posto di Tumminello che si era arritirato per scrupoli di coscienzia.

«Lei è stato mittuto a parti dei compiti di un patrino?».

«Sissignori».

«Allora potemo procidiri».

«Devo sollivari un problema grosso assà» fici a 'sto punto l'avvocato Guarnotta.

«Lo sollevi» concidì il notaro.

«Voglio fari prisenti che il colonnello Capatosta è un ufficiale superiori in sirvizio pirmanenti effittivo, mentri don Michele ha fatto il militari da sordato sempricì».

«Embè?» spiò il tinenti Seddio.

«In basi al codici Gelli un ufficiali superiori non può battirisi con uno di grado 'nfiriori. È espressamenti vietato. Figuramonni con un sordato sempricì».

«E allura?».

«E allura il duello non si pò fari».

«Un momento» 'ntirvinni con un sorriseddro provocatorio l'avvocato Spina. «Il mio egregio collega sta dicenno, rispetto parlanno, 'na minchiata. Al solito sò.

24

Don Michele è stato sordato pirchì chiamato di leva, come a tutti nuautri. Ora è un borgisi come tanti e in quanto tali non è 'nferiori al colonnello».

«Ripeta paro paro la prima parti del sò discurso» dissi Guarnotta susennosi minazzoso.

«Quali? Quella in cui dissi che lei diciva 'na fissaria?».

«Lei è accussì vigliacco che non osa arripitiri la parola che usò!».

«Allura, se ci teni, gliela arripeto: minchiata».

«Si ritenga sfidato!» gridò Guarnotta.

«Accetto la sfida» ribattì Spina.

«Oh matre santa!» sclamò il notaro. «E ora come nni mittemo? Per carità, signori, 'na cosa per vota! Avvocato Guarnotta mi ridia il Gelli».

Mentri il notaro si studiava il codici, tuppiaro alla porta e trasì il baronello Lomascolo tinenno 'n mano 'na cascittina di ligno con lo stemma della casata al centro del coperchio. La posò supra al tavolino e la raprì.

Dintra, la cascittina era tutta fodirata di villuto virdi. Ci stavano dù pistoli del setticento a canna curta tutta addamascata, e c'erano macari dù reparti, uno che continiva la polveri da sparo e l'autro 'na decina di palle argintate.

«Stamatina le provai. Funzionano alla perfezioni» fici contento il baronello.

«Ma come si carricano?» spiò il tinenti Seddio.

«È tanticchia complicato. Forsi la meglio è che vegno io sul campo a priprarle per il duello».

«Per i duelli» corriggì 'nfuscato l'avvocato Guarnotta.

«Ennò! Se il duello sarà alla pistola o all'arma bianca spetta a mia decidirlo» ribattì l'avvocato Spina.

Il baronello, che non sapiva nenti del secunno duello, 'ngiarmò.

«Vi sfidastivo?».

«Ora ora».

Il baronello storcì la vucca.

«Voglio avvirtirivi che io aio sulo 'sti deci palle che sunno nella cascittina. Se venno spardate tutte nel primo duello, non ci sunno cchiù per il secunno».

«Allura» fici il notaro richiuienno il codici. «Tutto è chiaro. Il fatto che dù patrini di parti avversa si sono sfidati non annulla la loro funzioni. Quindi prima si fa il duello Capatosta-Piazza e po' subito appresso quello Guarnotta-Spina. Ma ccà sorgi un problema procedurali. Che macari il secunno scontro devi avviniri 'n tirreno neutro».

«Che veni a diri?» spiaro i quattro patrini 'n coro.

«Veni a diri che il secunno duello non si pò fari in una propietà dell'avvocato Guarnotta che è lo sfidanti».

«E allura come s'arrisolvi?» spiò il tinenti Seddio.

«S'arrisolvi che doppo nni trasfiremo tutti da mè frate Giovanni che avi la casa di campagna a mezz'ora di carrozza da contrata Pilliccia» proponì l'avvocato Scanatore.

«Questo di conseguenzia verrebbe a significari che il colonnello Capatosta si dovrebbi circari a 'n autro patrino al posto mè» dissi friddo friddo il tinenti Seddio.

«E pirchì?» spiò il notaro.

«Pirchì io 'n casa di quel grannissimo cornuto di Giovanni Scanatore non ci voglio mittiri pedi».

Tutti i prisenti aggilaro. Pirchì sulo ora tornava a loro a menti che cinco anni avanti Giovanni Scanatore, al ballo di Cannalivari, aviva ghittato fora dalla casa al tinenti in quanto gli era parso che si stava piglianno troppa confidenzia con sò mogliere.

«Ripeta quello che ha detto di mio fratello» dissi Scanatore susennosi russo come un pipironi.

«È un grannissimo cornuto e lo confermo» fici gelito il tinenti.

«Si ritenga sfidato».

«Accetto la sfida».

Il notaro si pigliò la testa tra le mano. Aviva gana di mittirisi a chiangiri.

«Signori» dissi «procidemo con ordini masannò facemo 'na confusioni che non ci accapemo cchiù nenti. Gli avvocati Guarnotta e Spina vadano in saloni a sciglìri i patrini e l'accompagnino ccà».

Guarnotta e Spina niscero e tornaro con il giomitra Pecoraro e il perito agronomo Scandurra per la parti di Guarnotta e con il dottori Moscato e lo 'ngigneri Sorrentino per la parti di Spina.

«Ora i signori Scanatore e Seddio facciano l'istisso».

Accussì trasero il maestro Prinzivalle e il professori Cucchiara come patrini di Scanatore e il comercianti Lovullo e il bonostanti Marchitella come patrini del tinenti Seddio.

«È da escludere che doppo il secunno duello restino

ancora palle, pirciò va fatto all'arma bianca. Sciabola o spata?» spiò il notaro arrivolgennosi al tinenti Seddio.

«Sciabola. E all'urtimo sangue».

«Ora abbisogna stabiliri il tirreno per il secunno e il terzo scontro» fici il notaro. «E dato che io aio la casa di campagna a tri quarti d'ura di carrozza da quella dell'avvocato Guarnotta, se voliti favoriri...».

«D'accordo» ficiro tutti i patrini 'ntirissati.

«Allura resta stabilito che il primo duello è alla pistola, il secunno alla pistola se restano palle, masannò addiventa alla sciabola, mentri il terzo è di sicuro alla sciabola. A proposito, indove s'attrovano tutte 'ste sciabole?».

«Ne abbastano dù» fici il tinenti Seddio. «Le porto io».

In quel momento, dal saloni, sintero arrivari vociati e 'nsurti d'una violenta azzuffatina.

Correro a vidiri.

Tre

Erano esattamenti deci anni che il cinquantino don Saverio Pintacuda e don Bartolomè Torricella, che aviva la sò stissa età, ogni doppopranzo che Dio mannava 'n terra si facivano quattro ure filate di partite a scupa ed era esattamenti da deci anni che don Saverio non era mai arrinisciuto a vincirinni una che era una.

La 'ntipatia che ai primi tempi don Saverio provava per don Bartolomè a picca a picca si era cangiata, a scascione dell'invincibilità dell'avvirsario, in un odio firoci. Macari con la fevri a quaranta don Saverio s'apprisintava al circolo, per non dari a don Bartolomè la 'mprissioni che si scantava di lui. Il sorriseddro biffardo di don Bartolomè a ogni fini di jornata gli aviva provocato nel tempo foruncolosi, acidità di stomaco, 'nsonnia, depressioni, esaurimenti nirbùsi, attacchi di raggia, malo di ficato.

S'assittavano sempri allo stisso tavolo e mentri che jocavano non si scangiavano né 'na parola né 'na taliata. Lo stisso facivano quanno che per caso si 'ncontravano fora dal circolo.

Don Saverio, in seguito a 'na caduta da cavaddro quann'era vintino, era ristato con le gamme apparalizzate e viniva portato al circolo supra a 'na seggia rinu-

29

ta da dù òmini di fatica del sò magazzino di sùrfaro i quali all'otto lo vinivano a ripigliari.

Quanno il notaro e tutti l'autri trasero 'n saloni vittiro che la sciarriatina stava avvinenno proprio tra don Saverio e don Bartolomè.

«Io, privo di Dio, se non fusse che lei è un povirazzo parallittico, lo piglieria a pagnittuni!» faciva voci don Bartolomè.

«Che fu?» spiò il notaro.

«Don Saverio accusò a don Bartolomè d'aviri sempri vinciuto pirchì avi sempri barato».

«Ripeto» fici carmo carmo don Saverio. «Vitti distintamenti che lei, 'n sacchetta, aviva a 'n autro mazzo di carti».

«Lei, oltri che a essiri parallittico, scangia pupi per pipe!».

«Le basterebbi farisi perquisiri per chiariri ogni cosa. Ma lei non voli. E se non voli, veni a diri che ha il cravone vagnato».

«Io non mi fazzo perquisiri pirchì a mia le mano di supra non me le metti nisciuno!».

«Allura sia lei cortesementi a svotare le sacchette» suggirì il presidenti del circolo.

Pallito, trimanti di raggia, don Bartolomè arroviscò le foderi delle sacchette.

Non c'era nisciun mazzo di carti.

«Lei è un mentitore e un diffamatore e se non fosse che è...».

«Gasparino» fici don Saverio arrivolto al cammareri «talia sutta al tavolino».

Gasparino si calò e si isò ammostranno a tutti un mazzo di carti.

Calò silenzio tombali.

«E accussì si è addimostrato che avivo raggiuni» fici don Saverio.

Don Bartolomè, che era ristato 'mmobili a taliare a Gasparino con le carti 'n mano, si detti 'na gran manata 'n fronti. Po' fici un ululato lupigno.

«Ora accapiscio tutto! È stato lei a priparari 'sto trainello! È stato lei a ghittare il mazzo di carti sutta al tavolino per farimi passare per baro! Lei è un vigliacco che s'approfitta della sò 'nfermità, pirchì se fusse sano…».

«Che farebbi? Mi sfiderebbi a duello?».

«Sissignura! E all'urtimo sangue!».

«Sfida accittata!» dissi don Saverio.

«Minchia!» sclamò il notaro pronunzianno per la prima vota nella sò vita quella parola.

Tutti si votaro a taliarlo.

«È chiaro» fici il notaro «che 'sto duello non può avviniri all'arma bianca ma alla pistola. Però ci sunno delle complicazioni. Facemo accussì. Dumani che è giovedì, alle quattro, nni ritrovamo tutti ccà. 'Ntanto don Saverio e don Bartolomè si ponno scigliri i patrini».

E si nni annò a la sò casa. Era prioccupato per quella che oramà considerava 'na speci di pidemia da duello.

Com'è che prima al duello non ci pinsava nisciuno e ora tutti avivano gana di battirisi? Il duello era forsi contagioso?

Prima di lassare il circolo il colonnello Capatosta dissi ai prisenti che all'indomani a matino, all'unnici, si

31

sarebbi esercitato al tiro al birsaglio 'n cima al molo di livanti. Chi voliva assistiri, era bonvinuto.

Assà foro i soci che la matina appresso all'unnici s'attrovaro 'n cima al molo di livanti e primi tra tutti l'avvocati Guarnotta e Scanatore, patrini di don Michele.

Il colonnello era arrivato con un servitori il quali portava un sacco chino di buttiglie vacanti. Ne tirò fora cinco, dato che il revorbaro del colonnello aviva un carricatore a cinco colpi, e le posò 'n fila supra al muretto alla fini del molo.

Capatosta si misi con le spalli al muretto, fici deci passi in avanti, si votò e accomenzò a sparari.

Cinco colpi, cinco buttiglie rompute.

Mentri il colonnello ricarricava, il servo assistimò autre cinco buttiglie.

Capatosta stavota sparò da vinti passi.

Cinco colpi, cinco centri.

Guarnotta e Scanatore si taliaro sudanno friddo. Il colonnello tirò novamenti da quaranta passi.

Non sbagliò manco 'na buttiglia.

«L'urtimo tiro è da sissanta passi» dissi Capatosta.

Ammancò 'na sula buttiglia.

«Don Michele morto è» fici a voci vascia Scanatore alla grecchia di Guarnotta.

Il quali detti l'addio alle sò trimila liri.

Al notaro Prestigiacomo quel doppopranzo s'apprisintaro il comerciante di ciciri e favi Butera e il mediatori Musumarra come patrini di don Saverio, mentri patrini di don Bartolomè s'addichiararo il profissori Lacavera e il casciere del Banco Liotta. Erano prisenti l'autri dudici patrini.

«Se succedi ancora un duello» fici Guarnotta «dintra a 'sta càmmara non ci trasemo cchiù».

«Lorsignori sunno stati 'nformati d'ogni cosa?» spiò il notaro ai patrini novi arrivati.

«Semo stati 'nformati» arrispunnì per tutti Butera.

«Dichiaro rapruta la siduta» fici il notaro, e pigliò la parola. «Come dissi aieri a sira il duello Pintacuda-Torricella non può essiri all'arma bianca. Di nicissità, devi svolgirisi alla pistola. Ma, questo è il primo busillisi, c'è 'na dimanna da farisi: può un omo sano duellari con un avvirsario minomato?».

«Il Gelli» fici l'avvocato Spina «che ho avuto modo di leggiri, afferma che il duello non è possibili a meno che l'avvirsario sano non si metta nella stissa condizioni del minomato».

«Non l'accapii» fici Butera.

«Se a uno, per esempio, ci ammanca un occhio, l'autro si benda un occhio…».

«Questo significa che dobbiamo spaccari le gamme a don Bartolomè?» spiò il profissori Lacavera.

«Ma no» ribattì Spina. «Significa che don Bartolomè devi sparari stannosinni assittato».

«E questo è il secunno busillisi» ripigliò il notaro. «C'è bisogno assoluto di fari bon uso delle palle».

«Io sempri bon uso ne fici» dissi Scanatore.

Il notaro lo taliò sivero.

«Non è il caso di sgherzari. Le palle deci sunno e tante restano. Fazzo perciò la proposta che si nni adoperano quattro per il primo duello, vali a diri dù tiri a testa, e quattro per il secunno. Le autre dù palle si tenno di riserva. D'accordo?».

«D'accordo» dissi il coro.

«Nel quali caso» continuò il notaro «data la mancanza di palle, il duello Pintacuda-Torricella passa al secunno posto, mentri al primo resta sempri il duello Capatosta-Piazza. D'accordo?».

«D'accordo» arripitì il coro.

«Mi veni un dubbio» fici a 'sto punto il comercianti Butera.

«Parlasse».

«Che bisogno c'è d'aviri dù palle di riserva? Pirchì al primo duello non si nni adopirano sei e per il secunno quattro?».

Guarnotta satò addritta. Chisto sulo ci ammancava, dari 'na possibilità maggiori a Capatosta.

«Ennò» dissi. «A parti che la decisioni è stata già approvata, si si nni perdi una tutto va a scatafascio, la proposta del notaro mi pari giusta e prudenti».

«Vabbeni, vabbeni» s'arrinnì Butera.

«Ora pinsamo al tirreno di scontro» dissi il notaro. «Vi fazzo 'na proposta. E se l'unificassimo?».

«Vali a diri?» spiò Scanatore.

«Vali a diri che tutti e quattro i duelli si ponno fari nella mè casa di campagna e bonanotti» fici il notaro. «Oltritutto guadagnamo mezzura di tempo».

«Sugno d'accordo» dissi Guarnotta.

Tutti l'autri foro dello stisso pariri.

«Allura stabilemo l'orario» arripigliò il notaro. «Pigliati appunti. Dalli setti all'otto, duello Capatosta-Piazza, alla pistola, deci passi, dù colpi a testa…».

«Un'ura di tempo mi pari assà per quattro colpi di pistola» obiettò il mediatori Musumarra. «E po' io stamatina vitti come spara Capatosta. Quello a don Michele se l'alliquita al primo colpo».

Guarnotta si stringì i cabasisi fino a farisi mali. Il notaro scotì la testa.

«Lei devi acconsiderari il tempo che si perdi se uno dei dù rimani firuto o morto. Il dottori prisenti devi fari la sò parti… A proposito, non penso che per quattro duelli possa abbastari un sulo dottori».

«Macari io pinsai lo stisso» dissi l'avvocato Spina. «Ne ho parlato col dottori Smecca che è disposto a viniri».

«Benissimo» ripigliò il notaro. «Annamo avanti con l'orari. Dall'otto alle novi, duello Pintacuda-Torricella, alla pistola, deci passi, dù colpi a testa. Dalle novi alle deci e mezza, Guarnotta-Spina, sciabola, urtimo sangue».

«Pirchì mezzura chiossà?» spiò Guarnotta.

«Pirchì lo scontro alla sciabola dura cchiù a longo» arrispunnì il notaro. «Annamo avanti. Dalle deci e mezza a mezzojorno Scanatore-Seddio, sciabola, urtimo sangue. Da mezzojorno a mezzojorno e mezzo 'ntirvallo».

«Pirchì, doppo che c'è?» spiò lo 'ngigneri Sorrentino.

«C'è uno schiticchio a basi di pasta al suco e crapetto al forno offerto ai superstiti dal patrone di casa che sarei io» dissi il notaro.

Scoppiò un applauso.

«Resta un urtimo probrema» continuò il notaro «che sarebbi il marisciallo dei carrabbineri. Il quali mi ha fatto sapiri che se ci piglia supra al fatto nni manna 'n galera. Abbisognerebbi pinsari a come fari».

Tutti, 'n silenzio, si votaro a taliare a Ciccino Butera, il comercianti di ciciri e fave che si diciva che 'n giovintù era stato un gran contrabbanneri con l'isola di Malta. Ciccino Butera s'ammostrò all'altizza della situazioni.

Si susì addritta.

«Ho fatto qualichi carcolo. In tutto semo sidici testimoni, dù medici e il notaro direttori di scontro che facemo diciannovi. Con Capatosta, don Michele, don Saverio, don Bartolomè e il baronello Lomascolo arrivamo a vintiquattro. Se ognuno veni con la sò carrozza, allistemo a 'na processioni che non finisci mai. 'Nveci non dovemo usari chiossà di quattro carrozze, epperciò doppo nni mittemo d'accordo. C'è qualichiduno che possedi dù carrozze?».

Si isaro cinco vrazza.

«Allura ognuno di voi devi mannare la secunna carrozza nella casa di campagna dell'avvocato Guarnotta. Devono partiri da Vigàta alle sei del matino. Ogni carrozza con le tendine 'nsirrate, in modo che non si vidi chi ci sta dintra. E dintra non ci devi stari nisciuno. Di sicuro i carrabbineri si mittiranno appresso a 'ste carrozze, mentri che quelle con nuautri dintra, 'nveci, partiranno dalle sei e deci 'n poi, a deci minuti di distanzia l'una dall'autra. Se portamo tanticchia di ritardo, pacienza. Lei, caro notaro, dalle cinco del matino devi mittiri qualichi viddrano a guardia delle trazzere che portano alla sò casa ristanno ddrà fino all'urtimo duello. 'N caso d'avvicinamento dei carrabbineri, corrono ad avvisarinni. Ah, me lo stavo scordanno: i signori sono prigati di portarisi appresso il loro fucili».

«E pirchì? Che bisogno ci nn'è?» spiò il giomitra Pecoraro.

Butera sorridì frubbisco.

«'N caso d'arrivo dei carrabbineri, potemo sempri diri che si trattava di 'na partita di caccia».

E s'assittò, 'n mezzo all'ammirazioni ginirali.

«Ci sunno osservazioni?» spiò il notaro.

Nisciuno parlò.

«Allura non avemo cchiù nenti da dirinni» continuò il notaro tiranno un sospiro di sollevo. «Epperciò nni rividemo direttamenti a la mè casa di campagna sabato matina».

Non sapiva che si stava sbaglianno di grosso.

Quattro

Don Michele Piazza, la sira del jovidì, avvirtì alla cammarera Lulla che all'indomani matina alle setti si voliva fari il bagno. D'abitudini il bagno se lo faciva di sabato, ma stavota pinsò d'anticipari di un jorno dato che il sabato non ne avrebbi avuto il tempo, dovenno nesciri presto da casa per il duello.

La priparazioni del bagno non era semprici pirchì non essennoci ancora all'ebica a Vigàta l'acqua correnti, la cammarera doviva mittiri supra al foco tri grosse pignate chine che po' annava a svacantare dintra alla vasca aggiungenno acqua fridda sino a quanno la timpiratura non era quella giusta.

Tutto prociditti come doviva procidiri fino al momento 'n cui don Michele, lavatosi bono, si susì per nesciri dalla vasca. Stava scavarcanno il bordo con la gamma mancina mantinennosi supra alla punta del pedi dritto ancora dintra alla vasca, quanno il saponi annò a finiri proprio sutta alla chianta del pedi sollivato, sicché, appena che don Michele lo posò, sciddricò e il corpo vinni sparato fora dalla vasca.

La testa di don Michele annò a sbattiri con violenza contro la tazza del cesso.

38

La cammarera lo scoprì deci minuti appresso in un laco di sangue, sbinuto e con la testa rutta.

Facenno voci alla dispirata, corrì a chiamari al dottori Smecca. Oltri alla firuta alla testa che vinni cusuta con deci punti, don Michele si era romputo il vrazzo dritto.

E dunqui non gli sarebbi stato possibili in nisciun modo battirisi a duello il jorno appresso.

Subito apprinnuta la notizia, l'avvocati Guarnotta e Scanatore correro dal notaro per contarigli il fatto.

Il notaro, doppo aviri consurtato il Gelli, dissi che la prassi, in questi casi, era che i patrini di parti avversa, vali a diri l'avvocato Spina e il tinenti Seddio, si dovivano apprisintari, 'nzemmula con l'autri dù patrini, 'n casa di don Michele e constatari de visu la 'mpossibilità di quest'urtimo di scinniri 'n campo. Il duello potiva essiri rimannato massimo massimo di 'na simanata, 'n caso contrario abbisognava regolarisi secunno quanto diciva l'articolo 118.

«'St'articolo lo liggemo doppo» fici il notaro «'ntanto corriti a circari a Spina e a Seddio e annate a vidiri come sta realmenti don Michele. Po' tornati tutti ccà».

Guarnotta, mentri nisciva dallo studdio del notaro, aviva dintra al sò cori 'na para di campane che sonavano a festa, in quanto le trimila liri delle quali, fino a picca tempo prima, ci aviva perso le spranze, ora tornavano a travidirisi all'orizzonti.

Corcato a mezzo del letto, la testa e il vrazzo dritto

tutti 'nfasciati, don Michele Piazza non aviva pirduto l'ariata battagliera. Accoglì i quattro con 'sta frasi:

«M'addispiaci sulo che non pozzo ammazzari a quel cornuto di Capatosta!».

Il tinenti Seddio si 'nfuscò.

«Non faccia offisa al mè assistito sirvennosi da scuto della sò 'nfirmità».

Fici 'na pausa e aggiungì:

«Che po' sta a vidiri se è tutt'oro quello che luci!».

«Che 'ntende 'nzinuari?» scattò don Michele.

Il tinenti si stringì nelle spalli.

«Io vio sulo fasciaturi, non vio firute. E se sutta alle fasciaturi non c'è nenti?».

«Mi sta dicenno che io sto facenno tiatro scantannomi di uno smargiasso come Capatosta?».

«E pirchì no?».

'N quel momento trasì il dottori Smecca che era tornato a vidiri come stava don Michele.

«Il qui prisenti tinenti Seddio non cridi che aio la testa coi punti e un vrazzo spizzato» fici don Michele. «Per favori, dottori, mi livasse le fasciature e...».

«Io non levo nenti» fici fermo Smecca.

Guarnotta, Spina e Scanatore, che accanoscivano bono al dottori, accapero che si stava mittenno malottempo.

Smecca era bono e caro, sempri gentili, ma nisciuno potiva farigli 'n'osservazioni supra ai sò doviri di medico pirchì allura addivintava 'na vestia.

«E allura veni a diri che aviti fatto 'na bella finta» dissi Seddio.

«Signor tinenti, nel sò stisso 'ntiressi, si nni stassi muto» fici Smecca.

«Io parlo quanto mi pari e piaci. E 'nsisto nel diri che...».

Il dottori Smecca addivintò un fascio di nerbi. Isò la voci tanto che i vitri della càmmara trimoliaro.

«Lei sta mittenno 'n discussioni la mè onorabilità! La mè deontologia professionali! Io ho curato le firute autentiche di don Michele! Prima di 'na vintina di jorni don Michele non potrà usari il vrazzo dritto! E lei devi stari alla mè parola! M'addimanni subito scusa».

«No».

«Allura si ritenga sfidato».

«Accetto la sfida».

Fu accussì che nello studdio del notaro, oltri ai quattro che tornavano dalla visita a don Michele, s'apprisintaro il presidi Bonocore e il vicisinnaco Camastra come patrini del dottori Smecca e Lovullo e Marchitella che erano stati arracconfermati dal tinenti Seddio macari per 'st'autro duello.

Il notaro si pigliò la testa tra le mano. Prima si facivano i duelli e prima s'arristava il dilagari della pidemia. Forsi, videnno che qualichiduno ci aviva lassato veramenti la peddri, la genti ci avrebbi pinsato dù vote prima di sfidarisi.

Si fici contare com'era annata con don Michele e addichiarò che, a sò pariri, la parola del dottori Smecca escludiva nel modo cchiù assoluto che don Michele potiva sostiniri il duello.

Nel cori di Guarnotta 'nzemmula alle campane si misiro a sonari un centinaro di violini.

«E allura?» spiò Scanatore.

«E allura non resta che attinirisi all'articolo 118 che ho avuto modo di liggiri mentri voi eravate fora».

«E che dici 'st'articolo?» spiò ancora Scanatore.

Il notaro parse tanticchia 'mpacciato. Po' s'arrisolvì.

«Forsi è meglio che vi nni dugnu lettura».

Raprì il codici e liggì.

«Articolo 118. In caso di comprovato impedimento di uno dei due avversari a sostenere lo scontro, scende al suo posto sul terreno il più anziano dei suoi due padrini, senza che siano in alcun modo cambiate le modalità già stabilite pel duello».

Tutti i presenti sapivano che tra Scanatore e Guarnotta il cchiù granni, di dù anni, era 'st'urtimo. E si votaro a taliarlo. Ma Guarnotta, pigliato com'era dalla musica che gli sonava dintra, non aviva sintuto nenti.

Però, vidennosi taliato, si scotì, sorridì e dissi:

«Eh?».

«A quanto pari» gli spiegò Scanatore «è lei che devi battirisi con Capatosta al posto di don Michele».

Il sorriso di Guarnotta s'astutò di colpo.

«Stati babbianno?».

«Purtroppo no» fici il notaro. «E devi provvidiri subito ad attrovarisi a 'n autro patrino».

Ma Guarnotta s'era apparalizzato, la vucca aperta, l'occhi spavintati.

«Pozzo farlo io» s'offrì il vicisinnaco Camastra.

Vinni accittato.

«Acqua» dissi Guarnotta.

Si svacantò il bicchieri che il notaro gli aviva portato, s'asciucò la fronti sudata, si pigliò il puso mancino tra il pollici e l'indici della mano dritta.

«Crio che mi sta acchiananno la fevri. Scusatimi» dissi.

E si susì. Ma subito ebbi un firriamento di testa e cadì novamenti assittato.

Non ce la faciva a stari addritta.

Il notaro dissi che era meglio se si rividivano alle quattro al circolo, con tutti l'autri patrini, macari per stabiliri le modalità del novo duello Seddio-Smecca.

Guarnotta vinni accompagnato a la sò casa da Scanatore. Il quali, subito appresso, gli mannò al dottori Caruana. Si scantava che se Guarnotta cadiva malato, capace che attoccava a lui battirisi con Capatosta. Ma la signura 'Ngilina, la mogliere di Guarnotta, non si persuadì della 'mprovisa fevri del marito e tanto fici e tanto dissi che quello le arrivilò ogni cosa dei duelli e della tragica situazioni nella quali si era vinuto ad attrovari.

Guarnotta, avenno 'na fevri di cavaddro, non vinni alla riunioni delle quattro. Il notaro stabilì che lo scontro Seddio-Smecca, alla sciabola e all'urtimo sangue, doviva essiri fatto per urtimo, da mezzojorno all'una e mezza, spostanno di nicissità il principio dello schiticchio. Le carrozze aumintaro a cinco, però tanto il baronello Lomascolo quanto il tinenti Seddio ficiro prisenti che sarebbiro vinuti a cavaddro portanno l'armi. Tutto il resto, come stabilito.

Mentri che si faciva la riunioni al circolo si nni tiniva 'n'autra, nella sagristia della chiesa del Cori di Gesù, prisiduta da patre Cannata. Erano prisenti le signure 'Ngilina Guarnotta, Ninetta Spina, Michela Scanatore, Gesualda Pintacuda, Tanina Torricella e Carmela Smecca. Il colonnello Capatosta e il tinenti Seddio, essenno scapoli, non erano rapprisintati. Tema della riunioni: 'sti duelli non si devono fari.

La conclusioni fu che le sei signure prisenti, cchiù patre Cannata, fino alla mezzannotti si sarebbiro firmate 'n chiesa priganno ininterrottamenti a San Giurlanno, a San Calò, a San Michele e a Sant'Anselmo pirchì providissiro loro a firmari la probabili carnificina di mariti.

Alli setti del matino del jorno appresso, ch'era 'na gran jornata di soli, le carrozze arrivaro nella casa di campagna del notaro Prestigiacomo.

Appena che l'avvocato Guarnotta, che pariva un morto 'n licenza, vitti a Capatosta che sorridiva tutto denti come a 'na tigri, vinni pigliato da 'na botta di vommito. Dù cammareri portaro fora le seggie accussì quelli che non erano 'mpignati in un duello potivano godirisi lo spittacolo.

Guarnotta trimava di friddo e di scanto, Scanatore e Camastra circavano di conortarlo, ma non ottinivano nisciun risultato.

«Come mai il baronello Lomascolo ancora non si vidi?» spiò il notaro tiranno fora il ralogio dalla sacchiteddra del gilecco.

Erano le setti e deci.

Tri minuti appresso il baronello trasì al galoppo nel baglio. Aviva 'n mano la cascittina. Ma la giacchetta del vistito era strazzata ed era tutto lordo di fango.

«Successi cosa?» spiò il notaro.

«A mezza strata il cavaddro sfagliò e io con la casciteddra cadii dintra al sciume Pircoco. Purtroppo nella caduta la casciteddra s'è aperta e ho potuto arrecuperari le dù pistole e…».

«E…» ficiro i prisenti che s'erano radunati torno torno a lui.

«E 'na sula palla» concludì il baronello raprenno la cascittina e ammostranno come stavano le cose.

Il notaro, che fino a quel momento aviva tinuto, persi la carma.

«E che minchia d'una santissima minchia!» sclamò. «E ora come si fa?».

Non fici a tempo a darisi 'na risposta pirchì a spron battuto arrivò il tinenti Seddio. Smontò nìvuro 'n facci, allargò le vrazza.

«Non ho le sciaboli» dissi.

«E come fu?» spiò il coro.

«Siccome che stanotti dormii fora di casa dalla mè… da un mè amico, quanno che stamatina presto tornai nni mia attrovai che i latri m'avivano arrubbato ogni cosa, macari le sciaboli».

«Allura i duelli li potemo fari a pitrate!» fici sconsolato il notaro.

E fu in quel priciso momento che otto carrabbineri, al comanno del marisciallo Carreca, ficiro 'rruzioni.

45

«Fermi tutti! Siete in arresto!».

Va' a sapiri pirchì, vinni a tutti da ridiri. Fu 'na risata longa, forti, libbiratoria.

Mezz'ora appresso si nni ghiero a caccia. Ficiro stragi di lebri e di pirnici. La schiticchiata po' arrinscì 'na miraviglia. Tornaro a Vigàta 'mbriachi, cantanno con quanto sciato avivano.

Lo 'gnoraro sempri, ma San Giurlanno, San Calò, San Michele e Sant'Anselmo il doviri loro l'avivano fatto.

La pidemia di duello era passata.

E da allura, a Vigàta, di duelli non si nni parlò cchiù.

La cappella di famiglia

Uno

Il jorno vinti di fivraro del milli e novicento e vintinovi, a Vigàta, doppo cchiù di 'na simanata e passa di chiovuta a retini stise, pariva propio che il celo si fusse sfunnato, mai un momento di reqquie, annò a finiri come che doviva annare a finiri.

Vali a diri che il sciume Salsetto, acchiamato sciume ma in realtà un rivolo d'acqua stenta e lorda largo sì e no mezzo metro e profunno 'na vintina di centilimetri, di colpo addivintò un vero sciume e principiò a 'ngrossarisi sempri chiossà. Fino a che 'na bella matina scasò, scoppiò come 'na bumma e accomenzò ad allagari il pàisi con un'ondata àvuta dù metri e passa che faciva 'na rumorata da fini del munno.

Pigliata all'improviso, la genti che bitava le stratuzze stritte e 'ntorciuniate che stavano propio sutta al Salsetto in un vidiri e svidiri s'attrovaro con l'acqua al collo, facenno voci alla dispirata. Le casuzze, che erano squasi tutte fatte di una o dù càmmare a pianoterra l'una allato all'autra, in un fiat si inchiero d'acqua e fango, chi 'nveci possidiva 'na casa a un piano arriniscì a mittirisi 'n salvo acchiananno di supra.

E capitaro 'na poco di cose stramme.

Pri sempio, don Savaturi Sciortino, che fabbricava tabbuti, appena che l'acqua gli arrivò nel magazzino, satò dintra a 'na cascia da morto e accussì, galleggianno, vinni portato 'n mari aperto da indove l'arrecuperaro tri jorni appresso.

Pri sempio, Michilina Sabella, diciottina di rara biddrizza, era nuda pirchì si stava lavanno quanno l'ondata la pigliò, la sbattì supra al tavolato del letto che, squasi fusse 'na zattera, la fici arrivari sparata dintra alla casa di Simone Percoco, beddro picciotto vintino, il quali la salvò e otto misi appresso se la maritò.

Pri sempio, Vituzzo Lauricella, nasciuto quinnici jorni avanti, fu affirrato dall'onda e 'nfilato dintra a 'na granni burnìa di vitro spisso il cui coperchio vinni ermeticamenti chiuiuto. Accussì, come si fusse dintra a un sommergibili trasparenti, la criatura annò a finiri posata supra allo scaffali cintrali della farmacia Butera, da indove lo libbiraro sano e salvo.

Morsero 'na dicina di pirsone che erano avanti assà con l'anni, ora pirchì s'attrovavano corcati malati ora pirchì erano 'mpiduti nel corriri. Ma tra i morti grannissima pena fici Antonio Cucurullo, che aviva appena vintidù anni e che si era maritato da tri misi con Lauretta Agrò, la quali, 'nveci, arriniscì ad essiri salvata.

Lauretta, che ci volivano occhi per taliarla, parsi nesciri pazza per la morti del marito. Di Antonio era 'nnamorata vera, per maritarisi con lui che faciva il piscatori ed era propietario di un quarto di varca a vela, aviva arrefutato partiti ricchi e bonostanti. Tintò d'abbilinarisi vivennosi la lisciva per puliziare panni e linzoli, ma ottinni sulo il risultato di farisi qualichi jorno di spitali. Po' finalmenti si calmò e accomenzò ad annare al camposanto tutte le matine per prigari supra alla tomba di Antonio.

Se prima era stata beddra, ora il dolori che le si liggiva 'n facci e il vistito nìvuro a lutto stritto la facivano di 'na biddrizza che non c'era omo, quanno che lei pigliava la strata a testa vascia per il camposanto, che non si firmasse a taliarla sospiranno, chi di compatimento e chi a conclusioni di pinseri facili a 'mmaginarisi.

Fu per caso che Bebè Locascio, un vintottino sdisbosciato e fimminaro, propietario d'un negozio di scarpi, vinni a sapiri che la tomba indove che Lauretta annava a prigari era allato a quella nella quali erano seppelluti sò patre e sò matre.

Bebè, che fino a quel momento si nni era stracatafottuto dei sò morti, e mai era annato ad attrovarli, manco per il dù di novembriro, cangiò di colpo pinioni e modo di fari e ogni matina, con in mano un mazzetto di sciuri, si misi ad annare al camposanto. Appena arrivato ghittava i sciuri del jorno avanti, cangiava l'acqua del vaso e ci mittiva quelli frischi.

Po', addritta e con le vrazza conserte, faciva finta di stari 'n profunna meditazioni. E ogni tanto si passava tutte e dù le mano supra alla facci come fa chi è pigliato da 'na granni sdisolazioni.

Ma con la cuda dell'occhio non pirdiva mai di vista a Lauretta che, 'nginocchiata, prigava e chiangiva.

Doppo tanticchia a Bebè il sangue accomenzava ad acchianare di timpiratura. Ad ogni minimo movimento che faciva il vistito nìvuro attillato di Lauretta, ne mittiva 'n evidenzia l'armonia del corpo, faciva arrisartari la bianchizza della sò carni tennira e profumata.

«Quanta grazia di Dio inutilizzata!» pinsava Bebè macari lui mittennosi a sospirari.

E 'ntanto s'addannava il cireveddro per attrovari un modo qualisisiasi per attaccare discurso con lei che però mai 'na vota che fusse 'na vota gli aviva arrivolgiuto 'na semprici taliata. Nenti, manco quanno si era fatto viniri un finto attacco di tossi e un principio di convursioni.

Ma la 'ndifferenzia della picciotta aumentava di jorno in jorno il sò disiderio e po' era certo che Lauretta, avenno accanosciuto per suli tri misi le sdillizie dell'amori, cchiù tempo passava e cchiù di quelle sdillizie addivintava vogliosa.

Non ristava che portari pacienza, prima o po' qualichi cosa sarebbi capitata.

Fu il quattro di majo che la fortuna fici 'na mossa a favori di Bebè.

La sira avanti era stato 'nvitato a 'no schiticchio d'addio al cilibato. Aviva mangiato a tinchitè e vivuto altrittanto fino alli tri di notti. Dalle tri alle cinco se l'era spassata con una picciotta continuanno a viviri. Aviva dormuto dù ure, po' era annato a raprire il negozio, l'aviva lassato al commisso e si nni era acchianato al camposanto.

Ma doppo un'orata che stava addritta davanti alla tomba, ebbi un firriamento di testa e cadì 'n terra come un mazzo di cavoli facenno 'na speci di vociata.

Un attimo appresso vitti supra di lui la facci scantata di Lauretta.

«Matre santa! Che fu? Male si sente?».

Bebè accapì che il sò momento era finalmenti arrivato e non se lo doviva perdiri. Sorridì, amaro.

«Non si preoccupi, nenti è. È stato il pinsero dei mè cari defunti persi per sempri che...».

E si misi a chiangiri, pirchì era bravo a farisi spuntari le gocci a cumanno. Lauretta gli cadì agginucchiuni allato, in uno sdilluvio di lagrime.

E accussì, chiangenno chiangenno, ficiro la prima accanoscenzia.

Oddio, a bono considerari, non fu tutta 'sta gran cosa.

La novità era che ora ogni matina, appena che la vidiva arrivari, Bebè le faciva un inchino e le diciva:

«Bongiorno».

«Bongiorno» arrispunniva lei arrivolgennogli un sorriso malincuniuso.

Lo stisso saluto viniva arreplicato un'orata appresso, al momento di lassare il camposanto.

E ccà ti fermi. Però Bebè notava che, passanno il tempo, il sorriso di lei si faciva sempri meno malincuniuso, 'na cosa 'mpercettibili, ma di sicuro era accussì.

Po', la matina del vinti di majo Lauretta non s'apprisintò al camposanto. Lo stisso capitò il jorno appresso. Bebè ne tirò la logica conclusioni che Lauretta doviva essiri malata.

Nel periodo di lutto stritto, che durava sei misi, la fìmmina alla quali era morto il patre o il marito non potiva nesciri di casa se non per annare e tornare dal camposanto e non doviva arriciviri a nisciun omo che non fusse un parenti stritto.

Bebè quella matina stissa annò 'n vicolo Cannaroto e si misi a tuppiare alla porta della casuzza a dù càmmare a pianoterra indove che bitava la vidova.

Naturalmenti, tempo meno di mezzo minuto, tutte le fìmmine che bitavano nel vicolo niscero fora per assistiri allo spittacolo di un omo scanosciuto che tuppiava da Lauretta.

«Cu è?» spiò lei di darrè alla porta 'nsirrata.

«Bebè Locascio sono. Malata siti?».

«La 'nfruenza aio».

«Aviti bisogno di cosa?».

«Di nenti, v'arringrazio. Ci pensa la mè vicina. Scusatimi se non vi fazzo trasire».

«Scusata siti».

«Che addisidirati?».

«Sugno vinuto a dirivi che non doviti pigliarivi di prioccupazioni. Ogni matina mittirò sciuri frischi davanti alla tomba di vostro marito e dirò 'na prighera macari per lui».

«Grazii» fici Lauretta, sempri di darrè alla porta 'nsirrata.

E si misi a chiangiri che tutti nel vicolo la sintero.

Quanno cinco jorni appresso Bebè la vitti novamenti compariri, si tinni a malappena di corriri ad abbrazzarla e vasarla supra a quelle labbra che nella bianchizza della facci spiccavano russe come a dù sucose cirase.

Lei, per la prima vota, gli pruì la mano per salutarlo. Bebè la stringì cchiù a longo del dovuto. Lei gliela lassò tinuta, ma senza arricambiari la stringitina, tinenno l'occhi vasci.

Ora abbisogna sapiri che mentri a mano manca della tomba d'Antonio s'attrovavano le dù tombe uguali del patre e della matre di Bebè, semprici semprici, fatte di 'na lastra di màrmaro tanticchia sollivata da terra supra alla quali ci stava la croci e la petra con la foto, il nomi e la data di nascita e morti d'ogni defunto, a mano dritta 'nveci sorgiva 'na 'mponenti cappella con tanto di 'nfirriata, porta con vitri scurati, e timpano triangolari con la scritta: Famiglia Cannizzaro.

Ma erano anni e anni che nisciun Cannizzaro viventi frequentava la cappella. Da morti, 'nveci, sì.

Quinnici anni avanti 'nfatti era arrivato da Novajorca il tabbuto con dintra don Filippo Cannizzaro. Cinco anni doppo era arrivata sò mogliere Concittina, macari lei dintra a un tabbuto da Novajorca. E po' basta.

Ma la cappella era sempri tinuta in pirfetto ordini dal custodi del camposanto, Gersomino Scialla, al quali ogni sei misi il figlio unico di Filippo e Concittina, che di nomi faciva Giacomo, spidiva i dollari nicissari per il mantenimento della tomba di famiglia e ne arristavano quanto abbastava a Gersomino per accattarisi 'na damigiana di vino bono.

Bebè aviva 'n menti d'arrinesciri a convinciri a Lauretta a fari dù passi, quindi a stracollarisilla nella parti posteriori della tomba dei Cannizzaro darrè alla qua-

55

li ci stava 'no spazio di manco dù metri e po' il muro di cinta del camposanto.

Un posto indove non ci passava nisciuno e che non potiva essiri viduto da nisciuno, il loco ideali per poterla abbrazzari con commodo e vinciri eventuali resistenze della picciotta.

Ma quali scusa avrebbi potuto attrovari per farle fari quei dù passi?

Un jorno, e si era arrivati alla fini di jugno, Bebè, talianno bono le carti per pagari i contributi al commisso del sò negozio, Totò Genuardi, fici 'n'importanti scoperta e cioè che quello bitava in vicolo Cannaroto, lo stisso di Lauretta. Passato tanticchia di tempo, 'na matina, appena tornato dal camposanto, visto che non c'erano clienti, attaccò discurso con Genuardi.

«Certo che quella povira vidova della signura Lauretta Cucurullo mi fa 'na pena!».

«Mischina!» fici Genuardi ch'era un quarantino serio e con l'occhiali, beniamino delle clienti per la pacienza e il garbo che aviva.

«Tu l'accanosci?» spiò Bebè con ariata 'nnuccenti.

«E certo! Bitiamo nello stisso vicolo! Mè mogliere Agata l'accanosce bona, la va ad attrovari spisso».

«Ma come fa a campare senza il guadagno del marito?».

«Piccamora non avi probremi, tira avanti pirchì si vinnì il quarto di varca che possidiva Antonio. Ma quanno, tra tri o quattro misi il dinaro le faglierà, mischina, s'attroverà nei guai».

«Beddra com'è, di sicuro a qualichiduno che se la marita non avi bisogno di circarisillo».

Genuardi storcì la vucca.

«E questo è il busillisi! È ancora troppo attaccata al ricordo del poviro Antonio!».

«Erano 'nnamorati?».

«'Nnamorati? Voli babbiare? Erano pazzi d'amori! Pinsassi che Lauretta confidò a mè mogliere che con Antonio non ammancaro 'na sula notti! Mi spiegai?».

«Benissimo» fici Bebè.

«E la voli sapiri 'na cosa? Macari quanno non ammancava 'na notti con la mogliere, Antonio, che parlannone da vivo era 'na vestia, un toro, se la spassava con Ciccina Palmisano, una che avi la casa 'n cima al nostro vicolo!».

«Ma Lauretta 'sta storia la sapiva?».

«Quanno mai! Manco Agata ne era a canoscenzia. 'Sta facenna la sapemo io e sì e no 'n autri dù mascoli».

Trasì 'na clienti e Genuardi s'apprecipitò a sirvirla.

Bebè s'arritirò nel darrè del negozio indove c'era 'na cammareddra che gli faciva da ufficio. S'assittò e si misi a fari tanticchia di conti. Ma dintra di lui gli viniva di cantare. Il commisso gli aviva dato 'nformazioni priziose.

Due

'Ntanto il sei di majo tutta Vigàta era stata mittuta a canoscenzia che il Tribunali civili di Montelusa aviva ditto la parola difinitiva, senza cchiù possibilità d'appello, nella causa che da trent'anni si strascinava tra i dù frati Cammarata, Liborio e Gregorio.

Il loro patre, don Calorio, ricco sfunnato, pirsona grevia, superbiosa e cori di petra, era morto ottantino quanno oramà Liborio aviva quarantun anni e Gregorio uno di meno. Tra i dù frati c'era stata sempri 'n'antipatia profunna, 'nsormontabili, 'na cosa 'stintiva, senza 'na vera raggiuni, ma accussì forti che manco si salutavano e si parlavano quanno per caso si 'ncontravano.

Ma puro il patre da anni non parlava coi sò dù figli e per la stissa midesima raggiuni per la quali Liborio e Gregorio non s'arrivolgivano la parola: gli erano stati 'ntipatici già dalla culla. Gli erano parsi dù vermi, e vermi li considerò e l'acchiamò fino a che ebbi vita.

Tri jorni appresso al funerali del patre, Liborio e Gregorio si erano apprisintati, a deci minuti di distanzia l'uno dall'autro, dal notaro Cumella che l'aviva 'nformati d'essiri 'n posesso del testamento di Calorio.

E ccà avivano attrovato al notaro Cumella chiuttosto 'mparpagliato e strammato. Li aviva fatti accomidare e li taliava, assittati davanti a lui a debita distan-
za l'uno dall'autro, e non s'addicidiva a raprire la busta sigillata con dintra il testamento.

«C'è cosa?» s'era addeciso a spiare Liborio.

«Beh, sì» aviva arrispunnuto il notaro.

«Parlasse chiaro» aviva ditto Gregorio.

Prima di rapriri vucca, il notaro si era schiaruto la
gola e aviva sputato nella sputazzera.

«Ho ricevuto tre telefonate da tre colleghi notari. Sisillo da Montelusa, Bonocore da Sicudiana e Tripepi
da Montereale. Guardate la data su questa busta: 12
dicembre 1899. È il giorno nel quale vostro padre è venuto qua a fare il testamento. Senonché, nella stessa
giornata, si è recato a Montelusa, a Sicudiana e a Montereale e ha fatto altri tre testamenti. Naturalmente tanto io quanto gli altri notai eravamo all'oscuro di tutto,
ognuno di noi credeva di essere in possesso dell'unico
testamento. Ora aspetto notizie dai miei colleghi che
intanto si stanno consultando sul modo migliore di
procedere. Tornate domani».

«Che grannissimo cornuto!» fici dintra di lui Liborio pinsanno a sò patre.

«Che gran figlio di buttana!» fici dintra di lui Gregorio pinsanno a sò patre.

All'indomani, Liborio e Gregorio, doppo aviri passato 'na nuttatazza 'nfami, s'erano attrovati davanti a
quattro notari, ognuno con una busta 'n mano.

«Abbiamo deciso» aviva ditto il notaro Cumella

«che l'apertura delle buste avverrà secondo l'ordine alfabetico dei nostri cognomi, Bonocore, Cumella, Sisillo e Tripepi. Si proceda».

Bonocore aviva liggiuto il tistamento. Calorio lassava ogni cosa a Liborio e disiridava a Gregorio.

Nel tistamento fatto con Cumella 'nveci lassava ogni cosa a Gregorio e nenti a Liborio.

Al notaro Sisillo 'nveci Calorio aviva ditto che la sò eredità toccava tutta a Liborio e manco 'na moddricheddra di pani per Gregorio.

Nel tistamento fatto col notaro Tripepi 'nveci ogni beni viniva lassato a Gregorio mentri Liborio ristava a vucca asciutta.

Dù a dù. Non c'erano santi, abbisognava annare a causa.

E Liborio e Gregorio, niscenno dallo studdio del notaro Cumella, non si erano cchiù taliati con 'ntipatia, ma con odio vero. E in quell'odio reciproco avivano consumato la loro esistenzia, tanto che nisciuno dei dù si era voluto maritari.

E ora finalmenti era arrivata la sintenza difinitiva.

La quali diciva che tutti i beni lassati dal defunto dovivano essiri, doppo trent'anni che si nni stavano congilati, scongilati ed equamenti divisi tra i dù frati, a meno che Liborio, essenno il figlio maggiori, nelle more del disbrigo delle pratiche per lo scongelamento, stabilito in mesi sei, non avissi nel frattempo contratto regolari matrimonio. Nel quali caso – diciva la sintenza – tutto il grosso dell'eredità sarebbi toccato a lui, lassanno a Gregorio sulo 'na minima parti dei beni che il tri-

bunali stabiliva in un magazzino e in una casa a dù piani di civili bitazioni.

'Na miseria, 'na limosina, 'na cacateddra di musca,
a petto ai dudici magazzini, all'otto case, ai quattro ap-
pezzamenti di tirreno bono coltivati, alle quattro paranze e ai boni del Tisoro che 'nveci sarebbiro annati
a Liborio 'n caso di pigliata di mogliere.

La sintenza ebbi dù conseguenzie.

La prima fu che l'ultrasittantino Liborio, tri jorni appresso, dichiarò ai soci del circolo che si era fatto zito
con la vintina Mariastella Gennaro, figlia della sò cammarera Zina, e che era in corso la nisciuta delle carte,
per cui era prividibili che la cirimonia si sarebbi cilibrata tra tri misi, massimo tri misi e mezzo.

La secunna fu che a Gregorio, alla notizia del pros-
simo matrimonio di Liborio, gli vinni il sintòmo, per
cui si nni stetti 'na simana allo spitali di Montelusa tra
la vita e la morti.

Appena che fu 'n condizioni di spiccicari parola,
chiamò a un amico raggiuneri e gli detti disposizioni
d'accattare un pezzo di terra al camposanto, nella parti opposta a quella in cui c'era la cappella di famiglia,
e farici costruiri 'na tomba sulo per lui. Nella cappella di famiglia, 'nzemmula al patre Calorio e al frate Liborio non ci sarebbi voluto stari manco da morto.

A Mariastella la bona nova che don Liborio la voliva per mogliere gliela detti sò matre Zina. Ma per lei
fu 'na mala nova.

Mariastella era 'na picciotta di campagna, biunnizza, d'occhi cilestre splapito, di cosce forti come a quelle d'una cavaddra e addotata di un pittorali cchiù duro del màrmaro.

Aviva sempri un gran pititto che non arriguardava solamenti la panza. Il primo pititto lo carmava mangiannosi 'na mezza chilata di pasta e tri ova duri accompagnati da 'na scanata 'ntera di pani, a sfamarla del secunno 'nveci providiva Orazio Gangitano, uno scarricatore portuali che l'annava ad attrovare nel doppopranzo quanno che Zina era ancora 'mpignata a travagliare 'n casa di don Liborio.

«Io maritarimi con quel vicchiazzo fituso? 'Nzamà!» aviva sclamato Mariastella.

«Tu te lo pigli lo stisso, strunza! Ma lo sai quant'è ricco?» era stata la replica di Zina.

«Non me lo piglio no!».

Zina le aviva ammollato 'na gran timpulata, Mariastella aviva rompu012 un piatto.

Po' la picciotta ne aviva parlato con Orazio.

«Tu chi nni pensi?».

«Io me lo mariterebbi» aviva arrispunnuto Orazio.

La picciotta era ristata strammata.

«Ma che dici? Ma come fazzo?».

«Non lo sai come si fa? Quanno iddro ti metti sutta, allarghi le gambe».

«Volivo diri: come fazzo a stari tutta la vita allato a...».

Orazio l'aviva 'nterromputa.

«Non diri minchiate! Tutta la vita! Iddro avi sittantun anni e tu vinti, l'accapisci o no? Quanto pò campare doppo che te lo sei maritato? Tri anni? Quattro? Sta a tia farlo campare di meno».

«Sta a mia? E comu?».

Orazio si era mittuto a ridiri.

«A tia manco io t'abbasto. Figurati un vecchio! Se tu ogni notti lo metti al travaglio, quanto pò reggiri? Io mi joco i cabasisi che se vi maritate a fini d'austo, per il dù novembriro gli portamo i sciuri al camposanto. E doppo che tu addiventi ricca, nni maritamo».

Fu a scascione di queste parole che Mariastella non s'arribbillò quanno sò matre le dissi che don Liborio la voliva accanosciri meglio epperciò all'indomani l'avrebbi dovuta accompagnari. Ma doviva vistirisi meglio che potiva e alliffarisi, per fari bona 'mprissioni.

All'indomani matina, Liborio vinni a rapriri alle dù fìmmine col cappotto. Sutta aviva la maglia e le mutanne.

«Voglio stari ancora tanticchia corcato. Portami 'u cafè» dissi tornanno nella càmmara di dormiri.

Zina era da vinticinco anni che faciva la cammarera a don Liborio e accapì a volo. Perciò annò con la figlia 'n cucina a priparari il cafè e quanno fu pronto dissi a voci àvuta:

«Don Libò, io scinno a fari la spisa. 'U cafè ve lo porta Mariastella».

Fu accussì che doppo manco un quarto d'ura appresso Mariastella s'attrovò nuda supra al letto e supra di lei ci stava don Liborio che l'aviva aggangata con vrazza di ferro e faciva voci che pariva un lioni firoci nella fureste.

63

Ma quali vecchio e vecchio! Quello aviva la forza e la capacità d'un vintino, pinsò Mariastella mezza confunnuta e mezza cuntenta, dava persino punti ad Orazio!

E fu lei, doppo un dù orate, a diri basta. Il vicchiazzo l'aviva sfamata a doviri.

Il doppopranzo stisso don Liborio, che alla fini di quella matinata pariva d'avirisi livato da supra alle spalli 'na trentina d'anni, chiamò il sarto per farisi rinnovari il guardaroba e appresso si fici viniri al capomastro Santino. Voliva che la cappella di famiglia, abbannunata da trent'anni, vinissi rimittuta completamenti a novo.

Per il dù di novembriro doviva essiri 'naugurata.

'Na matina, arrivanno al camposanto, Bebè notò che la cancillata e la porta della cappella della famiglia Cannizzaro erano raprute e che dintra ci stava un muratori che dava 'na mano di bianco alle pareti. Poco distanti vitti a Gersomino Scialla, il custodi, che curava 'na filera di rosi. Gersomino ci tiniva che il camposanto parissi un jardino. Gli s'avvicinò.

«Mi la duni 'na bella rosa russa?».

«Nonsi».

«E si te la pago dù liri?».

«Allura è 'n autro discurso» fici il custodi 'ntascanno la monita e pruiennogli 'na magnifica rosa.

«Pirchì stanno pittanno la cappella Cannizzaro?».

«Pirchì lu figliu dei Cannizzaro, Jamisi, mi scrissi che veni a Vigàta e voli vidiri come tegno la cappella».

Po' arrivò Lauretta cchiù beddra che mai. Si salutaro e ognuno pigliò il sò posto come ogni matina. Bebè addivintò strabico a forza di controllari a mano manca a Gersomino e a mano dritta per vidiri se il muratori nisciva dalla cappella.

Propio quanno ci stava pirdenno le spranze, il muratori niscì lassanno tutto aperto per fari asciucari meglio la pittatina e, chiamato a Gersomino, con iddro s'avviò verso la nisciuta del camposanto.

Bebè accapì che non aviva un minuto da perdiri. Pigliò la rosa che aviva appuiato 'n terra e con dù sàvuti fu allato a Lauretta che lo taliò ammaravigliata.

«Vogliate aggradire questo sciuri come pigno della mè amicizia» fici con un inchino.

Lauretta arrussicò.

«Grazii» dissi. «Antonio l'apprizzirà».

E si calò in avanti per mittiri la rosa tra i sciuri frischi di quella matina. Bebè accomenzò a recitari 'na sfilza di santioni muti. Ma a vidirla di darrè mentri che faciva quel movimento, subitanio gli acchianò il sangue alla testa.

«Ora viniti a vidiri che beddra Madonnuzza c'è dintra alla cappella Cannizzaro» fici squasi con la vava alla vucca.

La pigliò suttavrazzo e se la strascinò fino a dintra alla cappella.

Ccà arriniscì per miracolo a carmarisi e 'nveci d'arrovisciarla supra all'artareddro come aviva avuto 'n menti di fari, dissi alla picciotta, che era sempri cchiù ammaravigliata:

«Stanotti m'è comparso 'n sogno vostro marito Antonio».

«Davero?».

«Vi lo giuro. E mi parlò».

«Che vi dissi?».

«Mi dissi del vostro amori, di come non passava 'na notti che non...».

«Muto, pi carità» fici Lauretta addivintanno 'na vampa di foco.

«E po', salutannomi, mi dissi: "vidi di consolarla tu"».

Lauretta aviva ora la facci vagnata di lagrime.

«Poviro Antonio! Mischineddro! E come potiti consolarimi vui se non siti maritato con mia?».

Alla parola «maritato» tutto l'ardori di Bebè svaporò come neglia al soli.

Che 'ntinniva diri Lauretta? Che la sò merci era acquistabili sulo a prezzo del matrimonio? Voliva babbiare? Meglio cangiare discurso.

«Comunqui, per qualisisiasi cosa io sugno sempri a vostra disposizioni. Taliate la Madonnuzza quant'è beddra».

E mentri Lauretta taliava, Bebè pinsò che l'unica mossa che gli ristava da fari era quella di tirari fora, a tempo debito, il portafoglio.

66

Tre

ra cchiù.

Il raggiuneri Arcangelo Scimè, quarantino, omo di-
stinto, 'mpiegato al municipio, maritato con Teresina
Vullo e patre di un picciliddro di cinco anni, Stefanuzzo, bitava in una casa di quattro piani nella quali a ogni
piano c'era un sulo appartamento. Lui stava all'urtimo,
al piano di sutta c'era la signura Mariuccia Jacolino col
figlio Mimmo, al primo piano ci stava 'na coppia di dù
vicchiareddri ottantini e a quello tirreno le dù soro cin-
quantine di un parrino.

La signura Jacolino, 'na trentacinchina di cchiù che
bella prisenza, era 'n païsi acchiamata la vidova bianca in quanto che il marito Jacopo, essenno capitano di
papore, si nni stava cchiù 'n mari che 'n terra.

Il raggiuneri Scimè, da sempri fidelissimo alla
mogliere, da quanno un anno avanti la Jacolino si
era trasferuta in quella casa, aviva di colpo pirduto la testa per lei. Ma doviva però cataminarsi qua-
teloso assà, essenno sò mogliere Teresina gilusa alla pazzia.

Per farle accanosciri il sintimento sò, il raggiuneri,
quanno che la sira tornava a la casa, certe vote le lassava darre alla porta ora un mazzetto di sciuri ora un

67

sacchiteddro di caramelli ora 'na scatolina di cioccolattini. E la matina doppo, quanno scinniva per annare 'n ufficio, notava con sodisfazioni che il rigalo non c'era cchiù.

E che avissi 'nzirtato che fusse lui a mittirigli quelle cose darrè alla porta Mariuccia glielo fici accapiri quanno, 'ncontrannosi per caso davanti al portone, lei gli sorridì e gli spiò a voci vascia:

«Come pozzo arricambiari la sò cortesia?».

«Lei lo sapi come» fici il raggiuneri con la gola sicca e mangiannosilla con l'occhi.

Mariuccia non dissi nenti. Tri siri appresso il raggiuneri, con in mano 'na guantera con otto cannoli, tuppiò a leggio a leggio alla porta, ma nisciuno gli raprì. Rituppiò novamenti ma non ottinni risposta. Lassò i cannoli 'n terra e si nni acchianò. L'indomani a matino i cannoli non c'erano cchiù.

Tri siri appresso arrivò con una cassata. Ma fu 'na stampa e 'na figura con la sira dei cannoli.

A 'sto punto il raggiuneri annò dall'orefici Sciabarrà e accattò 'na spilliceddra d'oro con dù petruzze. Lassò la scatolina darrè alla porta e si nni acchianò 'n casa senza tuppiare. L'indomani avvirtì la mogliere che quella sira avrebbi fatto tardo al circolo e che sarebbi tornato doppo la mezzannotti. 'Nveci, alle novi, annò a tuppiare alla porta di Mariuccia.

Era sicuro del fatto sò. 'Nfatti la porta vinni rapruta subito. La signura lo fici trasire, chiuì, si misi l'indici a croci supra alle labbra e murmuriò:

«Facemo adascio pirchì Mimmo dormi».

Era il cinco d'austo.

La matina del sei d'austo, susennosi dal letto, Mariastella dissi a Liborio:

«Libò, prena sugno».

«Eh?» fici Liborio non cridenno a quello che aviva sintuto.

«Prena sugno. Di dù misi».

Liborio satò nudo dal letto e si misi ad abballari e a cantari di filicità. Po' corrì 'n cucina indove trafichiava Zina.

«La sintisti a tò figlia, ah?».

«Aieri a sira me lo dissi. Vistitivi ca vi pigliati 'na purmunia».

Liborio tornò 'n càmmara di dormiri, Mariastella si stava rivistenno. Raprì un cascioni chiuso a chiavi, tirò fora dù monite da cincocento liri d'argento, le detti alla picciotta:

«Tè, accomenza ad accattare 'u corredo».

E si misi a cantari la marcia trionfali dell'*Aida*.

Nel doppopranzo, tornata 'n casa della matre, Mariastella arricivitti la solita visita di Orazio.

«Prena sugno».

«È mio o del vecchio?».

«Non lo saccio».

«Non penso che uno a quell'età pozza ancora figliari. Comunqui devi farigli accridiri che è sò».

«Ci cridi già. M'arrigalò milli liri per il corredo».

«Milli liri?» fici sbalorduto Orazio.

«Eccole ccà» fici ammostrannogli le dù monite.

Orazio allungò 'na mano e si misi pigliò una.

69

«Chista è mia».

«Ma sì pazzo? Dunamilla!».

«No».

E siccome Mariastella gli aviva affirrato la mano dritta con la monita, Orazio le mollò un cazzotto 'n facci con la mancina, facennola cadiri 'n terra.

«E d'ora in avanti, di tutto il dinaro che ti duna, facemo a mità, masannò ti fazzo partoriri io a pidati 'nna panza».

Alle quattro di quello stisso doppopranzo Bebè si nni stava nell'ufficio darrè al negozio a riliggiri la littra che aviva appena finuto di scriviri.

Tuo marito Antonio ti metteva le corna con Ciccina Palmisano. Lo sapevi? Un amico devoto.

Era arrivato alla conclusioni che non avrebbi ottinuto nenti se prima non distruggiva la bona memoria che Lauretta aviva del marito.

'Nfilò il foglio dintra a 'na busta, ci scrissi l'indirizzo, ci 'mpiccicò il franchibollo, si susì, dissi al commisso che aviva chiffare e niscì fora.

Ma davanti alla buca delle littre, già con la busta 'n mano, vinni pigliato da un dubbio. E se la storia di Antonio e Ciccina era sulo 'na sparla? 'Na cosa di vento senza consistenzia? Non era meglio sincirarisi prima di spidiri la littra?

Se la 'nfilò novamenti 'n sacchetta e s'addiriggì verso vicolo Cannaroto.

Genuardi aviva ditto che Ciccina bitava propio 'n cima alla strata. C'era 'na quarantina bono vistuta, truccata, facci simpatica, bello corporali, che si nni stava assittata davanti a una delle casuzze a 'na càmmara a fari l'uncinetto.

«Mi scusasse il disturbo, lei l'accanosce alla signura Ciccina Palmisano?».

«Io sugno» fici la fìmmina sorridenno.

«Pozzo arrubbarle cinco minuti?».

«Si pigliasse 'na seggia».

Bebè trasì, notò che tutto era pulito e sparluccicante, il letto a dù piazze senza 'na piega, pigliò 'na seggia e s'assittò allato a lei. Nell'assittarisi fici cadiri 'n terra dalla sacchetta, senza fari rumorata, 'na monita da cincocento.

«Vorria qualichi 'nformazioni».

«E chi 'nformazioni voli sapiri di mia? Io non mi catamino di ccà».

Bebè fici finta di scopriri allura allura la monita. Si calò, la pigliò, la pruì a Ciccina.

«Le sono cadute».

La fìmmina lo taliò occhi nell'occhi, tanticchia prioccupata. Mai aviva viduto tanto dinaro tutto 'nzemmula.

«Sbirro siti?».

«No».

«Addumannati» fici Ciccina piglianno la monita.

Bebè sparò.

«Vero è che mentri era maritato Antonio Cucurullo vi viniva ad attrovari?».

La fìmmina non ebbi sitazioni.

«Vero è. Io sugno libbira e vaio con chi mi piaci. E se mi paga bono, macari con chi non mi piaci».

«E Lauretta non nni sapiva nenti?».

«Lauretta lo sapiva».

«E come faciti a essirinni sicura?».

«Pirchì 'na vota che n'incontrammo facci a facci mi taliò e mi dissi: "buttana". V'abbasta?».

«Ma come faciva a supportari 'sta situazioni?».

«Pirchì era 'nnamorata pi davero d'Antonio» fici semprici semprici Ciccina.

E quindi la littra anonima era 'nutili spidirla.

Ma possibili che non c'era un modo per aviri a quella picciotta che gli stava facenno nesciri 'u senso? Proprio con 'na fìmmina onesta e 'nnamorata del marito macari da morto doviva 'ncappari?

Ciccina notò la sdillusione dell'omo. E siccome che era di cori granni e compassionevoli, si taliò torno torno e, visto che in quel momento non passava nisciuno, dissi:

«Se vi volite accomidare...».

«Grazii. Aio chiffare. Bonasira» fici Bebè susennosi.

A lo primo di settembriro Liborio e Mariastella si maritaro. Orazio non aviva avuto cchiù modo di vidiri la picciotta. Non è che gli ammancava lei, ma il dinaro che arrinisciva a farisi dari a forza di botti e pagnittuna.

Il jorno appresso al matrimonio s'appostò davanti alla casa che ora era macari di Mariastella e quanno vitti nesciri prima a Zina e po' a Liborio, annò a tuppiare. Mariastella taliò dallo spioncino e se lo vitti davanti, arraggiato. Non s'ammaravigliò né si scantò, sapiva che un jorno o l'autro Orazio avrebbi fatto qualichi cosa di simili. Dissi d'aspittari un momento, annò 'n cucina, agguantò un cuteddro, lo tenni darrè la schina e annò a raprire.

«Che vuoi?».

«Prima voglio a tia e doppo voglio dinaro assà».

Senza diri 'na parola Mariastella gli sputò 'n facci. E come Orazio fici un sàvuto 'n avanti, gli 'nfilò il cuteddro in una spaddra richiuienno la porta.

Sintì la vociata di dolori d'Orazio e po' le sò paroli:

«Io a Liborio te l'ammazzo».

Ma all'indomani Mariastella e Liborio si nni partero per un viaggio nella Merica a trovari certi parenti.

Sarebbiro tornati per il 25 di ottobriro, 'n tempo per la festa dei morti.

«Ti devo dari 'na notizia che non ti farà piaciri» dissi Mariuccia al raggiuneri Scimè appena che finero di fari all'amori.

«Che fu?» spiò quello allarmato.

Era sempri scantato all'idea che sò mogliere potissi accomenzare a sospittari.

«Arricivivo 'na littra di mè marito. Dice che veni a Vigàta 'n licenzia».

Non ci voliva propio. Mariuccia era accussì tennira, duci, amorusa... stari con lei era come livarisi un paro di scarpi stritti e mittirisi un paro di pantofole morbide, càvude, commode...

«E quanto resta?».

«Mai era capitato prima che ristasse tanto a longo» fici Mariuccia.

«Che veni a diri?».

«Veni a diri che si ferma fino al vinticinco d'otto-briro».

'Na mazzata. Ma non ristava che rassignarisi.

Il camposanto era addivintato traficato assà. C'era-no muratori d'ogni parti. Quelli che rifacivano la cap-pella di don Liborio, quelli che costruivano la tomba di don Gregorio, quelli che arriparavano il tetto alla cap-pella dei Cannizzaro... E po' Bebè non nni potiva cchiù d'annarici ogni matina che Dio mannava 'n ter-ra. Fu Genuardi a farigli viniri l'idea giusta, quanno gli dissi che da sulo non ce la faciva cchiù ad abbada-re alla clientela. Non ci dormì la notti. La matina ap-presso appena vitti compariri a Lauretta le s'avvicinò senza manco darle il tempo di cangiare i sciuri.

«Signora Lauretta, lei accanosce al mè commisso Genuardi?».

«Certo. Stamo nella stissa strata».

«Genuardi m'ha ditto che da sulo nel negozio non ce la fa cchiù. Lei potrebbi essirimi di grannissimo aiu-to. Se volesse farimi 'sta grazia...».

Lauretta lo taliava 'mparpagliata.

«Si voli spiegari meglio?».

«Se potesse venire a travagliare nel mè negozio... la paga è bona».

Il petto di Lauretta si isò e s'abbassò ràpito. Tornò a isarisi e a riabassarisi ancora più ràpito. Bebè vinni pigliato dalla virtigini.

«Accittiria volanteri» fici Lauretta. «Ma...».

«Quali ma?» spiò nirbùso Bebè.

«Ma purtroppo non pozzo».

«E pirchì?».

«Per l'orario. Io la matina vegno ccà».

«Vero è. Ma non ci resta tutta la matina. A mia m'abbasta che veni 'n negozio all'unnici e ci torna il doppopranzo».

«Se a lei va beni accussì...».

«Allura l'aspetto doppopranzo alle quattro».

«Devo accomenzare subito?».

«Si devi 'mpratichiri. Per qualichi jorno stia appresso a Genuardi che è bravo. Oggi stesso po' nni mittemo d'accordo per la paga. A cchiù tardo».

Le votò le spalli e si nni scappò fora dal camposanto, come a uno che nesci dal càrzaro doppo anni di galera. Ora di sicuro Lauretta non gli sarebbi scappata. L'aviva 'n potiri. E finalmenti era finuta macari quella gran rottura di cabasisi di fari finta di prigare davanti a 'na tomba della quali non gli catafottiva nenti di nenti.

Quattro

Tempo picca, Lauretta 'mparò il misteri da Genuardi e addivintò la prifirita dei clienti mascoli. Ogni matina s'apprisintava all'unnici spaccate, si mittiva al travaglio doppo aviri arrivolgiuto un sorriso raccanoscenti a Bebè, staccava all'una, tornava alle quattro e finiva all'otto di sira. Bebè ebbi modo di notari come la picciotta jorno appresso jorno si pigliava di confidenzia, scangiava volanteri qualichi parola con lui che non arriguardava al negozio, arridiva taliannolo nell'occhi se capitava qualichi cosa d'addivirtenti e si lassava di tanto 'n tanto carizzari un vrazzo o 'na mano. Il vintiquattro di ottobriro arrivò 'na grossa fornitura di scarpi, propio quanno, il jorno avanti, a Genuardi era vinuta la fevri. Bebè addimannò a Lauretta se potiva ristari 'n negozio nell'intervallo per aiutarlo a disimballari la merci e mittirla 'n ordini. Lauretta accittò. Bebè annò ad accattari quattro porzioni di cuddriruni e 'na buttiglia di vino. Prima di mittirisi al travaglio, mangiaro nell'ufficio. Lauretta provava un evidenti 'mpaccio ad attrovarisi da sula con lui e per vincirlo si vippi un bicchieri chiossà. Fu un bicchieri tradimentoso, pirchì quanno Bebè, all'improviso, l'affirrò e la vasò,

lei lo lassò fari. Ma quanno Bebè le misi la mano supra al primo bottoni della cammisetta, lei si scostò e
dissi con voci ferma:

«Ora basta. Facemo le pirsone serie. Mittemonni a
travagliare».

Bebè non insistì. Ma il jorno appresso, che Lauretta era trasuta nell'ufficio e non c'erano clienti, quanno fici novamenti per abbrazzarla, lei lo scostò con un
ammuttuni. Bebè ci ristò mali, ma si racconsolò pinsanno che non sarebbi mancata occasioni.

Quel 25 di ottobriro fu il jorno di dù arrivi e di 'na
partenza. All'alba si nni partì il capitano di papore marito di Mariuccia e il raggiuneri Scimè quella sira stissa s'apprecipitò a rifarisi del tempo perso, macari se la
signura era tanticchia provata dato che il capitano, in
vista della nova e longa luntananza, aviva fatto ampia
e ripituta provista. Da Novajorca tornaro Mariastella,
oramà con la panza di cinco misi, e Liborio. Appena
che arrivaro, Mariastella, che aviva soffruto durante il
viaggio, si corcò e il medico per prudenzia le ordinò 'na
simanata di letto. Liborio 'nveci annò dal sciuraro e ordinò cinco grannissime corune mortuarie per adornari
la cappella il dù di novembriro. Cinco corune, ognuna
in rapprisintanzia delle case, dei magazzini, delle paranze, dei tirreni e dei boni del Tisoro che costituiva-
no l'eredità paterna. E sempri da Novajorca arrivò
macari James Cannizzaro, vinuto sulo per fari visita ai
sò morti, dato che 'n paìsi non accanosciva a nisciuno.
Trasi a Vigàta guidanno un machinone miricano che din-

tra ci potiva bitare 'na famiglia 'ntera, e che aviva fatto 'mbarcari nella stissa navi nella quali viaggiava. Era un trentacinchino stacciuto, pariva un pugilatori, aviva un denti d'oro, un aneddro d'oro, un portasigaretti d'oro, un bocchino d'oro, i gemelli d'oro, e quanno che tirava fora il portafoglio pariva che mezzo Fort Knox ci si fusse trasfirito. Si pigliò quattro càmmare nel meglio albergo di Vigàta, spiegò 'n vigatisi che gli piaciva stari largo. Il doppopranzo del sò arrivo annò ad assittarisi al cafè Castiglione per vidiri se qualichiduno l'accanosciva. Po' si fici 'na passiata e si firmò davanti al negozio di Bebè. Taliò le scarpi esposte e trasì. Lo sirbì Lauretta. Si nni accattò dù para: uno nìvuro e uno giallo canarino.

Nella matinata seguenti Lauretta arrivò 'n negozio a mezzojorno. Dissi a Bebè che la colpa del ritardo era stata di James Cannizzaro, il quali, essenno annato a vidiri la sò cappella, l'aviva arraccanosciuta e le aviva attaccato un bottoni che non finiva cchiù. Il jorno doppo capitò lo stisso e Lauretta s'aggiustificò che stavota la colpa era sò, pirchì priganno non s'era addunata del tempo che passava. Bebè vitti però che Lauretta non ci stava con la testa, le scatole di scarpi le cadivano dalle mano, non ascutava quello che volivano i clienti. Po', al momento di chiuiri il negozio, lei gli dissi che la matina appresso non sarebbi potuta viniri a travaglio, doviva annare a Montelusa ad attrovare a 'na sò zia malata. Bebè s'offrì d'accompagnarla, ma lei arrefutò. 'N compenso, quanno nel doppopranzo s'apprisintò sorridenti, conciditti a Bebè di darle 'na vasateddra supra a 'na guancia. Ma gli dissi macari che doviva portari pacienza, pirchì per quattro o cinco matinate doviva annare a Montelusa ad abbadare alla zia. Bebè, 'n cangio di 'na vasata leggia supra alla vucca, le detti il primisso.

La sira del trenta, la signura Mariuccia dissi al raggiuneri Scimè che all'indomani sarebbi annata ad accattare il rigalo dei morti, e relative cose duci, per sò figlio Mimmo. Il raggiuneri le fici prisenti che, dato che macari lui doviva accattare il rigalo e le cose duci per sò figlio Stefanuzzo, avrebbi provviduto lui per tutti e dù i picciliddri.

Pirchì abbisogna sapiri che all'ebica a Vigàta non era ancora arrivato l'àrbolo di Natali con sutta i rigali. A Natali si conzava sulo il Presepio e si prigava. I rigali per i picciliddri 'nveci li portavano i morti nella notti tra l'uno e il dù di novembriro. Ogni picciliddro, tri o quattro jorni avanti al dù novembriro, attraverso la prighera sirali arrivolta al morto recenti di famiglia, il nonno, la nonna, qualichi zio o zia, opuro il patre o la matre, comunicava quali rigalo voliva attrovari. Po', la sira dell'uno, mittiva un cannistreddro capace sutta al letto e s'addrummisciva. O meglio, faciva finta d'addrummiscirisi, pirchì la curiosità di vidiri arrivari al morto col rigalo era granni assà. Ma annava a finiri che a 'na certa ura il sonno finalmenti li vinciva e accussì i granni potivano pigliari il cannistreddro e mittirici il rigalo e le cose duci. Ma il cannistreddro viniva ammuc-

ciato epperciò i picciliddri, quanno s'arrisbigliavano, dovivano annarlo a circari càmmare càmmare con i granni appresso che gli davano finte 'ndicazioni. Non c'e-
ra casa di Vigàta che quella matina non risonasse di ri-
sate, non facissi sintiri fino a fora la sò alligria. Po' tutti annavano al camposanto, i picciliddri portannosi appresso il rigalo. E mentri i granni prigavano davanti alle tombe, i picciliddri corrivano filici nei vialetti, ridi-
vano, cantavano, facevano voci ammostranno ognuno
il giocattolo arricivuto, jocannoci, scangiannolo. E accussì il jorno dei morti addivintava la festa dei morti.

Gregorio Cammarata, che dal jorno che era nisciuto fora dallo spitale si era 'ntanato nella sò casa senza
voliri vidiri a nisciunno, mangianno picca e nenti, co-
vanno l'odio verso Liborio come 'na gaddrina cova
l'ovo, il dù novembriro addicidì d'annare al camposanto all'otto del matino, quanno non c'era ancora che scarsa genti, sulo per vidiri com'era vinuta la sò tomba finuta. S'era arridduciuto a 'na sarda salata, stracangia-
to 'n facci, natava dintra al vistito. Fu accussì che
s'addunò che cinco grossi corune vinivano portate verso la cappella di quella che acconsidirava oramà la sò
ex famiglia. Subito pinsò che sò frate Liborio era morto e nisciuno gli aviva ditto nenti. Sintennosi tutto ral-
ligrari s'apprecipitò da Gersomino.
   «Che sunno 'sti corune?».
   «Cu siti?».
   «Gregorio Cammarata sugno».
   «Scusatimi, non v'avivo arraccanosciuto. 'Sti coru-

80

ne li vosi sò frate Liborio come ringrazio per l'eredità. Una per le case, una per i magazzini...».

Ma Gregorio non lo stava cchiù ad ascutare. Aviva un vilo russo davanti all'occhi e nelle grecchie il rumori di un timporali. Trimolianno tutto, si misi a corriri verso la sò casa per armarisi di revorbaro.

'Nveci Orazio Gangitano al camposanto ci arrivò col revorbaro già 'n sacchetta. Da quanno Liborio e Mariastella erano tornati dalla Merica non aviva fatto autro che starisinni appostato davanti al portoni di casa Cammarata, spiranno di vidiri marito e mogliere nesciri 'nzemmula. Pirchì lui a Liborio lo doviva ammazzari propio sutta all'occhi di Mariastella, masannò la soddisfazioni sarebbi stata la mità. Capace che quella matina finalmenti si livava a uno dei dù pinseri che aviva. L'autro era che Totò Filippazzo lo circava per spararigli dato che gli aviva mittuto prena la figlia Silvistrina e non se la voliva maritari.

Bebè si nni stava corcato, pirchì macari il dù il negozio ristava chiuso.

Po' arriflittì che, per salvari l'apparenzia davanti a Lauretta, al camposanto ci doviva annare. Non ci era cchiù ghiuto dal jorno che la picciotta si era mittuta a travagliare con lui. Si susì e accomenzò a vistirisi.

Il raggiuneri Scimè con sò mogliere Teresina e il figlio Stefanuzzo arrivaro al camposanto alle deci. Stefanuzzo era orgoglioso del trenino di lanna con le rotaie e tri vagoni che gli aviva portato nonno Stefano.

La signura Mariuccia Jacolino col figlio Mimmo arrivò 'nveci alle deci e mezza. Mimmo era orgoglioso del trenino di lanna con le rotaie e tri vagoni portato da... E ccà Mimmo non si capacitava di 'na cosa stramma.

All'unnici e deci Mimmo e Stefanuzzo si 'ncontraro in un vialetto con i dù trenini 'ntifici.

«A mia mi lo portò nonno Stefano» fici Stefanuzzo. «E a tia?».

«A mia me lo portò tò patre» dissi Mimmo. «Lo vitti coi mè occhi. Com'è che mi portò il rigalo se non è morto?».

Stefanuzzo, pigliato dal dubbio, annò da sò matre.

«Mimmo dici che il rigalo glielo portò mè patre. Lo vitti coi sò occhi».

Alla signura Teresina, gilusa com'era, il sangue le acchianò subito a timpiratura d'ebollizioni. Annò a taliare il trenino di Mimmo e vitti che era priciso 'ntifico a quello di Stefanuzzo. Facenno 'na vociata d'armàlo serbaggio, satò verso la signura Mariuccia che stava parlanno con un'amica e l'affirrò per i capilli chiamannola grannissima troia e buttana.

La signura Mariuccia le gracciò la facci. Il raggiuneri Scimè si nni scappò. Successi il virivirì. Dù guardii comunali ci misiro un quarto d'ura prima d'arrinesciri a siparari le dù fìmmine che s'arrutuliavano terra terra aggrampate.

Bebè trasì nel camposanto quanno le cose si erano carmate e le dù fìmmine erano state fatte nesciri. Con grannissima sorprisa notò che i sciuri davanti alla tomba d'Antonio erano sicchi. Come mai Lauretta non li aviva cangiati? E come mai la picciotta non si vidiva torno torno? Po' s'addunò che la cappella della famiglia Cannizzaro, rimittuta a novo, aviva sul davanti 'na gran quantità di rose e sciuri. S'avvicinò 'ncuriosuto. Il cancello era rapruto, la porta a vitri 'nveci era accostata e dalla fissura nisciva luci. Accostò l'occhio allo spiraglio e taliò. James aviva fatto le cosi alla granni. Ci stavano 'na vintina di cannileri a tri vrazza con le cannile addrumate e l'interno della cappella era tappizzato di rose e sciuri.

Al centro c'erano James e 'na picciotta che si stavano vasanno. Della picciotta Bebè vidiva sulo la mano mancina posata supra alla spalla del miricano, il dito adornato da un aneddro di zitaggio con una petra priziusa che sparluccicava come milli cannile. Po' i dù si lassaro, la picciotta votò la facci verso la porta. Dintra al ciriveddro di Bebè prima calò notti e subito appresso ci fu qualichi cosa di simili all'eruzioni di un vulcano. Ammuttò la porta, satò dintra, l'occhi sgriddrati, i capilli isati, le mano ad artiglio, pariva un lupo ammannaruto.

«T'ammazzo!» ululò a Lauretta attirrita.

Il pugno di James lo pigliò 'n piena facci, gli scugnò il naso, lo fici rutuliari fora dalla cappella. Vidennolo nesciri dalla tomba con la vava alla vucca e tutto 'nsanguliato 'na poco di pirsone pigliaro abbaglio e si misiro a fari voci correnno scantate.

«Scappati! Un'anima addannata vinni fora dal sipolcro!».

83

Doppo il virivirì, successi il quarantotto. 'Ntanto Bebè era arrivato davanti alla tomba d'Antonio e 'nsurtava la fotografia di lui:

«Cornuto! Grannissimo cornuto!».

Le guardii comunali ci misiro 'na mezzorata per fari tornari la carma nel camposanto e a portarisi 'n caserma a Bebè.

Don Liborio arrivò che mancava picca all'una danno il vrazzo a Mariastella. Appujate allato alla porta della cappella ci stavano le cinco corune, ma davanti c'era la banna municipali al completo, 'ngaggiata apposito per un concertino di marce funebri. Naturalmenti, appena che la banna attaccò all'arrivo della coppia, tutti quelli che s'attrovavano nel camposanto s'arricoglioro in loco per godirisi la musica. E da dù angoli opposti del camposanto, senza nenti sapiri l'uno dell'autro, accomenzaro ad avvicinarisi quatelosamente Orazio e Gregorio, tutti e dù con la mano dritta 'nfilata nella sacchetta indove tinivano il revorbaro. All'attacco del terzo pezzo, Orazio, che era arrivato a quattro passi darrè a Liborio, vitti con la cuda dell'occhio, a mano manca, a uno che straiva un revorbaro dalla sacchetta. Non sulo non arraccanoscì a Gregorio, ma lo scangiò per Totò Filippazzo, il patre di Silvistrina. Ràpito come il lampo, scocciò e gli sparò. Lo mancò di dù metri, piglianno l'enormi boccia di vitro che faciva da basi alla croci supra alla cappella del baroni Randazzo. Mentri la boccia scoppiava come a 'na bumma, provocanno sia il virivirì che il quarantotto, Gregorio sparò

84

dù colpi contro quello che cridiva essiri 'na guardia del corpo di Liborio piglianno rispittivamenti il tromboni che fici booom e la grancassa che fici buuum, po' lassò cadiri l'arma e corrì verso la sò tomba. E l'incignò, abbattennosi supra alla lastra di màrmaro stroncato da un infratto di cori.

Nel fui fui ginirali, macari Orazio, che non era stato notato, si nni scappò. Epperciò i vigatesi dovittiro rassignarisi a non accapirici nenti del pirchì e del pircomo ci fusse stato quello spara spara che pariva 'na pillicola di gangestri.

La sira, chiuienno la cancillata del camposanto, Gersomino pinsò che di certo mai i morti si erano addivirtuti tanto come in quel dù di novembriro.

Teresina

Uno

La matina del deci di majo del milli e novicento e vinti, ch'era 'na duminica, la baronissa Caterina Argirò di Santo Stefano, non potenno ghiri alla missa delle dudici, che era quella dei nobili e dei borgisi, si fici accompagnari dal figlio Giacomino a quella delle otto del matino, indove i fideli erano tutti genti vascia, 'n generi mogliere, soro o figlie di piscatori, viddrani e carritteri.

Siccome che Palazzo Argirò era squasi attaccato alla chiesa, la baronissa, ch'era ottantina, la strata se la faciva a pedi, caminanno lenta attaccata al vrazzo di Giacomino.

A vidirli 'nzemmula, nisciun forasteri avrebbi accriduto ch'erano matre e figlio, ma nonna e nipoti.

Giacomino 'nfatti era un trentino biunnizzo, sdilicato, sicco sicco, completamenti pilato, con le palpebri sempri calate a mezzo da pariri 'n punto d'addrummiscirisi, di pelli accussì bianca che viniva d'immaginarisi che dintra al sò corpo non scorriva sangue ma gesso liquito.

Era 'ncerto nel cataminarisi e prima di fari ogni minima cosa, macari di vivirisi un bicchieri d'acqua, taliava sempri a sò matre come per avirne il primisso.

Donna Caterina aviva avuto a 'sto figlio unico a cinquant'anni e sò marito Artidoro era morto d'infratto la notti stissa che la criatura era stata concepita, forsi per lo sforzo al quali s'era dovuto sobbarcari, arrisbigliato 'n mezzo alla nottata dalla mogliere la quali, facenno voci che le era comparsa 'n sogno la Madonna dei Setti Dolori dicennole che quello era finalmenti il momento bono, aviva voluto fari la cosa doppo vint'anni e passa di non praticanza.

E forsi pirchì la Madonna aviva voluto farle un miracolo, la baronissa vitti nel figlio un rigalo priziuso caduto dal celo e quanto e come se lo tiniva stritto! Tanto da continuarlo a considerari, a trent'anni, priciso 'ntifico a un picciliddro abbisognevoli d'attinzioni continue.

«Giacomì, stamatina ti lavasti bono?».

«Giacomì, sei annato di corpo?».

«Giacomì, fammi vidiri la lingua».

A farla brevi: Giacomino non nisciva mai sulo da casa ma sempri accompagnato dalla matre, non era stato mannato a scola ma aviva pigliato lezioni 'n casa da patre Midulla, non aviva mai avuto 'n amico e mai accanosciuto fìmmine, all'infora di decrepite zie e vecchie cuscine di mamà e di 'Nzeddra, la cammarera sittantina che l'aviva viduto nasciri.

Quanno trasero, attrovaro la chiesa accussì china che la baronissa non arriniscì ad arrivari al banco arrisirbato della famiglia. Nell'aria stagnava 'n aduri pisanti di carni umana mala lavata. La baronissa si portò al naso un fazzolittino profumato. Finalmenti si pottiro assistimare in un banco dell'urtima fila pirchì le pirsone che già l'accupavano si stringero e gli ficiro posto.

Giacomino era trasuto nel banco per primo, in modo che sò matre vinissi ad aviri a mano manca il corridoio e a mano dritta lui, senza doviri patiri un contatto fastiddioso con genti di vascio rango.

'Na vota che si fu assittato, Giacomino, come faciva sempri quanno ascutava la missa, chiuì l'occhi e si pigliò la facci tra le dù mano stannosinni tanticchia calato 'n avanti con i gomiti appuiati supra alle ghinocchia.

Pariva 'ntento alla prighera, assorto nella meditazioni, ma la virità era che la missa gli faciva viniri 'na speci di sonnolenzia indove a lento a lento sprofunnava fino a non aviri cchiù un sulo pinsero 'n testa e se si doviva susiri addritta o 'nginocchiari lo faciva atomatico, imitanno il movimento di sò matre allato a lui.

Quella po' era 'na jornata di càvudo spiciali, pariva stati, per cui la sonnacchiera gli calò subito.

Ma doppo tanticchia avvirtì di stari disagiato. Aviva la gamma dritta, di nicissità, 'mpiccicata a 'na gamma fimminina e non la potiva scostari manco di un millimetro. Ma da quella carni di fìmmina si partiva un calori forti, squasi che fusse un cufularu addrumato, che quadiava accussì tanto la parti esterna della sò gamma che pariva che da un momento all'autro potiva accomenzare a mannare fumo.

'Ncurlusuto, votò di picca la testa, allargò le dita e raprì a mezzo un occhio per tàllaila.

91

Ristò 'ngiarmato.

Della fìmmina che gli stava allato si vidiva sulo la facci, pirchì tiniva 'no sciallino che le cummigliava la testa e il petto.

Gli ammancò il sciato.

Era la facci di 'na picciotteddra non ancora diciottina, la fronti 'ncorunata da boccoli biunni, granni occhi cilestri, la pelli rosata come l'alba, il nasuzzo sdilicato, la vuccuzza che pariva pittata da un granni pittori. 'Na biddrizza cilistiali.

Ecco a chi assimigliava! Era 'na stampa e 'na figura con uno dei dù angili pittati nella cappella del sò palazzo, quello che sonava 'na speci di flautu 'n mezzo alle nuvole.

Possibili che 'na criatura accussì potiva esistiri 'n carni e ossa?

Po' la picciotta si susì addritta e lui macari. Di colpo, gli vinni ad ammancari il calori alla gamma dritta, disidirò 'mmidiato di sintirlo novamenti.

Appresso la picciotta si riassittò e lui fici l'istisso. E daccapo le du gamme tornaro a toccarisi.

Ma stavota non gli abbastò. Senza sapiri manco quello che stava facenno, pressò con forza la sò gamma contro quella di lei. L'autra gamma non fici nenti per scostarisi. Però la picciotta si votò a taliarlo.

E allura macari lui si livò la mano dalla facci, s'appuiò con le spalli alla spallera del banco, votò la testa e ricambiò la taliata.

Matre santa, quant'erano perigliosamenti vicine le dù facci!

Quanto tempo passaro occhi nell'occhi? Secunni, minuti, ure, jorni, misi, anni?

Po' la missa finì. Sò matre niscì dal banco, Giacomino le annò appresso, la picciotta lo sfiorò niscenno macari lei. Giacomino la seguì con la cuda dell'occhio avenno un sulo pinsero 'n testa: come potiva fari per non perderla di vista?

«Giacomì».

Che potiva fari per...

«Giacomì! Surdo addivintasti?».

«Eh?» arrispunnì 'ntronato a sò matre.

«Aspettami fora un momento che vaio 'n sagristia a parlari con patre Settimino. Stanotti mi vinni 'n sogno tò patre e mi dissi che la missa per lui patre Settimino la sbagliò e la dedicò 'nveci a 'u zù Stefano».

S'avviò di cursa fora dalla chiesa, si taliò torno torno, eccola ddrà, alla picciotta, 'nzemmula a 'na fìmmina che doviva essiri sò matre. Avivano tutte e dù il vistito bono della duminica, ma si vidiva che erano viddrane. 'Nfatti raggiungero a un omo, certo il patre, che l'aspettava con le retini di 'no scecco 'n mano e tutti e tri s'avviaro per la strata che portava alla campagna.

Ma un attimo prima di girare l'angolo e scompariri, la picciotta si firmò e si votò a taliare verso il portoni della chiesa.

Giacomino, per farisi vidiri a quella distanzia, isò un vrazzo in àvuto.

La picciotta fici l'istisso, po' si girò, detti dù passi e scomparse.

Con lei, Giacomino vitti scompariri il munno sano sano.

«Non aio gana di mangiari» fici Giacomino assittannosi a tavola.

«Non ti senti bono?».

«Mi sento bono, ma non aio gana di mangiari, mamà».

La baronissa detti 'na manata supra alla tavola.

«E allura mangia l'istisso!».

Bidì, com'era solito fari.

La pasta gli acchiummò lo stommaco. Quanno l'ebbi finuta, dissi:

«'U secunno però no».

Autra gran manata.

«Che sunno 'sti capricci? Mangia e non fari storie!».

Capretto e patati al forno. A ottant'anni sonati la baronissa aviva 'no stommaco di ferro. Giacomino non ce la fici. A mità del secunno si susì di cursa e annò a vommitare tutto quello che aviva agliuttuto a forza.

La baronissa lo raggiungì, l'aggrampò per le spalli e lo scotì, sospittosa:

«Ti mangiasti qualichi cosa ammucciuni, eh, sbrigugnato?».

L'unico vizio che Giacomino aviva erano i cosi duci. Ogni tanto ne arrubbava qualichiduna che la baronissa tiniva dintra a 'na granni scatola di lanna.

«No, ti lo giuro, mamà».

La baronissa passò 'mmidiato alla prioccupazioni.

94

«Allura manno a chiamari subito al dottori. Tu vatti a corcari».

Il dottori Cumella, che era di casa, s'apprisintò doppo un'orata. Era un quarantino di malo caratteri e di parlata spartana, ma come medico non ci nni erano uguali.

Visitò a longo a Giacomino e po' dissi alla baronissa che aviva assistuto alla visita:

«Non avi nenti: è sulo sdilicato e cagionevoli».

«E allura pirchì vommitò?».

«Pirchì non aviva pititto e lei l'ha obbligato a mangiare».

«Non lo sopporto quanno si metti a fari i capricci».

Il dottori stava per ribattiri, ma si firmò, taliò alla baronissa e spiò:

«Le pozzo parlare a quattr'occhi?».

«Vinissi 'n salotto».

Il dottori attaccò subito:

«Baronissa, le parlo papali papali, lei devi accapire che accussì sò figlio non può annare avanti».

«Pirchì, gli ammanca cosa?» fici sorprisa la baronissa.

«Tutto gli ammanca!» sbottò il dottori. «Gli ammancano le nisciute fora di casa, le sirate al cafè, le passiate con l'amici, l'aria frisca, 'u soli, i divertimenti, le fimmine! Gli ammanca la vita! Lei da 'sta grecchia non ci voli sentiri, ma le cose stanno accussì. Lei se lo teni troppo stritto! Gli fa fari un'esistenzia contro natura! Sta arridducenno a sò figlio a un essiri che non è né carni né pisci!».

La baronissa si strubbò. Mai nisciuno le aviva parlato accussì.

«Ma io il beni sò ho voluto!».

«Non lo metto in dubbio, baronissa. Ma 'sto picciotto, cerchi d'accapiri, è crisciuto senza un patre, senza un parenti mascolo che potiva aiutarlo ad addivintari un omo vero...».

«Ma io ora che pozzo fari?» spiò la baronissa turciuniannosi le mano.

«Lo lassasse nesciri fora di casa, quanno voli e con chi voli».

«Da sulo? Mai! Pò 'ncontrare male compagnie che...».

«Ma lei non può continuari a fari campare a sò figlio dintra a 'na casa come se fusse un vecchio! Ma non lo vidi? Avi trent'anni e pari cchiù anziano di mia! Deve praticare con la giovintù, masannò...».

S'interrompì pirchì gli era vinuto di fari 'na pinsata.

«E se lei si piglia a 'na cammarera graziusa e picciotta?».

La baronissa lo taliò malamenti.

«Lei vorrebbi che mè figlio si mittissi a fari cose vastase con una criata?».

«A parti il fatto che non crio che Giacomino ora come ora si mettirebbi a fari cose con una serva, io sugno pirsuaso che la prisenza 'n casa di 'na beddra picciotta avrebbi un effetto bono supra alla sò saluti. Ci pinsasse».

La baronissa ci pinsò tutta la nuttata e la matina appresso, doppo aviri ordinato a Giacomino di ristarisinni corcato per tutta la jornata, annò 'n chiesa facennosi accompagnari dalla cammarera per addimannare consiglio a patre Settimino.

A sintiri la proposta che le aviva fatto il dottori Cumella, patre Settimino si misi a fari voci.

«Il dottori è un massone! Un'anima persa! Uno che non cridi né a Dio né a 'u diavulu!».

«Vabbeni, ma...».

«Nenti ma! Voi voliti fari cadiri 'n tintazioni a vostro figlio? Voliti farigli addannari l'arma? Lo voliti fari ardiri nel foco eterno?».

«'Nzamà Signuri!» sclamò, atterrita, la baronissa.

«E allura nenti criate picciotte 'n casa vostra!».

E accussì dicenno, il parrino detti un gran pugno alla basi di ligno che riggiva la statua della Madonna dei Setti Dolori.

E 'mmediatamenti appresso, una delle sette spate che trafiggevano il cori della Madonna si staccò e l'elsa annò a pigliari 'n mezzo alla fronti a patre Settimino, accomenzanno a farigli nesciri tanto sangue che pariva 'na fontanella.

Successi il virivirì.

Ma quanno si nni tornò nel sò palazzo, la baronissa si era fatta pricisa pinione. La Madonna aviva lassato chiaramenti accapiri che non era d'accordo con patre Settimino e che aviva raggiuni il dottori Cumella.

97

Due

Il probrema però ora addivintava 'Nzeddra, la vecchia cammarera, che di certo si sarebbi sintuta offinnuta dall'arrivo di 'na nova criata, l'avrebbi pigliata come signo che lei oramà non era cchiù bona a fari il travaglio di casa.

La baronissa ci pensò supra tutta la nottata che vinni arramazzannosi a longo nel letto per attrovari 'na soluzioni e all'indomani a matino chiamò nella sò càmmara a 'Nzeddra e le arrifirì il discurso che le aviva fatto il dottori Cumella.

E po' arrivò alla conclusioni che si era studiata.

«Allura t'addimanno: non ci sarebbi 'na parintuzza tò che pò viniri? 'Na picciotta alla quali tu voi fari tanticchia di beni e che potrebbi essiriti di granni aiuto a tiniri la casa?».

Come la baronissa aviva prividuto, mittuta accussì la facenna, 'Nzeddra non sulo non s'offinnì, ma arrispunnì che parenti bisognevoli nni aviva a tinchitè ma che per fari 'na cosa coscinziusa voliva, prima d'addicidiri, pinsarici supra qualichi jorno.

Il vinniridì che vinni, appena tornata dall'aviri fatto la spisa, 'Nzeddra fici sapiri alla baronissa che aviva scigliuto la meglio picciotta tra le sò parenti e che la nova criata, 'na diciassittina che s'acchiamava Teresina Sciacchitano ed era figlia di un sò cuscino luntano, si sarebbi apprisintata 'n jornata.

Appresso si nni niscì novamenti per portari un biglietto della baronissa a 'na zia ch'era malata.

Quella stissa matina la baronissa addicidì che Giacomino doviva susirisi dal letto. Tanto, a starisinni corcato non gli aggiovava, anzi. Era addivintato cchiù pallito di prima, tiniva l'occhi chiusi che pariva morto e non spiccicava parola.

Ma quanno che si fu vistuto, il picciotto non arriniscì a riggirisi addritta, pativa firriamenti di testa e leggeri mancamenti.

Era da cinco jorni e da cinco notti che aviva mangiato picca e dormuto squasi nenti, con la facci della picciotta che assimigliava a un angilo sempri davanti all'occhi.

E dù o tri vote, con la testa sutta al linzolo, si era mittuto a chiangiri sdisolato, essenno pirsuaso che mai cchiù avrebbi avuto occasioni di rividirla.

Verso l'unnici tuppiaro alla porta.

«Va' a rapriri tu» dissi la baronissa dalla sò càmmara al figlio.

Giacomino faticanno s'avviò alla porta, la raprì e per un momento criditti di stari 'nsognanno.

Davanti a lui, 'n carni e ossa, ci stava la picciotta della chiesa, l'angilo tanto spasimato.

La picciotta, che tiniva 'na truscitedda 'n mano, da parti sò lo taliò, l'arraccanoscì, arrussicò, fici un passo narrè, uno in avanti, raprì la vucca per la miraviglia, sgriddrò l'occhi e po' finalmenti accomenzò a parlari:

«Sugno Teresina, la criata che…».

Ma non potti continuari.

Giacomino stava cadenno 'n terra, sbinuto.

Per farle 'mparare subito il misteri, 'Nzeddra volli che, quel jorno stisso, Teresina le annasse appresso e stassi attenta a quello che lei faciva quanno sirviva 'n tavola.

E ogni vota che le dù cammarere trasivano nella càmmara di mangiare, la baronissa s'appizzava a taliare a sò figlio per vidiri come si comportava, che effetto gli faciva la prisenza di quella beddra picciotta. Ma Giacomino non isava mai l'occhi dalla tovaglia, 'ntento a contari le muddricheddre di pani.

Sapiva benissimo che se lui e Teresina si fussero appena appena sfiorati con una taliata, sarebbiro ristati appinnuti l'uno all'autra e sarebbi finuta a schifìo.

Si potiva considerari come un effetto della prisenza di Teresina il fatto che Giacomino si era puliziato tutto il piatto di spachetti al suco e si era agliuttuto macari il grasso della cotoletta? si spiò alla fini della mangiata la baronissa.

Ad ogni modo, quella prima prova era stata rassicuranti, era stata il signo che sò figlio non si era minimamenti 'ntirissato alla picciotta in quanto fìmmina.

E si confirmò che aviva fatto beni a non stari a sentiri le paroli di malagurio di patre Settimino.

Fu doppo 'na simana dall'arrivo di Teresina che

Giacomino s'addunò tutto 'nzemmula che l'angilo aviva macari un corpo, e che corpo, e non era fatta di sula facci.

Capitò il primo jorno che la picciotta vinni abilitata a sirviri da sula 'n tavola. Per posarigli davanti il piatto di spachetti, Teresina dovitti calarisi tutta 'n avanti e la sò minna dritta si vinni a posari supra alla spalla mancina di Giacomino. Il contatto durò il minimo nicissario, ma fu bastevoli per trasmittirigli 'na forti sinsazioni di piacevolissimo calori, la stissa 'ntifica provata attraverso la gamma quella duminica matina 'n chiesa.

In quello stisso momento, il corpo di Teresina pigliò pricisa consistenzia, si formò, pezzo doppo pezzo, nella menti di Giacomino: il petto, le vrazza, le mano, la panza, il viddrico, le natiche, le gamme, i pedi… Tutto, perfino il disigno delle vinuzze sutta alla pelli.

Non potti fari a meno d'isare l'occhi e di taliarla di darrè mentri che lei si nni tornava 'n cucina. A malgrado che avissi la gonna longa e la cammisetta, la vitti per un momento come se fusse completamenti nuda.

Sbiancò, sudò, le mano gli trimaro.

«Che hai?» gli spiò la baronissa.

«Nenti, non t'apprioccupari, mi annò per traverso il vino che stavo vivenno» arrispunnì, contanno per la prima vota 'na vera farfantaria a sò matre.

Pirchì la virità era che aviva provato 'na speci di tirrimoto subitanio e totali, dalla punta dei pedi alla cima dei capilli, un tirrimoto accussì violento che, in un attimo, l'aviva fatto nesciri dall'infanzia prolungata

101

nella quali si era attrovato sino ad allura e maturare in un fiat mittennogli 'n testa i pinseri di un omo fatto.

E tra 'sti pinseri primeggiò quello di fari all'amori con Teresina. Non era mai stato con nisciuna fìmmina, ma non si nni prioccupava, sapiva d'istinto che con lei tutto gli sarebbi vinuto naturali. Ma a malgrado che 'sto pinsero gli si fusse chiantato 'n mezzo al ciriveddro come un chiovo, non sapiva arrisolvirisi a fari il primo passo.

Per la verità, anzi, non sapiva manco quali avrebbi dovuto essiri il primo passo.

E se Teresina gli diciva di no? E se, offinnuta, addicidiva di non ristari cchiù a sirvizio da loro?

No, chiuttosto che perderla, meglio starisinni a maciriari senza fari gesti sbagliati.

Ogni jorno la baronissa, doppo mangiato, si faciva un dù orate di sonno. 'Nzeddra l'annava ad arrisbigliare verso le quattro portannole il cafè.

Giacomino 'nveci si nni annava nella sò càmmara, s'assittava nella pultruna e si mittiva a taliare il soffitto. Po', passata 'na mezzorata, si susiva e annava a mittirisi alla finestra a vidiri le genti che passava strata strata.

Fino a quanno sò matre non s'arrisbigliava. Allura lo chiamava e gli cuntava i sogni che aviva fatto.

Un jorno che s'era appena mittuto alla finestra, vitti a 'Nzeddra che, nisciuta dal portoni del palazzo, pigliava la strata per il porto e scompariva. Di certo era stata 'ncarricata di qualichi commissioni.

E allura 'mmidiato pinsò che lui e Teresina erano finalmenti 'n condizioni di potirisi parlari libberamenti, almeno fino a quanno sò matre non s'arrisbigliava.

Ma 'sta possibilità, 'nveci di darigli la forza d'agiri, l'apparalizzò, sudatizzo. Era certo che, davanti a lei, non avrebbi saputo rapriri vucca. E si nni ristò accussì, con la fronti appuiata alla finestra e 'na gran gana di chiangiri.

Fu allura che sintì tuppiare a leggio alla porta. Ristò 'mmobili, non cridenno a quello che aviva sintuto. La tuppiata s'arripitì. Si movì verso la porta, le gamme tise pirchì le ghinocchia non gli si piegavano. Raprì.

Teresina era lì che lo taliava, muta. Aviva il respiro affannato, come se avissi curruto.

Giacomino chiuì l'occhi, allungò 'na mano, la mano 'ncontrò quella di lei, la stringì, la tirò.

Teresina fu dintra alla càmmara e 'stantaniamenti s'attrovaro abbrazzati, le vucche 'ncoddrate.

Po' lei dissi, alluntananno tanticchia la facci:

«Devo portari il cafè alla baronissa».

Era passata un'ura sana sana e Giacomino non si nni era addunato.

E quella notti stissa fu lei ad annarlo ad attrovari nella sò càmmara. E fu lei a 'nsignarigli come che si faciva. A lei, tri anni avanti, glielo aviva 'nsignato sò patre.

«Amori mè» fici 'na notti Giacomino che era già un misi che si 'ncontravano «vidi che per mia la cosa è seria».

«E per mia no?» fici Teresina.

«Allura, se macari tu sei d'accordo...».

«Che vuoi fari?» spiò Teresina allarmata.

«Dico a mè matre che ti voglio maritare».

Teresina scattò a susirisi a mezzo del letto.

«Pazzo niscisti?».

«E pirchì?».

«Pirchì tò matre mi ghietta 'mmidiato fora di casa».

«E io ti vegno appresso».

«Ah, sì? E di che campamo? D'aria?».

«Allura che facemo?».

«Nenti. Che potemo fari? L'unica è portari pacienza e prudenzia».

«Ma fino a quanno?».

Teresina gli pigliò la facci tra le mano.

«Mi dispiaci diriti quello che ti staio dicenno, pirchì tu sei attaccato assà a tò matre. Ma iddra avi oramà 'na certa età, e nisciuno a 'sto munno è eterno».

Vero era, non ci aviva pinsato. Ma che la sò filicità dovissi dipinniri dalla morti di sò matre, gli appannò il piaciri che Teresina gli detti.

«T'aio a diri 'na cosa» fici Teresina 'na notti doppo che avivano fatto all'amori. «Io a tia non ti voglio ammucciari nenti».

«Hai cose da ammucciare?».

«Una. E te la dico. Quella duminica che t'assittasti allato a mia 'n chiesa, io già lo sapivo che tu eri 'u figlio di la baronissa e che t'acchiamavi Giacomino».

«Ah, sì? E come fu che…».

«'Na vota che ero con 'Nzeddra ti vitti passari con tò matre e le spiai ogni cosa supra di tia».

«Pirchì?».

«Non l'accapisci, babbasuneddro? Pirchì m'innamorai subito di tia».

«Davero?».

«Davero. E la voi sapiri 'n'autra cosa?».

«Forza».

«Quann'eramo assittati allato nel banco, la mè gamma la 'mpiccicai alla tò apposta».

«Bono facisti».

«E la voi sapiri l'urtima?».

«Sì».

«Quanno seppi che 'Nzeddra circava a 'na criata picciotta per viniri a travagliare ccà, io mi fici avanti e le parlai a quattr'occhi».

«E che ci dicisti?».

«Che se pigliava a mia, non sulo io aviria fatto la serva a lei, ma le aviria dato un quarto del dinaro della mè paga».

«E 'Nzeddra accittò?».

«Non le parse vero».

«E non ti spiò pirchì avivi tutto 'st'intiressi a viniri ccà?».

«Sì. E io ci dissi che mi nni voliva ghiri dalla mè famiglia, che non riggivo cchiù a mè patre».

Commosso, Giacomino se la stringì forti al petto.

«Chista è la fìmmina della mè vita, la prima e l'urtima» pinsò.

E aviva raggiuni lei: abbisognava portari pacienza. Frano picciotti, avivano tutto il tempo che volivano davanti a loro. Ancora qualichi anno di sacrificio e po'…

Tre

A meno di sei misi dall'arrivata di Teresina l'effetti squasi miraculusi della cura prescritta dal dottori Cumella per Giacomino foro evidenti non sulo alla baronissa, ma macari ai parenti di lei che 'na vota ogni quinnici jorni vinivano a farle visita.

«Maria che picciuttuni che s'è fatto!».

«Macari le spalli cchiù larghe avi!».

«E che ci dasti? Oglio di ficato di mirluzzo a varliri?».

E fu duranti una di 'ste visite che la zà Titina fici accapiri che ora che Giacomino era guaruto dalle sò malatie ed era addivintato un beddro picciotto, non era cchiù prudenti che 'n casa ci stassi 'na cammarera accussì picciotta e beddra.

Le paroli della zà Titina aggravaro un dubbio che nell'urtimi jorni era vinuto alla baronissa la vota che aviva viduto a Teresina che aiutava a Giacomino, che s'era fatto mali a 'na mano, a mittirisi la cravatta. C'era, nei movimenti dei dù, 'na confidenzia dei corpi che non si scantavano a starisinni a contatto, 'na naturalezza nel toccarisi che non avrebbi dovuto essirici.

Certamenti, raggiunò, se Giacomino e Teresina facivano la cosa, non potivano farla che di notti, quanno lei e 'Nzeddra durmivano.

Perciò, per accertarisinni, quella notti stissa, quanno sintì sonari la mezzannotti dal ralogio del municipio, si susì, addrumò 'na cannila e niscì dalla càmmara per annare in quella di Giacomino che s'attrovava nella parti opposta del corridoio.

Proprio 'n quel momento Teresina, che caminava allo scuro, come se fusse jorno, stava scinnenno dal piano di supra per ghiri da Giacomino, ma, viduta la baronissa alla lumera, si votò e riacchianò le scali tornannosinni a corcare nel sò letto.

La baronissa trasì nella càmmara di Giacomino e l'attrovò che durmiva sulo. Giacomino non durmiva, faciva finta, aspittava a Teresina, ma era stato mittuto 'n sospetto dalla luci della cannila che la picciotta non adopirava mai.

Ma la baronissa non si ritenni sodisfatta. Quella notti i dù non si erano 'ncontrati, ma chi le diciva che non l'avrebbiro fatto la notti appresso? Opuro la notti appresso ancora? E potiva lei perdiri accussì il sonno facenno la posta notti doppo notti? No, doviva pigliare 'na decisioni. E la pigliò. L'indomani doppopranzo, quanno 'Nzeddra le portò il cafè per arrisbigliarla, le dissi:

«Senti, oj è il quinnici. Devi dire a Teresina che alla fini del misi non aio cchiù bisogno di lei».

'Nzeddra ristò 'ntronata, non si l'aspittava.

«Non è cuntenta di come travaglia?».

«A travagliare va beni».

«Pi caso le ammancò di rispetto?».

«No».

«E allura pirchì...».

«Pirchì addecisi accussì e basta».

«Come voli vossia».

«Io vaio a parlari con mè matre».

«E fai pejo, senti a mia».

«Ma io senza di tia non pozzo campari».

«E manco io. Ma che ci potemo fari? Si vidi che 'u distino voli accussì».

A Giacomino spuntaro le lagrime. Teresina lo raccon-solò.

Ma il distino, 'nveci, se la pinsò diversamenti.

La matina presto del vintotto di quello stisso misi, mentri Giacomino si nni stava vigliante e sconsolato nel letto al pinsero che quella appena passata era stata la penultima nuttata d'amori con Teresina, il palazzo rin-tronò delle vociate altissime di 'Nzeddra che corriva casa casa come a 'na pazza.

Giacomino s'apprecipitò e se l'attrovò davanti, men-tri Teresina, scantata, scinniva dal piano di supra.

«Che fu?».

«La baronissa morse! Matre santissima, morta è!».

«Va' a chiamari al dottori Cumella!» le ordinò Giaco-mino mentri corriva nella càmmara di letto di sò matre.

La baronissa non era morta nel sonno. Stava stinnic-chiata 'n terra allato al letto. Era chiaro che si era sin-tuta mali, si era susuta, ma non aviva fatto a tempo man-co a chiamari aiuto.

Aiutato da Teresina, la pigliò e la misi supra al letto. La morta aviva 'na smorfia di dolori supra alla facci. Giacomino si misi a chiangiri come un picciliddro. Teresina non lo conortò, ristò allato a lui senza diri 'na parola.

E di 'sto silenzio Giacomino le fu grato.

Po' arrivò il dottori Cumella che ghittò a tutti fora dalla càmmara ristannosinni sulo con il catafero.

Niscì doppo 'na mezzorata e passa, annò a lavarisi le mano e po' dissi che voliva fari qualichi dimanna alle dù fìmmine. Se Giacomino disidirava assistiri, s'accomidasse macari lui.

«Voglio sapiri che mangiò la baronissa aieri a sira».

«Non mangiò» dissi Giacomino.

«E pirchì?».

«All'otto la mamà mi dissi che non aviva diggiruto quello che aviva mangiato a mezzojorno e che si nni annava a corcare».

«E che aviva mangiato a mezzojorno?».

«Un piattoni di spachetti al ragù, mezzo maialino di latti, 'na bella porzioni di caciocavallo di Ragusa, tanticchia di salami e un cannolo» arrispunnì Giacomino.

Il dottori scotì negativo la testa.

«Ma come faciva, 'sta santa fìmmina, con l'età che aviva?».

«Però appresso aieri a sira mangiò» fici 'Nzeddra. «'U signorino non lo sapi pirchì macari lui si era annato a corcare».

«Allura cuntatemi ogni cosa» dissi il dottori.

«Sissi» fici 'Nzeddra. «Verso le deci mi chiamò e mi dissi che le era tornato il pitittu. Aviva gana di 'na mi-

109

nistrina di virdura con dintra dù ova. E io gliela priparai».

«E io gliela portai» 'ntirvinni Teresina.

«Se la mangiò tutta?».

«Sissi, tutta».

«E doppo?».

«Doppo mi detti 'u piatto vacante e mi dissi che non
le abbisognava autro. Io tornai 'n cucina, lavai 'u piatto e 'u cucchiaro e mi nni annai a corcare».

«Vabbeni» concludì il dottori Cumella.

E scrissi che la baronissa era morta in seguito a
un'indigestioni.

Al funerali participò tutto il parintami. Subito darrè
al tabbuto, c'era sulo Giacomino che però aviva voluti
che appresso a lui vinissero 'Nzeddra e Teresina. La quali duranti tutto il tempo non fici che pilarisi di lagrime.

Teresina rispittò il dolori di Giacomino e per tri
notti non l'annò ad attrovari.

Ma quanno la quarta notti s'apprisintò, la prima cosa che Giacomino le dissi fu:

«Teresì, tra un anno, passato il lutto stritto, nni
maritamo».

Tri misi appresso, 'na matina che aviva appena pigliato sonno, Giacomino vinni arrisbigliato da Teresina che lo scotiva. Raprì l'occhi e, alla luci del jorno che
trasiva dalla finestra, vitti che aviva la facci scantata.

«Che c'è?».

«Crio che 'Nzeddra morì».

«Va' a chiamari al dottori» fici Giacomino e non si cataminò dal letto.

Dal momento che aviva saputo come 'Nzeddra s'era approfittata di Teresina aviva perso ogni affezioni per lei.

Cchiù tardo, quanno si susì, prifirì ristarisinni nella sò càmmara. Sulo all'ura di mangiari Teresina s'apprisintò.

«Vajo nello studdio do dottori Cumella a pigliari l'atto di morti».

«Di che morse?».

«Di cori».

«T'aspetto per mangiari».

«No, mangia da sulo, io non torno tanto presto, ti priparai ogni cosa».

«Pirchì, doppo unni vai?».

«Doppo vaio dai becchini e la fazzo portari al camposanto. E appresso vaio a parlari con mè matre».

«Pirchì?».

«Pirchì io sula ccà con tia non ci pozzo stari cchiù. Succedirebbi 'u sparla sparla».

«Maria, vero è! E come facemo?».

Teresina si calò e lo vasò supra alla vucca.

«Non ti prioccupari, amori mè. Tutto quello che devo fari ci l'aio chiaro 'n testa. Ti prometto che stanotti dormemo 'nzemmula».

La vosi vidiri nesciri dal palazzo eppercciò corrì alla finestra. La seguì fino a quanno potti e po' si nni annò a mangiari. Tornato 'n càmmara, si rimisi darrè i vitra

111

a taliare. Da lì si vidiva bono l'ufficio del cavaleri Bonito che fabbricava tabbuti e faciva funerali. Teresina ci trasì doppo dù ure. Ma quanto tempo era stata dal dottori Cumella? Po', doppo 'na vintina di minuti, la vitti novamenti nesciri e addiriggirisi verso il portoni del palazzo. L'aspittò 'n cima alla scala.

«Pirchì il dottori ti fici aspittari tanto?».

«Mi vidisti dalla finestra? Il dottori, prima d'arriciviri a mia, dovitti visitari a tri malati. Stanno arrivanno i becchini. Io, doppo, vaio nni mè matre. Senti, mi pò dari ducento liri? Devo pagari 'na poco di cose».

Glieli detti compiacennosene. Sarebbi stata 'na bona patrona di casa.

Teresina tornò con sò matre, che si chiamava Sarina, che era già scuro.

«Mè matre da 'sto momento piglia 'u posto di 'Nzeddra» gli dissi apprisintannogliela.

E quella stissa notti, come gli aviva promisso, l'annò ad attrovari.

Nei misi che vinniro appresso, Giacomino si fici pirsuaso che senza Teresina sarebbi stato un omo perso.

L'eredità della quali era trasuto 'n posesso doppo la morti della matre non era 'na cosa da sgherzo, si trattava di dù mezzi feudi, di diciotto case, di diciassetti magazzini...

Alle sò dipinnenze la baronissa aviva avuto a dù camperi e a un amministratori, il signor Loreto, che facivano i commodazzi loro e va' a sapiri quanto si mittivano 'n sacchetta di straforo. Ma lui non ci accapiva nenti di 'ste cose. E c'era il piricolo che, in picca tempo, gli mangiavano la robba.

«Voi che ci abbado io?» gli spiò Teresina vidennolo davanti a 'na poco di carte cchiù confunnuto del solito.

«Macari Dio! Ma nni sì capaci?».

«Io 'mparo presto».

«Allura provaci».

Le abbastaro dù misi e i dù camperi e il signor Loreto accapero che il tempo del futti futti era finuto. Teresina era analfabetica, ma era pejo di un raggiuneri.

La voci che Giacomino aviva fatto nesciri le carte per maritarisi con Teresina si spargì in un vidiri e svidiri.

'A zà Titina, ossia la marchisa Costantina Bellagamba di Monserrato, 'a zà Flò, ossia la baronissa Filomena Coluccio di Castrogiovanni, 'u zù Cocò, 'u cuscino Filippo, 'u cuscino Meluzzo, 'nzumma tutto il parentami al completo, s'apprecipitò a palla allazzata a palazzo spiranno di fari cangiare idea a Giacomino.

Ma vinniro arricivuti dalla cammarera Sarina la quali comunicò loro che il baronello si dispiaciva assà assà ma era 'nfruenzato e non potiva vidiri a nisciuno.

A patre Settimino vinni data la stissa risposta.

Sicuro che nisciuno sarebbi vinuto al matrimonio, Giacomino stabilì che lo sposalizio si sarebbi tinuto nella cappella di famiglia. Ma aviva abbisogno d'aiuto, c'erano cose che Teresina non potiva fari.

E fu la picciotta, ancora 'na vota, a trovari la soluzioni.

«Pirchì non nni parli al dottori Cumella? Si è sempri addimostrato 'n amico, 'na brava pirsona...».

«Vallo a chiamari. Spiagli se pò viniri ccà nel doppopranzo».

Teresina tornò doppo dù ure e mezza.

«Ma com'è che ogni vota che vai dal dottori ci metti tanto?».

«Giacomì, c'è sempri 'na fila di malati prima di mia e mi fa aspittari. Veni alle cinco».

Il dottori fu un aiuto priziuso.

Annò a Montelusa a mittirisi d'accordo col parrino che avrebbi celebrato il matrimonio, accompagnò a Giacomino dal sarto e a Teresina dalla sarta, fici 'nfiorari la cappella, s'occupò d'ogni cosa. S'offrì persino come testimonio di Teresina, il testimonio di Giacomino fu il signor Loreto.

Vistuta di bianco, Teresina era pricisa 'ntifica all'angilo che sonava 'u flauto pittato in àvuto nella stissa cappella.

Quattro

Come Giacomino aviva prividuto, Teresina s'addimostrò 'na bravissima patrona di casa. Viddrana e figlia di viddrani, senza mai aviri arricivuto nisciuna educazioni, pariva che a palazzo ci fusse nasciuta e crisciuta, che la nobiltà del comportamento le venissi naturali. Anzi, a petto della marchisa Benedetto o della baronissa Deluca, di sicuro era lei che aviva la meglio per gintilizza e modo di fari.

Si fici allistiri 'na poco di vistiti novi dalla meglio sarta del paìsi e siccome che era addotata di 'na naturali eleganzia, l'abiti parivano confezionati da 'na gran sartoria continentali. Non volli cchiù a sò matre come cammarera e si nni pigliò a dù di mezza età. Ottinni che Giacomino avissi sempri a disposizioni cavaddro, carrozza e gnuri, fici ripittare la casa e cangiò qualichi mobili.

E ci misi picca a farisi accanosciri da tutto il paìsi per la grannissima bontà d'animo. Ogni vinniridì i povireddri facivano la fila davanti al portoni e ognuno arriciviva un tozzo di pani e qualichi cintesimo. E chi era bisognevoli, e annava a tuppiare alla sò porta, era certo d'arriciviri conforto e sustegno.

Ma a malgrado di tutto, continuò ad essiri dispriz-zata dal parentami di Giacomino. Addirittura, quan-no che la doviva muntuare, il parentami non la chia-mava manco col nomi col quali era stata vattiata, ma sulo come la criata o la serva.

L'unico che friquintava la coppia era il dottori Cu-mella il quali, essenno scapolo, almeno dù sire a sima-na viniva 'nvitato a palazzo a mangiare.

E fu lo stisso dottori a fari fari nove canoscenzie a Teresina e a Giacomino: si trattava di amici sò co-me il quallega dottori Gangitano e sò mogliere Aga-ta o il comercianti di sùrfaro Gesuino Tatò e sò mo-gliere 'Ngilina.

Spisso e volanteri la duminica, se era 'na bella jorna-ta, la comitiva se l'annava a passare nella bella villa ap-pena fora pàisi del dottori Cumella, che era ricco di sò.

'Nzumma, per merito della mogliere, Giacomino ac-comenzò a fari la vita di un omo normali.

Giacomino sarebbi stato completamenti filici se non fusse per un pinsero che ora spisso gli travirsava la te-sta. E 'na sira che il dottori Cumella era vinuto a man-giare da loro, quanno che quello salutò per ghirisinni, dissi che l'avrebbi accompagnato a la casa.

«C'è cosa?» gli spiò Cumella appena foro 'n strata.

«Sì. Ti volivo addimannare 'na cosa. Com'è che io e Teresina non avemo ancora figli? Da che pò addipin-niri?».

«Pò addipinniri tanto da tia quanto da tò mogliere. Doviti farivi visitari. Ne hai parlato con Teresina?».

«Piccamora no».

«Parlaci e vidi come se la pensa».

Giacomino nni parlò alla mogliere quella sira stissa. Ma Teresina arrispunnì che lei non si nni faciva 'na prioccupazioni, erano picciotti, avivano tanto tempo davanti, i figli sarebbiro vinuti quanno a Dio piaciva e d'autra parti lei si sintiva a posto.

'N conclusioni, se lui voliva farisi visitari, patronissimo. Cosa che Giacomino fici all'indomani.

Un figlio ora lo doviva aviri di nicissità, era un obbligo che gli facivano l'antinati, non potiva fari scomparire il nomi della casata.

Passati 'na quinnicina di jorni tra visite, rivisite, analisi al microscopio e straminii varii, Cumella comunicò all'amico che purtroppo la sò sustanzia mascolina era troppo deboli per mittiri gravida a 'na fìmmina.

E che dunqui se non vinivano figli la colpa era tutta sò e non c'era raggiuni di visitari macari a Teresina.

«Ma non c'è un midicinali, 'na cura che...».

«Qualichi cosa ci sarebbi, ma non servi nel caso tò».

«E pirchì?».

«Mi dispiaci assà diritillo, ma tu sei un caso classico d'impotentia generandi».

Fu 'na mazzata.

Tempo 'na simana, Giacomino parse tornare ad essiri quello ch'era stato prima che Teresina trasisse nella sò esistenzia. Accomenzò a mangiari picca, a divintari mutanghero e a passare bona parti della jornata corcato. A nenti sirvivano l'attenzioni continue di sò mogliere e le visite di Cumella e dell'amici.

Un doppopranzo che Teresina era nisciuta con Filippa, una delle dù cammarere, l'autra, che s'acchiamava 'Nzina ed era 'na campagnola sissantina, gli s'apprisintò 'n càmmara. Giacomino si nni stava corcato vistuto e taliava il soffitto.

«Ci vurria diri 'na cosa, Cillenza».

Giacomino manco le arrispunnì. 'Nzina s'avvicinò al letto e attaccò a parlari:

«A mè frate Totò quanno che si maritò i figli non ci vinivano. Allura fici 'na pinsata e ora avi tri figli mascoli».

Giacomino appizzò l'oricchi.

«Che pinsò?».

«Pinsò d'annari ad attrovari a don Fanuzzo, che è un remita che fa rimeddi con l'erbe sicche e che sta dintra a 'na grutta da muntagna dell'Omo morto e quello ci detti 'na cartina che dintra c'era 'na speci di pruvolazzo virdi e gli dissi che si nni doviva pigliare quanto a 'na presa di sali in un bicchieri di vino per sei jorni di fila, ogni sira prima di corcarisi. Tempo tri misi mè cognata ristò prena».

«Ancora vivo è 'st'eremita?».

«Sissi. Avi novant'anni e passa. Ma pari un picciotto. Io saccio indove sta. Se vossia voli, ci vaio».

«Nni parlo prima con mè mogliere».

«Io già ci nni parlai alla baronissa. Fu iddra che mi dissi di viniri a dirlo a voscenza».

118

«Vabbeni, po' ti fazzo sapiri».

Quanno Teresina tornò, le spiò che nni pinsava della proposta della cammarera.

«Amori mè, a mia non mi nni 'mporta nenti d'aviri figli, m'abbasta stari con tia, ma se tu un figlio proprio lo voi, a provari con l'eremita non ci perdi nenti».

«Allura che fazzo, ci tento?».

«Diria di sì».

All'indomani matino 'Nzina si nni partì alle sett'arbe per l'Omo morto col carrozzino e lo gnuri che Giacomino le aviva mittuto a disposizioni. Tornò 'n sirata.

«Cento liri vosi. Mi detti la cartina. Ma mi dissi che la proviri va pigliata tutta in una vota, la matina appena arrisbigliato, a digiuno, sciogliennola dintra a un bicchieri di vino».

«Dunala a mia» dissi Teresina.

La matina appresso Giacomino s'arrisbigliò che Teresina ancora dormiva, si vippi il bicchieri di vino con la proviri che sò mogliere gli aviva priparato la sira avanti e po' annò a chiuirisi 'n bagno.

Teresina s'arrisbigliò un'orata cchiù tardo, e, come contò doppo, visto che Giacomino non era allato a lei, si riappinnicò. Po', passato un certo tempo, puro essenno nel dormiveglia le parse strammo che Giacomino non fusse ancora tornato dal bagno.

Allura si susì e annò a vidiri.

Il dottori Cumella addichiarò al diligato D'Angelo che non c'era dubbio che il baronello era morto per abbilinamento e che forsi si trattava di un suicidio.

119

«E che raggiuni aviva d'ammazzarisi?» spiò il diligato.

«Forsi pirchì io gli avivo fatto sapiri che lui non avrebbi mai potuto aviri quel figlio che disidirava assà» arrispunnì il dottori.

A Teresina fu possibili 'nterrogarla sulo verso la scurata, prima aviva fatto come a 'na pazza per la disperazioni.

Il diligato volli che il dottori Cumella assistissi pirchì si scantava che la baronissa, deboli com'era, si sintiva daccapo mali.

«Ma quali suicidio e suicidio!» sclamò Teresina appena che il diligato gliene accinnò. «Giacomino voliva campare, eccome se voliva campare!».

«E allora come se lo spiega l'abbilinamento?».

«Voli sapiri come me lo spiego?!».

E si misi a contare la facenna del remita.

Il dottori santiò, il diligato acchiappò a 'Nzina. La quali confirmò quello che aviva ditto la patrona.

Il rimita vinni arristato quella sira stissa. E fu chiaro subito a tutti che era un vecchio stolito che oramà non ci stava cchiù con la testa, va' a sapiri che sustanzia vilinusa ci aviva mittuto dintra alla cartina.

Teresina volli che al marito vinissi fatto un funerali sullenni 'n chiesa e che vinissi accompagnato al camposanto con la banna municipali. Il parentami non participò e non mannò manco 'na coruna. Ma per rispetto a Teresina, scasò mezzo pàisi. Mai s'era viduto un funerali con tanta genti. Appresso al tabbuto Teresina ci annò sorreggiuta dall'amiche Agata e 'Ngilina, a mità strata sbinni e il dottori Cumella dovitti 'ntirviniri.

Passati i tri misi di stritta vidovanza duranti i quali Teresina si nni stetti 'nchiusa a palazzo senza arriciviri a nisciuno, il primo che annò ad attrovarla fu il dottori Cumella che voliva vidiri come stava 'n saluti. La duminica appresso s'apprisintaro Agata e 'Ngilina coi loro mariti. E a picca a picca Teresina accomenzò a ripigliarisi dalla gran botta che aviva avuta.

E un jorno, del tutto inaspettato, le arrivò 'n casa 'u zù Cocò, baroni di Santonocito. Era un sittantino sicco e àvuto dalla taliata 'mpiriosa.

«Scusami se ti parlo chiaro. La casata degli Argirò non può scomparire. Bisogna che continui. Sono qui, a nome dei parenti tutti, per proporti il matrimonio con il cugino primo del caro Giacomino, Stefano Argirò di Bonpensiere. Ha quarant'anni, un'educazione finissima, non è ricco, anzi è povero, questo è vero, ma in compenso è un uomo che ti porterà in palmo di mano. Se sei d'accordo, oggi è martedì, la prossima domenica te lo porto qui per fartelo conoscere».

«Ci fazzo aviri la mè risposta sabato a matina, vabbeni?».

Quella sira, che aviva 'nvitato a mangiari a tutti l'amici, Teresina contò la visita del baroni di Santonocito e la proposta di matrimonio arricivuta.

«Ma tu lo sai cu è Stefano di Bonpensiere?» spiò il dottori a Teresina.

121

«No».

«Te lo dico io e te lo ponno testimoniari l'amici prisenti. È 'no sdisbosciato che s'è arridduciuto poviro jocanno d'azzardo, un puttaneri senza ritegno, un...».

«Vabbeni, vabbeni, carmati, tanto io avivo già addiciso di diri di no».

«Però» 'ntirvinni il dottori Gangitano «il probrema esisti veramenti. Teresina si devi rimaritari, questo è sicuro. Accussì picciotta, ricca, beddra, senza un mascolo allato, pò essiri facilmenti...».

«La soluzioni c'è» fici sò mogliere Agata. «E l'avemo davanti all'occhi».

Teresina accapì e arrussicò. Allura il dottori Cumella parlò.

«Se lei mi voli» dissi.

E po' aggiungì 'na cosa che strammò i prisenti:

«Nni fazzo pubblica confessioni. Io di Teresina mi nni 'nnamorai appena che la vitti la prima vota. E quanno viniva nel mio studdio, me la tinivo a longo trovanno tutte le scuse possibili. E vi dico un'urtima cosa: siccome, doppo avirla accanosciuta, ho accapito che non mi sarei maritato se non con lei e non essenno possibili pirchì lei era 'mpignata con Giacomino, per farimi arricordare da lei, ho fatto tistamento a sò favori. Le lasso ogni cosa».

Passato il piriodo di lutto, Teresina e il dottori ficiro lo zitaggio ufficiali. A un misi dal matrimonio il dottori vinni attrovato morto nella sò casa. La sira avanti era stato a mangiare dalla zita e pariva 'n pirfetta sa-

122

luti. Il dottori Gangitano attistò che la causa era stata un infratto furminanti.

Tutto il paìsi commiserò alla povira Teresina, 'na picciotta sbinturata contro alla quali il distino s'accaniva a nigarle la filicità allato all'òmini che amava.

Tri notti appresso al funerali del dottori Cumella, Teresina si susì e scinnì nella cantina del palazzo tinenno 'n mano 'na cannila. Livò 'na petra dal muro e ne tirò fora un sacchiteddro. Continiva un potenti vileno per surci. Se l'era portato nella truscia quanno si era prisintata a palazzo per fari la serva. Quel vileno l'avrebbi aiutata a fari addivintari vero il pinsero che le era vinuto 'n testa quanno aviva viduto per la prima vota a Giacomino. E l'aviva adopirato quattro vote: per la baronissa, per 'Nzeddra che aviva accaputo ogni cosa, per Giacomino e per Cumella. Ora che si potiva godiri 'n paci le ricchezze dei dù mariti morti, non le abbisognava cchiù.

E lo spargì 'n terra. Stavota sarebbi sirvuto sulo per i surci. Che 'n cantina ci nni erano assà.

Il palato assoluto

Uno

Fino all'età di cinque anni, era nasciuto nel misi di marzo del 1937, Caterino Zappalà fu un picciliddro normali che aviva accomenzato a parlari al tempo giusto, che non faciva crapicci chiossà di quanto ne facivano l'autri picciliddri, che mangiava, dormiva, chiangiva e arridiva priciso 'ntifico ai sò coetanei.

Sò matre, la signura Ernestina, che aviva sulo quel figlio, faciva miracoli per darigli da mangiari sempri robba bona e sana, dato che, essenno scoppiata la guerra nel 1940, i geniri limintari avivano accomenzato a scarsiare e spisso nei negozi vinnivano cose fituse come se erano ginuine.

Il patre di Caterino, il cavaleri Artidoro, era raggiuneri capo del municipio e se la passava bona. Oltretutto aviva ereditato 'na casuzza 'n campagna con tanticchia di terra torno torno e si era fatto un orto che a quei tempi era 'na ricchizza. E oltre all'orto, tiniva macari gaddrine e conigli.

Quanno Caterino fici cinque anni, il cavaleri Artidoro d'accordo con la mogliere Ernestina, mannò il figlio alla primina, la scola priparatoria alle limintari che le tri sorelle Catapano, Ersilia, Giustina e Fernanda, tinivano nella loro casa.

127

Il primo jorno che Caterino arrivò con la merendina che gli aviva dato sò matre, la maestra Ersilia gli disse che nella loro scola era proibito portarisi la merendina da casa e che avrebbiro dovuto mangiare quello che priparava sò soro, la maestra Giustina. E che si nni stassero tutti tranquilli, pirchì quello che avrebbiro mangiato, e naturalmenti pagato a parti, non era robba accattata nelle putìe, come per esempio la mortadella che non si sapiva se era fatta con carne di sorci, ma era tutta prodotta dagli armàli di propietà di un loro cuscino.

Quel primo jorno, alle unnici, la maestra Giustina portò ai picciliddri un panino e un ovo sodo a testa. Appena Caterino ebbi dato un muzzicone all'ovo, lo risputò.

«Che c'è?».

«Non mi piaci».

«Pirchì?».

«Non è frisco».

«Ma se l'hanno portati stamatina!».

«'St'ovo avi tri jorni».

La maestra Ersilia arrussicò. Il picciliddro aviva raggiuni, ma lei non potiva lassargliela passare liscia. Se l'autri compagnuzzi facivano lo stisso, il guadagno supplementari della merendina capace che se lo pirdivano. Il cuscino con le vestie non esistiva, lei aviva fatto un accordo con un putiaro sdisonesto che le passava la robba di scarto facennogliela pagare 'na miseria.

Perciò si susì dalla cattedra, si chiantò davanti a Caterino, detti 'na gran botta di virga supra al banco e ordinò sgriddranno l'occhi:

«Màngiati subito l'ovo e non fari crapicci!».

Scantato a morti, Caterino bidì. E 'mmediatamenti doppo, vommitò.

Il jorno appresso vommitò il pezzo di picorino. Il terzo jorno riggittò il tonno all'oglio.

Alla fini della simana, sò patre e sò matre l'arritiraro dalla scola.

Fino a quanno studiò prima al ginnasio e po' al liceo di Montelusa, Caterino non ebbe probremi pirchì potiva sempri tornari a la sò casa con la correra 'n tempo per mangiari all'una e mezza. Le difficortà accomenzaro quanno dovitti trasfiririsi a Palermo per studiari 'ngigniria all'università.

La prima simanata che passò 'n Palermo, praticamenti si firriò dudici locali tra ristoranti e trattorie e non ci fu 'na vota che non dovitti corriri 'n bagno a riggittari tutto quello che aviva mangiato. Tempo quinnici jorni, s'arridducì sicco come a 'na sarda salata. A mezzojorno, mangiava sulamenti 'na scanata di un certo tipo di pani che vinnivano in una putìa vicino all'università, accompagnannola ora con aulive ora con la ricotta frisca, e la sira si faciva priparari dalla patrona della pinsioni indove bitava qualichi 'nzalata o, le rare vote che aviva il tempo d'annare al mercato, tanticchia di pisci che lui stisso scigliva.

Nella stissa pinsioni bitava Gnazio Colombò, che frequentava midicina ed era figlio di un medico primario di midicina interna allo spitali di Catellonisetta. Con Caterino addivintaro amici fin dal primo jorno.

Un sabato Gnazio dissi all'amico che il jorno appresso sarebbi vinuto a trovarlo sò patre e lo 'nvitò ad annare a mangiare al ristoranti con loro.

«Ti ringrazio, ma non pozzo».

«Hai 'n autro 'mpigno?».

«No, pirchì se vegno al ristoranti fazzo malafiura».

«E pirchì?».

Caterino gli spiegò la scascione. Gnazio allucchì. Po' dissi:

«Ennò, tu veni lo stisso! Veni a dire che mangi pani e aulive, ma conti quello che ti capita a papà. Forsi lui ti pò guariri».

Il dottori Filiberto Colombò era un omone con la varba che pariva un orco, ma era pirsona simpatica e assà capace nel misteri sò.

«Mi pari di capiri» dissi quanno Caterino gli ebbi contato tutta la facenna «che la tò non è 'na malatia dello stomaco o dell'intistino, ma forsi si tratta di un disturbo dovuto non a un difetto, ma a una perfezioni».

Caterino, che non ci aviva accapito nenti, lo taliò strammato.

«Senti» fici il dottori «tra 'na simana accomenzano le vacanzi. Tu il natali te lo vai a passari a la tò casa, ma jorno ventisei potresti viniri a Catellonisetta, la sira dormi da noi e il jorno veni con mia nello spitale accussì ti fazzo 'na serie d'esami. Il trentuno matina ti nni torni a Vigàta. D'accordo?».

«D'accordo».

Il tri di frivaro dell'anno appresso, niscì supra al cchiù

'mportanti jornali dell'isola un'intervista del jornalista Emanuele Riguccio, che s'occupava di midicina, al professori Filiberto Colombò. Il titolo era: «Un caso forse unico al mondo: il palato assoluto». Nell'intervista a un certo punto c'era questo passaggio:

«Professore, vuole spiegarci cos'è il palato assoluto?».

Tutti sanno che esiste l'orecchio assoluto. Quello capace, per esempio, di distinguere altezza, qualità e provenienza di ogni suono all'interno di una grande orchestra senza che l'insieme dei suoni diventi un impasto, ma il risultato corale di singoli strumenti nitidamente percepito uno ad uno. Non tutti i grandi direttori d'orchestra sono in possesso dell'orecchio assoluto.

Ebbene, io mi sono venuto a trovare davanti all'unico esempio finora conosciuto di palato assoluto.

«Se ho capito bene, il suo paziente riesce a distinguere col suo palato tutte le singole componenti, che so, di una pasta al forno?».

Esattamente. E se c'è qualcosa che non va, un minuscolo frammento di carne non propriamente freschissimo, un pisello troppo vecchio, un pezzettino di besciamella non cotta a puntino, un filo di pasta andato a male, il suo palato l'individua immediatamente procurandogli un rigetto istantaneo. In altre parole, egli è una specie di cartina di tornasole per i cibi. Se se li mangia senza che abbia alcun disturbo, questo significa che i cibi sono assolutamente freschi e genuini.

«Come pensa di curarlo?».

Curarlo? Non è una malattia.

«Ma professore, questo signore per poter sfamarsi ogni giorno come potrà fare?».

131

Sto studiando un sistema che, qualora egli lo voglia, attenui la sensibilità del palato, fino a portarlo al livello di un uomo comune, per la durata di un pasto. Si tratterà di pillole che egli potrà, torno a ripetere se lo vuole, ingerire poco prima di cominciare a mangiare. Dopo tre ore, il suo palato tornerà ad essere assoluto.

«Potrebbe dirci nome e cognome del suo paziente?».

No.

Ma subito appresso a quel no, il profissori il nomi glielo fici. Sulo che pretese che non viniva stampato.

Il jorno doppo che spuntò l'articolo, il jornalista Riguccio, che non tiniva famiglia, si nni annò a mangiari, come faciva sempri, nella trattoria di don Saro Piscopo nelle vicinanze del porto.

Alla fini gli s'avvicinò don Saro con in mano 'na buttiglia di limongello.

«Chisto lo fa mè mogliere. È 'na cosa squisa. L'assaggiasse. Mi nni piglio tanticchia macari io».

Il limongello era veramenti squiso e Riguccio si nni vippi un altro bicchirino.

«Vossia si trova bono a mangiare ccà?».

«Certo. Masannò cangerei».

«Pirchì non glielo dice a quel signore del palato assoluto? Se lui s'addicidi a viniri ccà, la mè fortuna è fatta. Ci guadagnamo tutti».

«Che ci guadagni tu lo capiscio. Ma lui e io?».

«Vossia ci guadagna che ogni vota che vene a mangiare ccà io le abbascio il conto del cinquanta per cento. Lui ci guadagna che il conto non lo paga. Mangia a gratis».

«Vedrò di parlargli».

La sira stissa, che era passata la mezzannotti e Riguccio si nni stava tornanno a pedi a la sò casa doppo il travaglio al jornali, vinni superato da 'na machina con le tendine abbasciate che si firmò tanticchia avanti a lui. Dalla machina scinnì 'na speci d'armuàr ambulanti che il jornalista arraccanoscì subito sintennosi aggilari. Era Peppuccio Schirò, vrazzo destro di 'u zù Nicola, capo mafia del quartieri Brancaccio.

«Mi ascusasse se la distrubbo».

«Nisciun distrubbo».

«'U zù Nicola la vorrebbi vidiri».

«Ora?».

«Ora. Se voli favoriri» fici Peppuccio.

'U zù Nicola l'aspittava assittato nel sedili di darrè. Fumava un sicarro che 'mpistava l'aria. Era un cinquantino asciutto, bono vistuto, coi baffi.

«La ringrazio per la cortesia. La 'mportuno sulamenti per dirle dù palori».

«Dù? Tutte quelle che vuole!».

«Lei lo sapi il nomi di quel signori dal palato spiciali?».

A 'u zù Nicola era periglioso assà contare farfantarie.

«Sissi. Uno studenti universitario è».

«Lei l'accanosce pirsonalmenti?».

«Nonsi».

«Mi dovrebbi usari la cortesia di fari la sò canuscenzia prima possibili».

«Pirchì, se è lecito?».

«Pirchì un amico mè naugura un ristoranti tra deci jorni. Lo studenti dovrebbi viniri all'inaugurazioni e mangiari senza pigliarisi la pinnula».

«E se doppo vommita?».

«Se vommita, morto è. Mi spiegai?».

Riguccio ci misi mezza jornata a rintracciari a Caterino e cinco minuti a spiegarigli la situazioni.

«Se vole il mio consiglio» concludì «io le propongo 'na soluzioni che non porterà dispiaciri a nisciuno».

«E sarebbi?».

«Sarebbi che lei va all'inaugurazioni del ristoranti dell'amico di 'u zù Nicola, però prima si piglia la pinnula».

«Ma se 'u zù Nicola disse che non...».

«Mi scusi, ma 'u zù Nicola come fa a sapiri se la pinnula se la pigliò o no? Si devi per forza fidari di lei. E se lei gli dice che non se la pigliò, lui ci devi cridiri. E po', il jorno appresso, si nni veni a mangiari gratis da don Saro Piscopo. Ma senza pigliarisi la pinnula».

«E se mi veni da vommitare?».

«Se le veni da vommitare, può farlo tranquillamenti. Là nisciuno l'ammazza».

L'inaugurazioni arriniscì che fu 'na maraviglia. Alla fini del pranzo 'u zù Nicola abbrazzò a Caterino e gli dissi:

«Grazie. E qualunqui cosa, s'arricordi che io le sono debbitore».

Macari il primo pasto da don Saro annò liscio. Caterino, che non si era pigliata la pinnula, non vommitò. Il sò palato non sollivò nisciun probbema.

E accussì Caterino disse che accittava l'offerta, sarebbi vinuto ogni jorno a mangiare a sbafo. Don Saro, con l'aiuto di Riguccio, fici pubblicari per quinnici jorni di seguito supra al jornale la fotografia della sò trattoria con la scritta: «Il palato assoluto mangia qui». Tempo 'na simana, la genti faciva la fila davanti alla porta aspittanno che si libbirava un posto.

Caterino però non sapiva che don Saro nei piatti distinati a lui ci mittiva tutta robba di prima qualità, accuratamenti scigliuta, mentri all'autri clienti continuava a dari quello che aviva sempri dato. La facenna annò avanti tri misi e don Saro stava già pinsanno d'accattarisi 'na villetta a Mondello, quanno il jornali della sira di Palermo pubblicò un articolo che s'intitolava: «Qual è il trucco del palato assoluto?».

Due

L'autori dell'articolo, il jornalista Smeriglio, non mittiva minimamenti in dubbio la facenna del palato assoluto, sostiniva 'nveci che Caterino faciva uso quotidiano e clandestino della pinnula 'nvintata dal professori Colombò quanno annava a mangiare nella trattoria di don Saro. Non potiva portari prove per questa sò convinzioni, ma si faciva forti di 'na dichiarazioni del professori Livio Segabotti, primario otorinolaringoiatra, da Smeriglio 'ntervistato:

Un palato assoluto è assai simile a una condanna a morte. Il primo a far conoscere al mondo medico questo fenomeno fu, nel 1897, Sir John Hackley: il suo paziente, un bambino di dieci anni, malgrado che venisse alimentato con cibi accuratamente selezionati, morì di denutrizione. Perché, sosteneva all'epoca Sir John Hackley, non esistendo cibo che potesse dirsi assolutamente genuino, il palato assoluto metteva il paziente nell'assoluta impossibilità d'ingerire alcunché. E quando alcuni colleghi contestarono duramente ad Hackley la sua affermazione circa la non esistenza di cibo assolutamente genuino, egli rispose che il seme di una lattuga cresciuta nel Devon, se vie-

ne piantato nel Sussex, non è più genuino, in quanto assai diversa è la composizione chimica dei due terreni. Ma a sua volta quel seme del Devon da dove proveniva? Non era esso stesso non più genuino? Oggi, con l'uso degli anticrittogramici, con il progressivo inquinamento dell'aria e delle falde acquifere, un cibo genuino non è ipotizzabile. L'eminente collega che ha scoperto la pillola che attenua la sensibilità del palato assoluto ha in realtà messo il suo paziente nella condizione di poter continuare a vivere. Senza di essa, quell'uomo sarebbe destinato a morte certa entro breve volger di tempo.

Offiso per quell'articolo, 'u zù Nicola, d'iniziativa sò, fici dari 'na fracchiata di lignati al jornalista Smeriglio che si nni dovitti stari un misi allo spitale. Ma l'articolo fici lo stisso il sò effetto: don Saro, dall'oggi al domani, non sulo pirdì i novi clienti ma ne pirdì macari dei vecchi. Fu accussì che, tiratosi il paro e lo sparo, licinziò a Caterino e fici tornare a pagari tariffa 'ntera al jornalista Riguccio.

A 'sto punto 'u zù Nicola proposi a Caterino di annare a mangiari a gratis nel ristoranti dell'amico sò, quello stisso nel quali era stato nel jorno dell'inaugurazioni. Ma Caterino si pigliò vintiquattr'ure di tempo e si nni tornò a Vigàta per addimannare consiglio a sò patre. Il quali non ebbi il minimo dubbio:

«Tu con quella genti non ci devi aviri a chiffare! Digli di no!».

«Papà, capace che quello mi fa sparare a 'na gamma!».

137

Il cavaleri Artidoro ci pinsò supra tanticchia e po' dissi:

«Veni a diri che gli dici che non puoi accittari pirchì cangi università».

«Vajo a Catania?».

«No, ti nni vai a studiari a Roma».

Nella capitali, Caterino arrivò portannosi appresso, tra l'autre cose, 'na baligia 'ntera di pinnule del profissori Colombò. Per dù anni campò tranquillo dato che la sò storia non aviva passato lo Stritto e quindi nisciuno accanosciva la sò particolarità. O almeno, per la precisioni, una pirsona c'era che la facenna la sapiva tutta: Annarosa, 'na studintissa di lettere, figlia di Demetrio Rotolo, direttori di un jornali, della quali Caterino si era 'nnamorato. E macari la picciotta lo era di lui.

Doppo un anno che stavano 'nzemmula, addicidero di farisi ziti ufficiali. Annarosa ne parlò con sò patre e sò matre i quali, per fari canoscenzia col picciotto, dissiro alla figlia d'invitarlo a pranzo la duminica che viniva. Comunicannogli l'invito, Annarosa gli arraccomannò di pigliarisi la pinnula. Ma s'attrovò davanti agli scrupoli di Caterino che era un picciotto tutto d'un pezzo.

«No, non me la prenderò».

«E perché?».

«Mi parrebbe di tradire la fiducia dei tuoi genitori».

«Ma scusa, quando facciamo l'amore, non tradiamo la…».

«No» disse fermo Caterino. «È tutta un'altra cosa. Se non la capisci, pazienza».

Allura Annarosa s'arrivolgì alla matre:

«Mamma, mi raccomando. Quando andrai a fare la spesa per domenica, scegli tutta roba di primissima qualità».

«È quello che cerco di fare sempre. Perché?».

«Caterino è molto schizzinoso».

Quel pranzo fu per Caterino un vero tormento.

Alla fini della prima portata, spachetti al ragù, era addivintato giarno come un morto. Annarosa, che gli tiniva stringiuta la mano sutta alla tavola per farigli forza, la sintiva sempri cchiù sudata. La signura Rotolo s'addunò del malostare di Caterino:

«Si sente male?».

«No. Beeee... nissimo».

Ma a mità del secunno, uno stracotto, non riggì cchiù, si susì di scatto.

«Baaaa... gno!».

«In fondo a sinistra».

Non ci arrivò. Accomenzò a dari di stomaco ch'era ancora dintra alla càmmara di mangiari.

Il vommito è spisso contagioso e la signura Rotolo ne vinni 'mmidiatamenti contagiata. Morto di vrigogna, Caterino si nni scappò, mentri Annarosa si mittiva a chiangiri dispirata.

«Quello non è schizzinoso, è malato!» decretò la signura Rotolo doppo essirisi sciacquata la vucca.

«No, mamma, non è malato! Ha il palato assoluto!».

Il patre, che fino a quel momento non aviva ditto nenti, appizzò l'oricchi:

«Raccontami un po' 'sta storia».

'Na simana appresso, Demetrio Rotolo fici viniri a Caterino nel sò ufficio.

Supra alla scrivania, aviva i ritagli dell'articoli dei jornali siciliani che avivano parlato del picciotto.

«Mi sono documentato. Lei è un caso unico al mondo».

«Purtroppo lo so».

«Ho una proposta da farle. È cominciato il boom economico e gli italiani vanno molto al ristorante. Vorrei che lei redigesse, settimanalmente, una specie di pagella dei ristoranti romani per il mio giornale».

«Ma io non m'intendo di cucina».

«A me non importa se un cuoco è bravo o no, a me interessa sapere se gli ingredienti che adopera sono genuini. E poi vedrà che, in capo a due o tre mesi, lei diventerà anche un esperto di culinaria».

«Come dovrei fare?».

«Semplice. Lei sceglie un ristorante tra i più in voga, ci va tre volte a pranzo e tre volte a cena con Annarosa. Poi scrive mezza pagina di giudizio, motivando scrupolosamente i voti parziali e quello definitivo. Naturalmente verrà rimborsato e inoltre riceverà mensilmente lo stipendio di redattore. Oltretutto, avrebbe il vantaggio di lavorare nell'anonimato più assoluto. Che ne dice?».

Caterino ci pinsò tanticchia e po' parlò:

«C'è un problema. Se non piglio la pillola, rischio di rovinare tutto. Se la piglio, la perdita di sensibilità è tale che non...».

140

Demetrio Rotolo isò 'na mano.

«Ho già parlato col professor Colombò. È un po' caro, ma ci siamo messi d'accordo. Entro tre giorni mi spedirà qui al giornale un pacco di nuove pillole».

«Come sono?».

«Hanno un dosaggio assai inferiore, che le permetteranno di sopportare un pranzo infame senza dar di stomaco. Che ne dice?».

«Ci provo».

Il primo articolo, firmato «Il palato assoluto», fici un vero e proprio botto. Alle deci del matino 'n tipografia dovittiro stampari 'na ribattuta, tanto era la richiesta ai chioschi.

Caterino era annato nel ristoranti «La forchetta d'oro», il cchiù caro e cchiù famoso, quello indove mangiavano l'attori miricani, i registi, le pirsone cchiù in vista. Il ristoranti si mirità, come voto complessivo, appena un sei meno meno.

L'analisi che Caterino fici delle portate fu minuziosa, ma quello che 'ngiarmò i lettori fu la sò capacità di capiri, per esempio, di quanti jorni erano l'ova che erano sirvuti a fari 'na crêpe o come il pisci non era di jornata, come sostiniva il menu, ma del jorno avanti.

Appena nisciuto il jornali, Demetrio Rotolo mannò a chiamari di cursa a Caterino.

«Lei, stasera, torna a mangiare lì con Annarosa».

«Perché?».

«Per non farla individuare».

Fu accussì che Caterino potti vidiri con l'occhi sò quello che aviva combinato con l'articolo. I clienti erano la mità, i cammareri avivano facci da mortorio, il direttori accompagnava ai tavoli i novi vinuti, che però erano picca, come se annasse appresso a un tabbuto.

L'articoli di Caterino, tempo sei misi, ebbiro dù effetti. Il primo fu che il jornali, la duminica, triplicò la tiratura. Il secunnu fu che Caterino accomenzò a capirinni di cucina e perciò principiò a dari giudizi non sulo sulla composizioni del cibo, ma puro supra al modo di com'era cucinato.

Capitò macari un fatto che accriscì la sò fama. Il ristoranti cchiù caratteristico, quello indove annavano squasi d'obbligo i turisti straneri, ebbi assignato da Caterino un voto vascio assà, appena quattro. Il giudizio negativo vinni ripigliato da dù jornali miricani. A 'sto punto, il propietario del ristoranti fici 'na pinsata giniali: pubblicò un articolo a pagamento nel quali dava completamenti raggiuni al «palato assoluto», addimannava pirdono ai clienti e promittiva che da quel jorno stisso avrebbi cucinato sulo robba ginuina. E sfidava l'anonimo critico a tornari nel sò locali.

Caterino accittò. Ci annò a mangiari e scrisse un articolo nel quali assignò al ristoranti setti meno. La facenna fu contata non sulamenti dai jornali taliàni, ma macari da quelli stranieri e ne parlò a longo la tilevisioni.

Quello del propietario del ristoranti fu il primo caso di pentitismo taliàno, i brigatisti pintiti e i mafiosi pintiti sarebbiro vinuti appresso.

Po' Caterino, d'accordo col direttori del jornali, 'nter-rompì per un certo periodo la collaborazioni. Voliva lau-rearisi 'ngigneri.

'Na vota laureatosi, accomenzò a circare travaglio. Aviva 'ntinzioni di maritarisi prima possibili con An-narosa.

Non sapiva che la società 'ntirnazionali che stampa-va ogni anno un libro indove vinivano raccomannati i cchiù meglio ristoranti del munno, aviva 'ncarricato 'na granni agenzia 'nglisa d'investigazioni d'identificari il mistirioso «palato assoluto». L'agenzia mannò a Roma il migliori dei sò agenti, Fowles. Il quali, doppo cinco jorni di dimanne, arriniscì a sapiri che nisciuno nella redazioni del jornali aviva mai viduto all'omo che pos-sidiva il palato assoluto, che l'articoli li portava il di-rettori stisso in tipografia la sira del sabato, che la fi-glia del direttori era zita con un picciotto che si era ap-pena laureato in ingigniria. Allura s'appostò davanti al villino indove abitava Demetrio Rotolo, il direttori, con la sò famiglia. Si era fatto pirsuaso che l'articolo l'an-nava ad arritirari il direttori opuro ci mannava a sò fi-glia. 'Na sira, che era un lunidì, a un certo punto vit-ti nesciri 'na machina guidata da 'na picciotta. Si era procurato 'na fotografia di Annarosa e l'arraccanoscì. La seguì. La picciotta si firmò davanti a un palazzo dal portoni del quali niscì un picciotto che acchianò 'n ma-china. Era Caterino che propio quella sira ripigliava sir-vizio al jornali. I dù si firmaro davanti a un ristoranti di Ostia che si chiamava «Il re del mare» e ci trasero. Fowles li seguì. Caterino e Annarosa, sempri con Fow les appresso, tornaro al ristoranti tutti i jorni, certe vote a pranzo e certe vote a cena, fino al vinniridì. La duminica, niscì un articolo dedicato al ristoranti «Il re del mare». Fowles non ebbe dubbii: il palato assoluto non potiva che essiri lo zito della figlia del direttori del jornali. Tri jorni appresso tornò a Londra e comunicò al sò capo nomi, cognomi, tilefono e 'ndirizzo di colui che ritiniva essiri il palato assoluto. Gli consignò macari 'na fotografia scattata mentri che trasiva nel ristoranti. Dù jorni doppo, all'otto del matino, Caterino arricivì 'na tilefonata da uno che parlava taliàno con accento francisi.

«Voi siete Caterino Zappalà e vi siete laureato con 110 e lode in ingegneria aeronautica?».

«Sì. Ma chi parla?».

«Sono Jean Bonnot, vicedirettore generale dell'Air France. Vi vorrei parlare di lavoro. Ci troviamo alle tredici al ristorante "'Er mejo de Roma"?».

«Certamente».

Quanno trasì nel locali, Caterino vitti a un omo assittato che gli faciva 'nzinga di annare da lui. Si stringero le mano, po' Bonnot gli disse di pigliari posto. Il francisi gli versò tanticchia di vino bianco e po' lo taliò.

«Ho scelto questo ristorante» disse «perché voi gli avete dato un voto alto, sette e mezzo. Mi chiamo sì Bonnot, ma non sono vicedirettore generale di Air France».

Il vino annò di traverso a Caterino. E Bonnot ebbi la cirtizza che il detective 'nglisi non si era sbagliato.

Tre

Tempo un anno, Caterino, che aviva lassato il jornali romano, vinni accanosciuto non sulo nel nostro continenti, ma macari nella Merica.

O meglio: nisciuno l'aviva mai viduto di prisenza, pirchì il sò anonimato era protetto bono, ma tutti erano a canoscenzia dell'esistenzia dell'omo dal palato assoluto che potiva fari la fortuna o la ruvina di un ristoranti da Parigi a Novajorca.

Dato che guadagnava assà, si era maritato con Annarosa e si era accattato 'na bella casa a Roma e 'n'autra a Parigi. Con sò mogliere, alla quali continuava a voliri beni come al primo jorno che l'aviva 'ncontrata, si era mittuto d'accordo d'aspittari ancora tanticchia prima d'aviri figli.

La prima vota che era stato mannato a Novajorca, sempri accumpagnato da Annarosa, aviva praticamenti mannato in fallimento il primo ristoranti della città, pirchì gli aviva dato dù come voto e aviva stroncato tutti i piatti che vinivano sirvuti.

Il ristoranti appartiniva a Tony Galatiolo, un boss chiuttosto periglioso, che aviva come soci in quel locali genti non meno perigliosa di lui. Duppo l'artico

lo di Caterino, Tony fici 'na riunioni con l'amiciuzzi sò.

«Ammazzamulo» dissi subito Jimmy Nicotra.

«D'accordo» ficiro l'autri.

«Il probrema è che prima di addicidiri quello che vogliamo farigli, abbisogna sapiri com'è fatto» dissi Tony
Galatiolo.

Non ci arriniscero nei rimanenti jorni che Caterino
si nni ristò a Novajorca. Allura Galatiolo e soci addicidero di arrivolgirisi ad autri amiciuzzi per aviri 'na
mano d'aiuto. Tanto, per ammazzarlo, lo si potiva ammazzare in qualisisiasi posto.

Caterino, doppo 'na simana che era tornato a Roma, arricivì 'na tilefonata da Bonnot che gli diciva
di partiri per Londra indove avrebbi dovuto visitare a quattro ristoranti. Ma appena chiamò ad Annarosa nel sò studdio e le comunicò la notizia, si sintì
arrispunniri:

«Stavolta non ci potresti andare da solo?».

Caterino strammò. Sarebbi stata la prima vota che
avrebbi passato un misi senza aviri a sò mogliere allato. Che le succidiva?

«Non ti senti bene?».

«Mi sento benissimo».

«E allora perché?».

«Mi sono un poco stancata. Ho bisogno di riposo».

«Ma stancata di che?».

Annarosa taliò prima il soffitto della càmmara di letto, po' la finestra, po' la punta delle sò scarpi.

146

«Non saprei. Ma mi sento stanca».

E fici per nesciri dalla càmmara. Caterino l'agguantò per un vrazzo.

«Lasciami!».

«No, se prima non...».

Annarosa accomenzò a trimari tutta, russa russa 'n facci. Mai prima d'allura si erano azzuffati.

«Lasciami, ti dico!».

«Quando mi avrai detto...».

Annarosa scatasciò, si libbirò di Caterino, fici un passo narrè.

«Mi sono stufata, ecco! Stufata di tutto!».

«Ti vuoi spiegare meglio?».

«Che c'è da spiegare? Niente. Mi sono stufata e basta».

«Ennò! Ora tu mi dici perché ti sei...».

Annarosa lo taliò occhi nell'occhi.

«Ma ti pare vita la nostra?».

«Perché, che vita è?».

«Possibile che nemmeno te ne renda conto?».

«No, non me ne rendo conto. Che vita è?».

«Di merda. Ogni sera fuori a cena, ogni settimana in un ristorante diverso, mai una volta che andiamo a cinema o a teatro. Non ho un'amica, come tu non hai un amico. L'unico nostro argomento di conversazione è su quello che abbiamo finito di mangiare. Come ti è parso il sugo? La carne non era un poco duretta? Non ci voleva un pochino più di condimento nel... Ma al diavolo tutto!».

Caterino cercò d'interromplrla.

«Io credo che tu abbia un leggero esaurimento dovuto...».

Ma Annarosa manco lo sintì.

«Possediamo due case e in tutte e due la cucina non è mai stata adoperata, mai, perché anche la domenica ce ne andiamo al ristorante così, per abitudine, per un riflesso condizionato. E poi...».

«E poi?».

«E poi, se proprio lo vuoi sapere, anche tu m'hai stancata!».

«Io?!».

«Sì, tu. Stancata! Nauseata!».

«Nau...».

«D'estate mai una volta che andiamo al mare perché sostieni che lo jodio ti altera le papille gustative, d'inverno non ti muovi da casa, dove si soffoca sempre col riscaldamento al massimo, perché temi che, se ti viene un raffreddore, perdi la tua maledetta sensibilità. Non esci da casa nemmeno a primavera, perché c'è il problema del polline. In autunno non se ne parla nemmeno di mettere fuori un piede perché quella è la stagione tipica dell'influenza. Vivi nel terrore di tutto, dell'aria che respiri, dell'acqua che bevi, e nemmeno te ne accorgi. Anche col sole che scotta, ti metti una sciarpa. Esci sempre bardato di maglie di lana di diverso spessore. L'altra notte, dopo che abbiamo fatto l'amore, sai che mi hai detto? Che t'avevo fatto sudare un po' troppo. E sei corso ad asciugarti. Ma che uomo sei? E non parliamo poi...».

S'interrompì. Ma Caterino, che non l'aviva mai viduta accussì, volle che continuasse fino 'n funno.

«Ah, sì? Vuoi proprio sapere tutto? E io te lo dico! Non sai quanto mi sono rotta le scatole dei tuoi rituali!».

«Quali rituali?».

«Cosa fai appena torni a casa dal ristorante?».

«Che faccio?».

«Nemmeno te ne rendi conto! Ti bevi il tuo intruglio speciale per fare il ruttino! E se non ti viene, ti devo battere dietro le spalle come fossi un bambino! E poi ci sono le inalazioni per l'odorato! Mezz'ora d'inalazioni! E poi la dosatura sul bilancino del purgante! Perché se il signorino l'indomani mattina non fa una bella cacca, il lavoro non gli riesce bene! E dopo c'è il consulto per l'esame della cacchetta! Annarosa, non ti sembra un po' verdina? Non ti pare un po' troppo liquida? E poi c'è la cacata mensile, quella grossa, gigante, che devi assolutamente fare per non diventare obeso! La sai una cosa? Tu non sei un uomo, sei una macchina, un robot! Anzi, no! Sei una specie di maiale all'ingrasso, di gallina in batteria! Tu non hai più un cervello, un cuore, un cazzo, sei solo un apparato digerente!».

Si misi a chiangiri e corrì a chiuirisi nel bagno.

Annichiluto, distrutto, Caterino manco la potti seguiri, era ristato apparalizzato 'n mezzo alla càmmara.

Si nni partì sulo per Londra, ammaraggiato e malincuniuso. Le tilefonava ogni jorno, ma lei arrispunniva a monosillabi. E quanno un misi doppo finalmenti si nni potti tornari a la casa di Roma, gli pigliò un sintòmo

L'appartamento era diserto, Annarosa si nni era ghiuta.
Supra alla scrivania del sò studdio, c'era un biglietto:

Scusami, ma ho veramente bisogno di starmene sola. Ti prego di non cercarmi. Mi farò viva io.

Tri jorni appresso, mannò 'na littra di dimissioni alla società.

Da Parigi, Bonnot s'apprecipitò sparato a Roma. Attrovò a Caterino in pigiama e ciavatte, spittinato, con la varba longa, l'occhi russi come se aviva chiangiuto.

«Lei non può dimettersi! C'è una clausola nel contratto che prevede che in caso di dimissioni immotivate lei paghi una penale tale da ridurla sul lastrico!».

«Ma le mie dimissioni sono motivate!».

«Cioè?».

«Non mi va più di mangiare».

Però non gli disse che non gli spirciava cchiù di mittirisi a tavola pirchì Annarosa l'aviva lassato.

«Ah, ma se è per questo si rimedia immediatamente!» fici Bonnot fiducioso. «La sua attuale inappetenza probabilmente è un fenomeno di saturazione degli intestini. Faccia la valigia e venga con me a Parigi. La farò visitare da…».

«Da qua non mi muovo».

«Perché?».

«Aspetto una telefonata».

Non ci fu verso di cataminarlo.

Fu accussì che da Parigi arrivò, con dù assistenti e un camioncino di strumenti, il professori Louis Hugnet, il meglio gastroenterologo di Francia, che lo straminiò per cinco jorni di fila arrivanno alla conclusioni che il pazienti era sanissimo. Anzi:

«Il signore ha un apparato digerente che sembra quello di un bambino».

«Ma allora perché non mangia?».

«E che ne so? Forse c'è stata una normalizzazione».

«Che significa?».

«Il paziente dice che non mangia perché sente di avere l'amaro in bocca. Giusto? Può darsi che, abituato com'era alla perfezione del suo palato, ora senta amaro perché il palato gli si è, come dire, tutto a un tratto normalizzato. È diventato un palato comune, come il suo e il mio. Ma è una pura ipotesi. Bisognerebbe rivolgersi a Troussin».

«E chi è?».

«Il più grande luminare in materia».

Subito 'ntirpillato, il professori Troussin si disse 'mpossibilitato a viniri a Roma, le sò apparecchiature non erano trasportabili. Bonnot accattò un tilefono miricano che potiva squillari contemporaneamenti in tri nummari diversi e lo fici collegari con la casa di Caterino a Parigi. Quindi ottinni dal professori Troussin, con un supplimento d'onorario da fari firriari la testa, che le visite si facissiro dall'una di notti alle sei del matino, le uniche ure nelle quali Caterino aviva dato la sò disponibilità, dato che era certo che Annarosa di notti non avrebbi chiamato. Sulo accussì si nni pottiro partiri per Parigi. Indove Troussin visitò a Caterino per tri notti di fila. Alla fini sclamò, 'ntusiastai

«Il più bel palato che abbia mai visto in vita mia!».

«Ma funziona?».

«Certo che sì. Alla perfezione!».

A Bonnot ci parse che gli stava niscenno il senso. Come si spiegava la malatia di Caterino? Lo riaccompagnò a Roma. Per la società, che aviva oramà un giro d'affari di miliardi, la perdita del palato assoluto rapprisintava il tracollo. 'Na notti che non arrinisciva a pigliare sonno per la prioccupazioni, gli vinni di fari un pinsero: e se la disappitenza di Caterino non era dovuta a un fatto fisico? Se la malatia dipinniva tutta dal sò ciriveddro? Sapiva che a Roma ci stava il profissori Antenore Castriota, uno dei cchiù insigni psicanalisti freudiani, accanosciuto in tutto il munno.

L'indomani a matino gli tilefonò, si fici dari un appuntamento, ci andò, gli contò di Caterino, ne ottinni l'esclusiva per una simana e macari che le sedute, sia la matina che il doppopranzo, si facìssiro 'n casa del pazienti. L'assegno che firmò gli fici addivintare le gamme di ricotta.

Assodato nelle prime tri sidute che Caterino non era giluso di sò patre pirchì si corcava con sò matre, che i sogni che faciva non se li arricordava manco a cannonate, che non aviva arrubbato la marmellata quann'era picciliddro, che non aviva mai provato ad assaggiari la sò cacca, alla quarta Castriota addicidì di spararigli 'na dimanna diretta:

«Ma me lo dice perché mangiare la disgusta?».

«Perché ho sempre l'amaro in bocca».

Castriota lo taliò 'mparpagliato.

«Sta usando una metafora?».

«No, provo realmente un sapore amore».

«Come ha detto, scusi?».

«Mi perdoni, mi sono sbagliato, volevo dire un sapore amaro!».

«Ma questo è un lapsus freudiano!» sclamò, finalmenti filici, il profissori. «È la chiave di tutto! Quando le è cominciato?».

«Da quando mia moglie mi ha lasciato».

Il profissori si susì e si misi ad abballare càmmara càmmara.

'N capo a tri jorni, Antenore Castriota convocò a Bonnot.

«Ma lei lo sapeva che la moglie lo ha lasciato?».

«No».

«Il problema è tutto lì. Trovate la signora, fatela riappacificare col marito, e quello torna a mangiare meglio di prima».

«Ma perché in tutto questo tempo non ha cercato sua moglie?» spiò Bonnot a Caterino.

«Mi ha detto che avrebbe chiamato lei. E io sono rispettoso della sua…».

«Ma che rispetto e rispetto! Qua sono in ballo miliardi! La farò cercare e, quando l'avrò trovata…».

«Glielo proibisco nel modo più assoluto!».

A Bonnot le paroli di Caterino da 'na grecchia gli trasero e dall'autra gli niscero. S'arrivolgì 'mmidiato alla cchiù canosciuta agenzia privata d'investigazioni, quella di Tom Ronzi, ottinenno, con la firma di un consistenti assegno, che ad indagare fusse il nummaro uno in pirsona. Ronzi, per prima cosa, 'nterrogò il patre e la matre d'Annarosa. I quali non sapivano assolutamenti indove la figlia si era ammucciata, dissero però che ogni tanto la picciotta tilefonava per dire che era in bona saluti.

«Sono telefonate interurbane?» spiò Ronzi.

E siccome i dù si taliavano 'mparpagliati, l'investigatore aggiungì:

«Le interurbane si riconoscono dallo squillo più lungo».

«Non sono interurbane» ficiro i dù in coro.

'Nfatti Annarosa non si era mai allontanata da Roma. Il jorno avanti che Caterino tornava da Londra, aviva tilefonato all'unica amica che ogni tanto vidiva, Susanna, la quali faciva la profissoressa di latino e non si era mai maritata. L'amica s'addimostrò filici d'ospitare nella sò casa ad Annarosa.

Un jorno Caterino arricivì 'na comunicazioni di pagamento urgenti di 'na grossa tassa supra un certo tirreno edificabili che s'attrovava essiri in una zona di granni sviluppo di Roma. Macari vinnennosi le dù case che possidiva, Caterino non sarebbi arrinisciuto a pagari la cifra che arrisultava con il conteggio dell'anni attrassati. Ma si doviva trattari di un caso di omonimia, dato che egli non era propietario di nisciun tirreno. Siccome che era 'na pirsona pricisa e ordinata, la facenna lo squietò. E addicidì d'annare lui stisso a parlari con quelli dell'ufficio delle tasse per chiariri la questioni. Erano misi che Caterino non nisciva di casa, mangianno sulo quello che gli era nicissario per mantinirisi in vita: virdureddre, che si faciva accattare dal purtunaro, e brodetti vigitali che cucinava lui stisso. Si livò il pigiama oramà lordo e consunto, si fici finalmenti la varba, si vistì addunannosi che era addivintato accussì sicco che dintra ai vistiti ci abballava, chiamò un tassì.

Gli abbastaro quattro passi all'aria frisca pirchì la testa accomenzasse a firriarigli come se era 'mbriaco. E sintì macari che le gamme non avivano forza bastevoli per tinirlo addritta.

Comunqui, arrivò nell'ufficio, parlò con l'addetto, accapì che per sbrogliare la situazioni sarebbi stato nicis-

sario chiamari un avvocato, niscì, s'addiriggì verso un posteggio, ma, mentri travirsava la strata, le gamme lo mol-
laro di colpo e cadì 'n terra come un sacco vacante.

'Na machina l'evitò per miracolo e si fermò di colpo, quella appresso frenò e sbandò, 'na terza annò a sbattiri contro la prima, 'na quarta… Tutti ebbiro la 'mprissioni che l'omo che traversava era stato 'nvistuto. In
brevi s'arradunò 'na granni folla.

La fìmmina che guidava la prima machina 'ntanto era
scinnuta e si era mittuta a fari voci cummiglianosi la
facci con le mano:

«Non sono stata io! È caduto da solo!».

'Ntanto Caterino voliva susirisi, ma un tali lo tiniva fermo stinnicchiato 'n terra.

«Non si alzi! Lei è stato investito! Potrebbe essere
pericoloso!» disse in tono autoritario.

«Ma io non sono stato investito! Sono caduto!».

«Come ha detto?».

«Ho avuto un mancamento. Sono debole. Sono caduto da solo».

«Ha ragione la signora. Dice che è caduto» pro-
clamò a gran voci il tali autoritario aiutanno a Caterino a susirisi.

La guidatrici della prima machina si livò le mano dalla facci e si votò a taliarlo. E macari Caterino la taliò.

Allura Caterino fici:

«Annarosa!».

E cadì novamenti 'n terra, sbinuto.

La prima cosa che accapì arrisbigliannosi fu che era

nudo dintra a un letto scanosciuto. S'arricordava sulo d'essiri sbinuto 'n mezzo a 'na strata. Si taliò torno torno, quella non era 'na stanza di spitale.

Indove l'avivano portato? Nella càmmara c'era scuro, ma tanticchia di luci trasiva dalle persiane accostate. Doviva essiri doppopranzo avanzato. Ma quanto a longo era ristato sbinuto? Si sintiva deboli assà. Allura s'appinnicò.

Po', doppo un certo tempo, sintì la porta che si rapriva. Arriniscì a sollevari le palpebre a mità e vitti ad Annarosa che lo taliava. Fu allura che s'arricordò di tutto, ma non ebbi la forza né di parlari né di rapriri completamente l'occhi.

Po' Annarosa si fici di lato per fare trasire a un omo, che Caterino dalla baligetta che portava capì essiri un medico, e annò a spalancare le persiane.

Si lassò straminiare, tussiculiò a comanno, dissi trentatrì, si fici pigliari la pressioni, si fici sintiri il cori, sempri mezzo 'ngiarmato e senza diri 'na parola.

«Sta benissimo» disse alla fine il medico. «È solo spaventosamente denutrito».

«Ci penserò io a farlo mangiare» fici Annarosa.

«Non è così semplice, signora, bisogna andarci piano perché vede... forse inizialmente delle flebo...».

Non sintì autro pirchì i dù erano nisciuti dalla càmmara. Stava per appisolarisi novamenti quanno gli arrivò all'oricchi 'na speci di lamintìo. Da unni viniva, se dintra alla càmmara c'era sulo lui? Ascutò meglio. Non era un lamintìo, ma il motivo di 'na canzoni napolitana che faciva «tu voglio bene assaje». E, con

157

enorme stupore, scoprì che era la sò stissa voci che stava cantanno. Di filicità.

Quel jorno midesimo, a Novajorca, Tony Galatiolo arreunì l'amiciuzzi sò che erano soci nel ristoranti.

«Mi ha chiamato da Palermo 'u zù Nicola. Ha fatto un ottimo lavoro. Sa tutto del palato assoluto, nome, cognome, indirizzo. Ma per darmeli ha posto una condizione. Che non venga ammazzato».

«E allora che facciamo? Gli diciamo che è stato cattivello e lo mandiamo a letto senza frutta?» spiò Jack Lamantia.

«'U zù Nicola ha avuto un'idea geniale. Ci procurerà la foto del passaporto del palato assoluto con tanto di nomi e cognomi. Una volta sputtanato sui principali giornali, è un uomo finito. Non potrà più mettere piede in un ristorante perché sarà riconosciuto. A me pare una buona soluzione. Che faccio? Telefono a 'u zù Nicola e gli dico che siamo d'accordo?».

«Vabbeni, tilefona» dissiro l'amiciuzzi.

La scomparsa di Caterino vinni scoperta tri jorni appresso pirchì i latri erano trasuti nella sò casa e il purtunaro aviva avvirtuto la polizia e Bonnot.

A prima vista, dall'appartamento non era stato arrubbato nenti. O almeno, una sula cosa era stata portata via: la fotografia del passaporto di Caterino era stata staccata e non s'arritrovava cchiù.

Ma una dimanna squietava a Bonnot: indove era ghiuto a finiri Caterino?

158

Il purtunaro dichiarò d'averlo visto nesciri la matina di tri jorni avanti e partirisinni con un tassì. Di conseguenzia, Tom Ronzi fu costretto da Bonnot a dirottare l'indagini da Annarosa a Caterino.

«Ma perché non mi hai mai cercata?».
«Perché tu m'avevi scritto di non...».
«Avresti dovuto farlo lo stesso! Sono stata disperata. Pensavo non mi amassi più. Abbracciami».

«No, ma che fai?».
«Non lo vedi?».
«Ma non è pericoloso?».
«Quando mai è stato pericoloso?».
«Volevo dire: non sei ancora troppo debole?».
«No».

«Sei tutto sudato, vado a prenderti un asciugamano».
«No, non ti alzare. Abbracciami».

«Ma ti sei impazzito? Basta così, dai, ancora non ti sei completamente ripreso».
«L'ultima volta, giuro, e poi m'addormento».

«Senti, me lo fai un favore? Quando esci per la spesa, mi compri il "Corriere?"».
«Ma se sei stato così bene senza leggere i giornali!».
«M'interessano le offerte di lavoro».
«Perché?».
«Non voglio più fare quello che facevo prima».

159

«Davvero?! Ma il palato come ti funziona ora?».

«Alla perfezione. Ma a Bonnot dirò che non c'è più niente da fare, mi si è guastato irreparabilmente».

«Oh, amore mio! Oh amore mio adorato!».

«Ma che fai, ti spogli? E la spesa?».

«Dopo, dopo».

Il primo a vidiri la pagina 'ntera a pagamento del «Corriere» occupata per tri quarti da 'na fotografia di Caterino fu Bonnot. La scritta sutta diciva:

Ristoratori di tutto il mondo! Quest'uomo si chiama Caterino Zappalà detto il palato assoluto. Osservatelo bene! La sua presenza nel vostro locale può significarne la rovina! Diffidatene!

E cchiù sutta ancora, scritto nico:

Il presente avviso viene pubblicato contemporaneamente sui principali quotidiani di tutto il mondo.

Cinco minuti appresso, mentri stava esaurenno tutta la sfilza di biastemie e di santioni nelle tri lingue che accanosciva, francisi, 'nglisi e taliàno, Bonnot arricivì 'na tilefonata di Tom Ronzi.

«Ho da darle una bella notizia. Una volta identificato il tassì che ha preso il signor Zappalà è stato tutto facile. So dove abita. E la vuole sapere una cosa? Ha ritrovato la...».

«Non me ne fotte niente!».

«Scusi, che ha detto?».

«Che non me ne fotte niente! Il signor Zappalà è bruciato! Non serve più a nulla! Venga in albergo che la pago e così chiudiamo questa fottuta storia!».

Appena che vitti la sò fotografia e liggì quello che c'era scrivuto, Caterino satò fora dal letto e si misi ad abballari per la contintizza.

Quella sira stissa si nni tornò con Annarosa nella sò casa.

Naturalmenti, della facenna di Caterino si nni occuparo 'na gran quantità di jornali. E dovitti assoggittarisi a decine d'interviste. Nelle quali addichiarò che il palato gli era tornato assoluto, ma che non voliva sfruttari cchiù la sò particolarità e che circava un posto di 'ngigneri aeronautico.

Passata manco 'na simana, gli s'apprisintò 'n casa un todisco.

«Zono l'ingheg-nere Zuckerman della Lufthansa».

«Mi mostri i documenti» fici Caterino che non voliva fari la secunna doppo Bonnot.

Quello glieli ammostrò.

«Dica».

«La Lufthansa è disposta ad assumerla come ingheg-nere. Ma defo dirle che c'è una condizione».

Ecco pirchì negli aeroporti c'è 'na granni fotografia a colori di Caterino con la scritta:

Caterino Zappalà, il palato assoluto, ha testato i cibi che vengono serviti a bordo degli aerei Lufthansa.

161

La rettitudine fatta persona

Uno

Pitrino Sferra, accanosciuto da tutti 'n pàisi come 'u guardiano, era un povirazzo allampanato e morto di fami che stati o 'nverno portava sempri lo stisso paro di pantaluna, la stissa cammisa, lo stisso gilecco e lo stisso paro di scarpi chino di fango se era stascione di chiovuta o di pruvulazzo se era tempo d'asciutto.

Era omo addotato di un'onestà firrigna, che non sgarrava mai, in nisciuna occasioni: se putacaso viniva mittuto a guardia di un àrbolo di pira non si sarebbi mai mangiato un piro di straforo macari se era da dù jorni che si nni stava a panza vacante. E campava la vita accussì, facenno il guardiano timporaneo ora d'una villa disabitata ora di 'na mannara di capre mominataniamenti priva di capraro ora di 'na carrozza senza cocchieri.

A trent'anni si maritò con Ciccina Losurdo, 'na picciotta di vinticinco anni che puliziava le scali e che zoppicchiava da 'na gamma. Oltri che a puliziari le scali, Ciccina dava macari adenzia a donna Rosalia Tripisciano, un'ottantina bonostanti che non aviva parenti stritti.

Nei primi sei anni di matrimonio a Pitrino e a Ciccina nascero tri figli mascoli, Nino, Pino e Fofò.

Quanno morse che era squasi novantina, donna Rosalia lassò ogni cosa alla chiesa, ma nel tistamento s'arricordò di Ciccina distinannole tricento liri e la grannissima casa indove che abitava.

Con quel dinaro e quella casa Pitrino e Ciccina se la passaro meglio, affittanno macari qualichi càmmara, ma marito e mogliere s'attrovaro d'accordo che avrebbiro continuato a sparagnare all'osso per permittiri ai tri figli d'annare a scola.

Nino 'nfatti s'addiplomò raggiuneri nel mille e novicento e quattordici. L'anno appresso si maritò con Concittina Vassallo. Po' partì per la guerra. Morse ammazzato dagli ostrechi nel milli e novicento e sidici. Non accanoscì mai a sò figlia Giusippina.

Pino s'addiplomò giomitra nel mille e novicento e sidici. Si fici zito con Ernestina Joppolo ma non arriniscì a maritarisi pirchì dovitti partiri per il fronti. Si maritò tri anni appresso e macari lui ebbi 'na figlia fìmmina, Catirina. Morse, cadenno da 'na 'mpalcatura, il jorno che Catirina faciva un anno.

Quindici jorni dopo, macari Pitrino Sferra, 'u guardiano, chiuì l'occhi per sempri.

Fofò, che si era diplomato macari lui raggiuneri nel milli e novicento e diciotto, a 'sto punto si vinni ad attrovari ad essiri il capo di 'na famiglia composta da sò matre Ciccina, dalla prima cognata Concittina con la figlia Giusippina e dalla secunna cognata Ernestina con la figlia Catirina.

Abitavano tutti nella capaci casa lassata in eredità da donna Rosalia.

Fofò si era fatto zito con una picciotta che s'acchiamava Assunta Lodico, ma gli vinni 'no scrupolo di coscienzia a maritarisi. Aviva già 'na grossa famiglia da mantiniri, non potiva farisinni una sò, doviva sacrificarisi per l'autri.

Essenno che era un picciotto divoto e chiesastro, della facenna ne annò a parlari con patre Stanzillà. La cui facci 'n tutto simili a quella di un popotamo sempri arraggiato, appena che il picciotto compariva 'n sagristia si cangiava in quella di un agniddruzzu sorridenti.

Maria, ch'era bono, giniroso, di nobili sintimenti 'stò Fofò, che pariva aviri non sulo ereditata tutta l'onistà di sò patre Pitrino, ma di avirla macari moltiplicata per cento! 'Nzumma, era propio l'onistà 'ncarnata, la rettitudini fatta pirsona. Nisciuno a Vigàta e fora Vigàta potiva starigli a paro 'n fatto di coscienzia cchiù che spicchiata, senza la minima macchia.

Patre Stanzillà, sintuto il proposito di Fofò d'arrenunziare a maritarisi, si commovì fino alle lagrime.

«In autre paroli, figlio mè, tu pronunzi un voto di castità per dedicari la tò esistenzia alle tò povire cognate e alle loro figliceddre?».

«Accussì voli 'u Signuri» fici rassignato Fofò.

«Tu santo sì, angilo mè».

E la duminica che vinni, patre Stanzillà dal purpito contò a tutti i fideli del sagrificio di Fofò e s'appillò al bon cori di chi potiva dare 'na mano d'aiuto al picciotto per sfamari le cinco vucche di fìmmina che l'aspittavano quannu che lui tornava a la casa.

Le paroli di patre Stanzillà ficiro effetto subitanio.

167

Don Agatino Pingitore, che già aviva a Fofò come 'mpiegato, lo promovì raggiuneri capo raddoppiannogli lo stipennio, mentri Saverio Indelicato, patrone di un negozio di tissuti all'ingrosso, si pigliò come commissa a Concittina, la vidova di guerra. Lo stisso fici Aurelio Bompatre, che, essenno ristato privo di mogliere che si nni era scappata con un commisso viaggiatori, si pigliò come abbadanti per i sò figli di tri e di dù anni a Ernestina, la vidova di Pino.

Dù anni appresso morse macari Ciccina.

A 'sto punto patre Stanzillà mannò a chiamari a Fofò e gli fici un discurso a trasi e nesci, lassannogli accapiri che si era sagrificato bastevolmenti e che era vinuta l'ura che pinsassi a farisi 'na famiglia sò. Macari pirchì non era cosa giusta che, morta Ciccina, lui continuasse a dormiri sutta lo stisso tetto con le dù cognate, picciotte e beddre. Per quanto Fofò fusse supra a ogni sospetto, la genti sempri maligna era e potiva mittirisi a sparlari per il sulo piaciri di sparlari.

Fu accussì che Fofò tornò a farisi zito con Assunta Lodico che 'ntanto era ristata schetta.

'Na sira di 'na simana appresso allo zitaggio, Fofò, tornato a la casa per mangiari, attrovò alle dù cognate assittate nella tavola conzata che l'aspittavano.

Ma non c'erano, come capitava di solito, le loro figlie Giusippina e Catirina.

«Unni sunno?» spiò Fofò.

«L'avemo mannate a dormiri» dissi Concittina.

«E pirchì?».

«Pirchì Concittina ti devi diri 'na cosa» fici Ernestina.

«E dimmilla».

«Sugno prena di dù misi» dissi Concittina.

«Mannaggia!» sclamò Fofò.

E fu l'unico commento che fici.

Anzi no, ne fici un secunno doppo essirisi mangiata la 'nzalata di pisci.

«Ammancava di sali».

L'indomani a matina Fofò s'apprisintò in chiesa alle sett'arbe per contare a patre Stanzillà come e qualmente quel grannissimo farabutto di Saverio Indelicato, maritato e patre di tri figli, si era 'ndignamenti approfittato di 'na povira vidova di guerra e matre di 'na figlia come a Concittina mittennola macari prena.

Patre Stanzillà, ch'era un omo granni e grosso che al sulo vidirlo mittiva spavento, non ci persi un attimo di tempo e mannò ad acchiamari a Saverio.

Appena che lo vitti trasire 'n sagristia gli ammollò 'na timpulata sullenni che lo fici firriari dù vote.

«Cosa fitusa! Scoscinziato! Sdilinquenti!».

«Ma che fici?» spiò Saverio 'ntronato dalla botta.

«Ah, non lo sai, grannissimo fitenti? Vuoi che te lo dici il qui prisenti Fofò?».

'Na secunna timpulata lo fici accomenzari a girari supra a un pedi come a 'na trottola.

«A Concittina prena mittisti!» gli sputazzò 'n facci patre Stanzillà.

«Io?» addimannò sbalorduto Saverio. «Ma se non l'ho mai attoccata col mignulò!».

169

«Col mignulo forsi no, ma col ghito grosso di sicuro sì!» s'arraggiò patre Stanzillà.

«Non può essiri stato che lei» 'ntirvinni friddo friddo Fofò. «Concittina passa tutta la jornata nel sò magazzino e po' si nni torna a la casa senza firmarisi in nisciun posto. Macari se lei nega d'avirla mittuta 'ncinta, nisciuno le cridirà, a principiari da sò mogliere».

«Ma nni mia ci travaglia macari Titta, 'u picciotto di magazzino!» circò d'addifinnirisi Saverio.

«Ma quello avi sidici anni!» ribattì patre Stanzillà.

«Avi sidici anni ma è omo fatto!».

«Lei, se ho capito beni, sta dicenno che mè cognata ha sedotto un minorenni?» spiò minazzevoli Fofò. «Allura io vaio a contare ogni cosa a sò mogliere».

Saverio si vitti perso. Sò mogliere Tanina possidiva il dinaro che gli nicissitava per il comercio e se le arrivava all'oricchi 'na filama simili era capaci di ghittarlo fora di casa e di farigli chiuiri il magazzino.

D'autra parti Saverio la coscienzia 'n proposito non ci l'aviva pulita. Era capitato dù misi avanti, alla fini di luglio, un doppopranzo che faciva un càvudo che si tagliava col cuteddro e lui e Concittina si erano vinuti ad attrovari suli nel cammarino di darrè del magazzino...

E quell'unica mallitta vota era stata bastevoli a 'mprinarla. Quanno si dici la sfortuna!

No, non aviva strate di nisciuta. S'arrinnì.

«Dicitimi qual è la meglio» fici.

«La meglio» dissi patre Stanzillà «è che Concittina non veni cchiù a travagliare 'n magazzino, s'arritira 'n casa e non nesci fino a quanno non s'è sgravata. Tu, Saverio, ti 'mpigni 'n sigreto con mia, scrivennolo nìvuro supra bianco, a pagari un minsili doppio di quello che ora le dai fino a quanno la criatura che nascirà non addivintirà maggiorenni. Accussì veni dispinsato dal raccanoscimento della paternità».

Saverio agliuttì amaro, ma non gli ristò autro da fari che firmari l'atto.

Scrupoloso e onesto com'era, Fofò si fici un doviri di contare ogni cosa alla zita. Tutto s'aspittava meno che la reazioni d'Assunta.

«E ora Concittina unn'è?».

«Unni devi essiri? A la casa».

«Quella indove devo viniri ad abitari macari io?».

«Gnà certo!».

«Io non ci vegno in quella casa!».

«Ma che dici? Stai babbianno?».

«Io non babbio! O ci sta Concittina o ci staio io!».

«Ma pirchì?».

«Pirchì io non voglio aviri nenti a chiffari con 'na fìmmina che non arrispetta la mimoria del marito morto!».

«Ma Concittina, mischina, non ci trase! Fu quel farabutto di Saverio che s'approfittò! Lei non voliva!».

«Fofò, che mi veni a contare? E comunqui, o la ghietti fora di casa o io ddrà non ci vegno a stari!».

«A mia non mi passa manco per l'anticàmmara del cirivéddru di ghittarla fora!».

«È la tò urtima parola?».

«Certo».

«Allura da 'sto momento il nostro zitaggio è romputo!».

Non ci fu verso di cataminarla dalla sò posizioni. Fofò
pinsò bono di mittiri di mezzo a patre Stanzillà.

«Tu l'accanosci la carità cristiana?» attaccò il parrino appena che ebbi davanti alla picciotta.

«L'accanoscio. Ma ccà la carità cristiana non ci trase nenti. Concittina, a quello che mi dissi Fofò, con il
minsili che le passa Saverio Indelicato campa cchiù che
bona, tanto che potrebbi affittarisi 'na casuzza e an-
narisinni per conto sò. Se fusse la soro di Fofò, capi-
rei. Ma la cognata è! Pirchì devi starisinni sutta allo stisso tetto di un omo che le è stranio?».

«Pirchì Fofò, che è un'anima santa, oramà conside-
ra a Concittina chiossà d'una soro».

«Parrì, parlamonni chiaro. Io mi voglio maritare con
un omo, e no con un'anima santa».

«Lo sai che ti dico? Che Fofò non è fatto per tia».

«Macari io nni sugno pirsuasa. Ci dicisse che il nostro zitaggio è spartuto difinitivo».

Patre Stanzillà 'nformò subito a Fofò.

«Trovati a 'na bona picciotta. Ci nni sunno tante».

Fofò isò le spalli.

«Nonsi. Oramà è tardo per mia. Abbaderò alle mè
povire cognate per il resto della mè vita. Veni a diri che
era 'u mè destino. Mi dessi la sò binidizione».

Cosa che patre Stanzillà fici lagrimianno.

Quella sira stissa, a tavola, Fofò contò come e pirchì si era spartuto con Assunta.

Commossa, Concittina si susì e l'annò ad abbrazzare, mentri Ernestina, asciucannosi le lagrime, corriva a stringirlo dall'autro lato.

Fofò pigliò le dù fìmmine alla vita e po' appuiò la guancia supra alla panza della cognata prena.

«Si catamina?».

«Ancora è presto» sorridì Concittina accarizzannogli i capilli.

Due

La notti che seguitò alla notti che Concittina si sgravò di 'na figlia fìmmina che vinni acchiamata Ciccina come la nonna, vinni a moriri 'mproviso, pigliato da un sintòmo, don Agatino Pingitore, il grosso comerciante di sùrfaro del cui magazzino Fofò era stato prima raggiuneri e po' raggiuneri capo. Ma nell'urtimo anno don Agatino era stato malatizzo e Fofò l'aviva sostituito 'n tutto e per tutto. Don Agatino ne era ristato accussì sodisfatto da annari ripitenno all'amici e ai parenti che l'annavano ad attrovare:

«Fofò è la rettitudini fatta pirsona!».

Il jorno che vinniro fatti i funerali il figlio di don Agatino, Conzo, che faciva il medico a Palermo ed era tornato 'n pàisi per la trista accorrenzia, fici accapiri a Fofò che era disposto a cidiri per picca la 'mprisa paterna che rinniva assà, pirchì lui non potiva occuparisinni datosi che era primario di spitali ed era 'mpignato matina e sira.

Fofò, anno appresso anno, aviva mittuto assà dinaro sparte, ma non era bastevoli per l'affari. Allura s'arrivolse al Banco dell'Isola che gli 'mpristò il rimanenti nicissario. Non avivano il minimo dubbio supra alla sò onistà e corrittizza. E accussì Fofò addivintò don Fofò e comercianti 'n propio.

'N paìsi, la prima vota che Concittina niscì a fari pigliari aria alla picciliddra 'n fasci, corrì qualichi chiacchiara e qualichi supposizioni su chi potiria essiri il patre, ma la posizioni di rispetto raggiunta da Fofò e qualichi pagnittuni distribuito all'urbigna da patre Stanzillà ficiro addivintari a tutti muti.

«In quella casa» fu il comento difinitivo di don Turiddro Ferrara, la malalingua del paìsi «si rispira sulamenti aria di santità. Si vidi che macari lo Spiritu Santo ci fici 'na visita e lassò un signo del sò passaggio nella panza della signura Concittina».

E la storia si chiuì ccà.

'Na sira, arricampatosi all'ura di mangiari come faciva da sempri, Fofò attrovò alle cognate assittate alla tavola senza le figlie. Siccome che ogni novità lo fastiddiava, spiò:

«Unni sunno Giusippina, Catirina e Ciccina?».

«Le ficimo mangiari prima» dissi Concittina.

«E pirchì?».

«Pirchì volivamo essiri sule cu tia».

«E pirchì?».

«Pirchì Ernestina ti devi diri 'na cosa» fici Concittina.

«E dimmilla».

«Sugno prena di dù misi» dissi Ernestina.

«Mannaggia!» sclamò Fofò.

175

E fu l'unico comento che fici, pirchì la 'nzalata di pisci era salata al punto giusto.

L'indomani a matino, alle sett'arbe, si nni annò al porto indove che Aurelio Bompatre tiniva l'ufficio, datosi che era il cchiù granni comercianti di pisci di tutta Vigàta e possidiva 'n proprio sette varche da pisca.

'N pàisi era cognito che ad Aurelio il comercio nell'urtimi tempi non era annato tanto bono per via della forti concorrenzia che gli faciva il consorzio fatto dall'autri propietari di varche e che per mantinirisi a galla aviva sempri bisogno di dinaro liquito.

A un certo punto però il Banco gli aviva nigato autro dinaro essenno addivintato troppo grosso il debito.

A sarbarlo dalla ruvina era stato il fatto che la mogliere scappata col commisso viaggiatori era stata addichiarata come morta prisunta e lui aviva potuto farisi zito da sei misi con donna Agustina Corbello di Roccò, di nobilissima famiglia, nana, pilusa, laida come la morti, manisca e vucciulera, ma ricca sfunnata.

Le varche erano appena tornate dalla pisca notturna e Aurelio corriva a dritta e a manca 'nchiffarato assà. Fofò l'agguantò per un vrazzo firmannolo a volo.

«Le volissi diri 'na parola…».

«Don Fofò, in questo momento…».

«Cosa 'mportanti è».

«Mi cridissi, non aio un minuto. Mi scusasse, ma non potrebbi ripassari tra un dù orate?».

«Per potiri, potiria. Ma facemo accussì. Io ci dico la cosa e mi nni vaio. Accussì lei se la pensa. Po', quan-

no avi cchiù tempo, passa dal mè scagno e nni par-
lamo».

«Vabbeni. Mi dicisse 'sta cosa».

«Ernestina 'ncinta di dù misi è».

Aurelio addivintò di colpo 'na statua di sali con la
vucca aperta. Fofò lo salutò e si nni niscì.

Però Aurelio non passò dallo scagno, a malgrado che
Fofò l'avissi aspittato tutta la matinata.

'N compenso, nel doppopranzo Fofò vinni chiamato d'urgenza 'n sagristia da patre Stanzillà.

Che l'assugliò come un cani arraggiato.

«Pirchì non mi dicisti nenti d'Ernestina?».

«A vossia chi ce lo dissi?».

«Aurelio che mi vinni ad attrovari. Ma arrispunni alla mè dimanna».

«Non ci dissi del fatto d'Ernestina pirchì mi sono
vrigugnato della sò cunnutta, patre. Pirchì pari che Ernestina, al contrario di Concittina, sia stata consen-
sievole».

«Chi te lo dissi?».

«E chi me lo doviva diri? Ernestina».

«Ernestina ti conta minchiate».

«E pirchì?».

«Pirchì Aurelio giura e spirgiura di non avirla mai
toccata».

«Ma come? Non cridi ad Ernestina e cridi ad Aurelio? Aurelio dici priciso 'ntifico a quello che diciva Saverio Indelicato».

«Vero è. Però Aurelio giura e spirgiura macari di non
avirici mai pinsato».

177

«E come si fa a provari se un pinsero c'è stato o non c'è stato?».

«Fofò, che ti devo diri? A mia Aurelio mi parse sincero».

«E allura mi spiega cu fu a mittiri prena a Ernestina?».

«Certo né io né tu» fici patre Stanzillà.

«Ernestina, ce lo pozzo assicurari, non vidi autri òmini all'infora di Aurelio e di mia. Non nni avi manco l'occasioni. Passa cchiù tempo 'n casa d'Aurelio che nella nostra casa. Epperciò quanto fanno dù e dù? Quattro fanno, patre, senza remissioni».

Patre Stanzillà allargò le vrazza.

«'Nzumma, Aurelio si nni chiama fora?» fici Fofò. «Allura veni a diri che ci penso io».

«E che voi fari?».

«Quanto ci scommetti vossia che la zita lo lassa se veni a sapiri 'na storia simili?».

«Aspetta. Aurelio è pirsona raggiunanti e sapi bono d'attrovarisi in un grosso guaio. Accapisce che ogni cosa è contro di lui e non avi nisciun 'ntiressi che la facenna si veni a sapiri. Si verrebbi ad attrovari in una posizioni assà sdilicata con la zita».

«Glielo dissi lui?».

«Me lo dissi lui».

«E allura?».

«E allura è disposto a firmari 'na carta pricisa 'ntifica a quella che firmò Saverio Indelicato, ma prima voli che sia sodisfatta 'na condizioni 'nderogabili».

«E quali?».

«Che tu fai fari zita a Ernestina con uno qualisisia-si nel giro di 'na simanata. 'N modo che il patre arri-sulti essiri il futuro marito. Accussì Aurelio si metti al sicuro».

«E se Ernestina s'arrefuta?».

«Tu cerca di convincirla, che è la meglio per tutti».

«Ci provo».

«E lo sai che ti dico? Che la meglio cchiù meglio di tutti sarebbi se attrovi macari un marito per Concittina. Accussì tutto torna nell'ordini e nisciuno avi nen-ti da diri».

Il nicissario consiglio di famiglia Fofò lo tenni 'n ca-sa 'na matina che non annò 'n magazzino approfittan-no macari del fatto che Giusippina e Catirina si nni era-no ghiute alla scola.

Capenno che l'occasioni era 'mportanti, Concittina ed Ernestina si erano vistute bono.

Le dù fìmmine ascutaro 'n silenzio il discurso di Fofò, po' si taliro a longo e 'nfini Concittina spiò:

«Potemo arritirarinni cinco minuti 'n cucina?».

«Faciti come voliti».

Cinco minuti appresso tornaro.

«Nui facemo quello che addicidi tu» dissi Concittina.

«Mi dati carta bianca?».

«Sì» dissi Concittina. «Ma...».

«Parla chiaro».

«Ernestina e io nni scantamo che l'arrivo 'n casa di 'sti mariti possa cangiare la vita che da tant'anni face-mo tutti e tri 'nzemmula dintra a 'sta casa»

«Non cangerà nenti, vi lo prometto».

«Allura semo d'accordo».

Quattro jorni appresso Fofò annò a parlari con patre Stanzillà.

«Tutto arrisolvii. Concittina ed Ernestina si faranno zite».

«Mi nni compiacio».

«E chista sarà macari l'occasioni per fari dù opiri di beni. Sarbo dalla miseria e da 'na vita 'nfilici a dù òmini sbinturati».

«Mi nni compiacio chiossà».

La prima a farisi zita, pirchì ci nni era urgenzia, fu Ernestina.

Lo zito che Fofò attrovò per lei era un quarantino che travagliava nel magazzino di sùrfaro, s'acchiamava Rocco Pantaleo e aviva un sulo vizio, quello di 'mbriacarisi ogni sira come a 'na scimia.

Siccome che guadagnava picca e nenti e tutto il dinaro si lo spinniva in vino, dormiva in un suttascala e non possidiva manco un vistito bono. Fofò se lo pigliò 'n casa, doppo avirlo addotato di un guardarobba novo, mittennogli a disposizioni un magazzineddro al pianoterra trasformato in bitazioni. Accussì Rocco, quanno tornava 'mbriaco, rapriva con la sò chiavi e non dava fastiddio a nisciuno.

Rocco vitti a Ernestina sulamenti nel jorno nel quali ci fu lo zitaggio ufficiali, po' non la vitti cchiù se non 'na duminica di quattro misi appresso.

Quella matina Fofò trasì nella bitazioni di Rocco che

erano le deci e quello dormiva ancora dato che la sira avanti si era pigliato 'na sbornia sullenni.

«Susiti, lavati, rasati e vestiti bono. Stamatina vai a passiare con la zita».

«Sissi, don Fofò».

Accussì i vigatesi vittiro alla famiglia di don Fofò 'n procissioni. 'N testa a tutti c'erano, tinennosi suttavrazzo, Ernestina con tanto di panza e Rocco, appresso vinivano don Fofò e Concittina con Ciccina 'n vrazzo.

Il corteo era chiuiuto da Giusippina e Catirina che si erano fatte grannuzze e biddruzze.

Come tutto il pàisi, macari Aurelio Bompatre pigliò atto che Ernestina era prena e che il fatto che Rocco Pantaleo le caminasse suttavrazzo non lassava dubbio su chi era l'autori del visibili danno fatto ad Ernestina.

Di conseguenzia, s'addicidì a firmari la carta con patre Stanzillà con la quali si 'mpignava a pagari un grosso minsili a Ernestina fino alla maggiori età della criatura che doviva nasciri.

'Na simana appresso alla passiata, Concittina si fici zita con l'omo che le aviva scigliuto Fofò. Si trattava di 'n autro quarantino, Alfio Scibetta, che campava poviramenti la vita vinnenno ciciri, favi e mennuli arrustuti all'angolo delle strati nei jorni di festa. Alfio non ci stava tanto con la testa e arridiva sempri, macari se passava un morto. Spisso, mentri che stava a parlari con una pirsona, chiuiva di colpo l'occhi e cadiva in un sonno profunno.

181

Quanno la notti dormiva, non l'arrisbigliavano manco le cannonate.

Fofò lo vistì bono, se lo portò a travagliare nel magazzino di sùrfaro e gli detti 'na paga dignitevoli.

A 'sto punto patre Stanzillà stabilì che sarebbi stato agurioso assà celebrari un doppio matrimonio con un'unica funzioni.

Doppo il matrimonio 'n chiesa, il fisteggiamento si sarebbi tinuto all'Olivella, che era 'na granni casa di campagna che da qualichi tempo Fofò si era accattato e nella quali passava la stati.

Tre

Il jorno avanti del doppio matrimonio, Fofò chiamò nel sò scagno ai futuri mariti delle sò cognate, chiuì la porta a chiavi per non essiri distrubbato e parlò cinco minuti filati.

«Picciotti» dissi «penso che la situazioni vi è bastevolmenti chiara, ma io voglio arripitirivi papali papali com'è a scanso di future discussioni e di malintinnute. Voi stati facenno un gran sponsalizio, un matrimonio che da povirazzi com'eravati manco vi potivati 'nsognari. Stati trasenno in una casa ricca indove che non vi si farà ammancari nenti fino al jorno della vostra morti. Ho voluto fari 'n'opira bona e l'ho fatta. Ma, appizzate l'oricchi pirchì vi lo dico ora e appresso non vi lo dirò mai cchiù, stati attenti a non sgarrare dal momento che addivintati mariti. Voi siti mariti sulo alle carti e davanti all'occhi della genti. Ho fatto dividiri la casa in tre appartamenti comunicanti, uno per mia, uno per Concittina ed uno per Ernestina. Nei vostri dù appartamenti le càmmare matrimoniali sunno doppie, nel senso che Concittina ed Ernestina continueranno a dormiri da sule come hanno sempri fatto e non vogliono cangiare bitudini. Se quallchi vota

183

a una di loro ci spercia d'aviri cumpagnia per 'na nottata, vi chiamerà. Ma all'indomani vi nni tornati al vostro posto. Chiaro? Non doviti pigliari nisciuna 'niziativa di testa vostra. Ah, ancora 'na cosa: siccome che io sugno bituato a mangiari con Concittina ed Ernestina e nisciun autro, voi dù siti prigati di mangiari per conto vostro nei vostri appartamenti, senza le vostre mogliere. 'Nzumma, meno vi faciti vidiri casa casa e meglio è. Nni semo caputi?».

«Sissi» fici Rocco.

Alfio arridì.

Il doppio matrimonio arriniscì 'na miraviglia. Fofò aviva fatto le cose 'n granni.

Il mangiari ordinato nel migliori ristoranti di Montelusa e sirvuto dai cammareri stissi del ristoranti, lo sciampagni fatto viniri a casci da Parigi, le cassate e i cannoli dalla pasticciria sguizzira di Palermo, il gelato fatto fari spiciali da Castiglione...

Mezzo pàisi participò alla festa con orquestrina e ballo che durò fino a notti.

Al momento d'arritirarisi per dormiri, Rocco e Alfio non s'attrovaro. Li circaro casa casa ma senza arrisultato.

S'arricamparo la matina appresso, Rocco s'era addrummisciuto sutta a un àrbolo dell'Olivella, 'mbriaco completo, e Alfio era ristato allato a lui a ridiri alla luna.

Concittina ed Ernestina foro contente del matrimonio. Pirchì Fofò era stato di parola sulla promissa che nenti sarebbi cangiato nell'andamento della casa coll'arrivo dei novi dù mascoli e 'nfatti nenti cangiò del-le loro bitudini jornaliere e notturne.

I mariti c'erano ma era come se non ci fussero.

L'unico fastiddio che davano era che ogni tanto avi-vano bisogno d'aviri cusuto un bottoni o stirata 'na cam-misa, dato che 'n quella casa, sempri accussì china di fìmmine d'ogni età, 'na cammarera non ci aviva mai mit-tuto pedi.

Anzi, a bono vidiri e a mimoria di vigatesi, nisciu-no stranio ci era mai trasuto, sulo patre Stanzillà la vo-ta che era annato a binidiciri a Ciccina appena morta.

E persino un jorno che Fofò era caduto malato, 'nve-ci di farisi viniri il dottori 'n casa, si nni era nisciuto con la frevi a trentanovi ed era annato lui nel gabinet-to medico.

'Nzumma, Fofò era accussì giluso della sò 'ntimità, che aviva persino 'mparato a usari cazzola e quacina pur di non fari trasire a un muratori nelle càmmare della casa.

Ernestina partorì 'na fimmineddra che vinni chiama-ta Giovannina.

Un anno appresso al doppio matrimonio, 'na sira, tor-nato come al solito a la casa per mangiari, Fofò vinni 'nformato da Concittina che era daccapo prena.

«Lo dicisti a tò marito?».

«Prima lo vosi diri a tia».

Fofò sorridì compiaciuto.

La stissa pricisa 'ntifica scena s'arripitì setti misi ap-presso.

Stavota, a essiri novamenti 'ncinta, era Ernestina.

«Tò marito lo sapi?».

«Ancora no».

A farla brevi, tanto Concittina quanto Ernestina aumentaro la famiglia di 'n'autre dù criature, Lucia e Stella.

Col passari di l'anni, Fofò, che si era mittuto macari nel comercio del pisci e nelle 'mprise edilizii facenno sempri affari fortunati, era addivintato 'na vera potenza.

E il bello era che la crisciuta della sò ricchizza annava di passo con la crisciuta dell'opiri di beni che faciva senza abbadari a spisi, dalla costruzioni di uno spitali per i povirazzi alle colonie stive per l'orfaneddri alla mensa popolari all'albergo dei povareddri...

Era stato nominato per acclamazioni presidenti dell'òmini catolici, presidenti dell'unioni delle famiglie cristiane, presidenti dell'organizzazioni per tutti i festeggiamenti religiosi.

Ed era macari tinuto 'n grannissima considerazioni dai fascisti che allura cumannavano nel pàisi che certe vote annavano da lui ad addimannarigli consigli e appoggi. E lui per tutti attrovava la parola giusta, quilibrata, onesta.

Quanno che Giusippina, la prima figlia di Concittina, quella da lei avuta dal marito morto 'n guerra, fici vintun anni e addivintò maggiorenni, capitò un gran cangiamento.

Fofò accattò dù appartamenti nel palazzo allato alla sò casa. Li arridò d'ogni cosa e in uno ci mannò ad abitari a Concittina con Rocco e le figlie Ciccina e Lucia, nell'autro a Ernestina con Alfio e le figlie Giovannina e Stella.

Le dù rispittive figlie cchiù granni, Giusippina e Catirina, che ora aviva diciassetti anni, ristaro 'n casa di Fofò piglianno praticamenti il posto che per tanto tempo era stato delle loro matri.

Ma che potiva essiri successo doppo anni e anni di filici e sirena convivenzia? Che viniva a rapprisintari 'sta novità?

'Na liti 'nterna? 'Na sciarriatina tra le dù cognate? Opuro la prisenza di Rocco e Alfio, uno sempri 'mbriaco e l'autro sempri ridenti, aviva finuto per scassare i cabasisi a Fofò?

Assà e diverse foro le voci maligne, le supposizioni, i mali pinseri, che correro di vucca 'n vucca 'n paìsi, aumentati dal fatto che Fofò tiniva le labbra cusute e nisciuno s'azzardava ad addimannarigli spiegazioni, ma patre Stanzillà che, pur essenno oramà ottantino, non aviva perso il vizio di distribuiri pagnittuna a dritta e a manca, tra 'na timpulata e l'autra, nni detti 'na spiegazioni logica, in linia con la fama di bontà di Fofò, che misi 'n silenzio a tutti.

«È stato 'n autro atto di grannissima ginirosità di Fofò. Ha pinsato che oramà le sò dù cognate hanno di bisogno di addidicarisi 'nteramenti alle loro famiglie senza perdiri tempo appresso a lui. E le dù cognate hanno arricambiato la ginirosità con un gesto d'uguali gi nirosità, lassanno 'n casa di Fofò le loro figlie cchiù granni che ora sunno in età di dari adenzia all'omo che è stato per loro cchiù di un patre».

Fofò aviva voluto che Giusippina e Catirina annassiro alla scola e Giusippina si era addiplomata maestra mentri Catirina era ancora studintissa al magistrali.

Giusippina era 'na gran beddra picciotta e Catirina promittiva d'essirle a paro se non meglio.

Naturalmenti qualichi picciotto di bono partito si era fatto avanti per farisi zito con Giusippina, ma Fofò a tutti aviva arrispunnuto che la picciotta piccamora non nni aviva gana, datosi che voliva addidicarisi tutta ai picciliddri della scola limintari indove che 'nsignava.

Ai colleghi mascoli Giusippina, sempri seria e composta, sempri con l'occhi vasci, sempri né 'na parola di cchiù né una di meno, non dava nisciuna confidenzia, pirmittiva sulo a un maestro cinquantino, Carmelo Infantino, maritato e patre di figli, d'accompagnarla qualichi vota a la casa alla fini delle lezioni.

Po', 'mprovisamenti, un jorno Giusippina annò dal direttori della scola e gli dissi che, per raggiuni di saluti, non avrebbi cchiù potuto addidicarisi all'insignamento.

Raggiuni di saluti?

Il direttori strammò, ma se Giusippina era un sciuri di picciotta, che non aviva mai patuto manco di 'na 'nfriddatura! Tintò di farle cangiare idea, ma quella era 'ntistata pejo di un mulo.

Allura annò ad attrovari a don Fofò, spiegannogli come e qualmente per la scola 'na perdita di 'na maestra brava e pacinziusa come a Giusippina era 'na perdita gravi. Ma s'attrovò davanti a un muro.

«Se mè nipoti addicidì accussì, veni a diri che era giusto che faciva accussì».

«Ma non mi può diri un minimo di scascione?».

«Potiria, ma non voglio. Io non sugno uno che arrovina famiglie».

Che voliva diri don Fofò con quelle parole misteriuse? A quali famiglie non voliva arrovinari?

Il direttori non arriniscì a farigli nesciri autro dalla vucca e si nni tornò cchiù confuso che pirsuaso.

Dù jorni appresso aviri lassato la scola, Giusippina si nni partì per la casa di campagna dell'Olivella dintra alla quali si 'nchiuì senza nesciri cchiù fora squasi fusse 'na monaca di clausura. A darle adenzia providiva 'na viddrana ottantina che s'acchiamava Tana e non parlava, essenno ch'era muta dalla nascita.

'N pàisi la spiegazioni che ebbi la meglio supra a tutte fu che Giusippina si era 'nnamorata di un picciotto che non piaciva a don Fofò epperciò era stata mannata per punizioni all'Olivella, con l'ordini di non vidiri a nisciuno.

Sulo Fofò dù o tri vote a simana annava ad attrovarla guidanno pirsonalmenti l'atomobili carrica di cose da mangiare. E spisso capitava che all'Olivella ci passava macari la notti.

'Na matina che stava appena facenno jorno, Jachino Muscarà, camperi di don Stefano Palminteri, scinnenno 'n pàisi s'attrovò a passari dall'Olivella. E accussì

189

s'addunò che 'n mezzo alla strata, a un passo dal cancello della villa, ch'era già aperto, ci stava il vecchio cani di casa stinnicchiato 'n terra morto.

Lo pigliò per la cuda per portarlo dintra e avvirtiri a Tana ma, arrivato davanti al portone del baglio, vitti a 'na pirsona che passiava. Era Giusippina.

Ebbi modo di taliarla a longo senza essiri viduto, po' lassò il cani e ripigliò la sò strata.

Quel doppopranzo, al circolo, don Stefano Palminteri detti 'na notizia che scoppiò come a 'na bumma.

«La maestrina Giusippina, la nipoti di don Fofò, è prena minimo minimo di cinco misi».

«E vui come faciti a sapirlo?».

«La vitti 'u mè camperi Jachino coi sò occhi».

Appena che il direttori della scola limintari lo vinni a sapiri, si detti 'na gran botta 'n fronti.

«Tutto accapii!».

Ecco qual era il significato delle paroli misteriuse di don Fofò quanno gli aviva ditto che non voliva arrovinari famiglie.

Non ebbi perciò nisciun dubbio: don Fofò s'arrifiriva alla famiglia del maestro Carmelo Infantino, l'unico omo che aviva la possibilità di stari a sulo con Giusippina e quindi di sicuro colui che l'aviva mittuta 'prena.

Davanti all'accusi del direttori, il maestro giurò e spergiurò che lui non ci trasiva nenti, ma non ci fu verso e vinni trasferuto all'isola di Lampidusa.

La cosa arrivò macari all'oricchi di Fofò un misi doppo che ne era stata data notizia al circolo.

Mannò ad acchiamari al direttori.

«Ora lei l'accapì pirchì non le volli fari il nomi di quell'infami che aviva tri figli?».

Al direttori ci spuntaro le lagrime all'occhi.

«Vossia un santo è, don Fofò! Che animo giniroso e nobili! Che grannizza di cori!».

Patre Germanà, che era succiduto a patre Stanzillà, nni parlò dal purpito, portanno ad esempio per tutti la grannissima bontà di un omo che pur di non arrovinari la famiglia di un farabutto che non se lo meritava aviva mittuto 'n piriculo l'onori sò e della nipoti.

Ora che non c'era cchiù nenti d'ammucciare, Giusippina lassò l'Olivella e si nni tornò a Vigàta. La prima duminica che vinni, Fofò si portò a Giusippina oramà di sei misi e a Catirina a pigliarisi un gilato al cafè Castiglione. Quanno s'assittaro al tavolino, dai tavoli vicini partì un battimano. Era il raccanoscimento che il paìsi tributava a un sant'omo come a don Fofò.

Quattro

Alla figlia che nascì a Giusippina ci dettiro il nomi di Sarah.

Ma com'è che 'n quella casa nascivano sulo fìmmine? Don Fofò reagì malamenti quanno sintì diri che lui nni era contento pirchì gli piaciva essiri il sultano di un harem. Dissi che la famiglia catolica e cristiana non potiva essiri paragonata manco per sgherzo a un'usanza araba e che se sutta al sò tetto vinivano sulo figlie fìmmine era chiaro signo che Dio vuliva accussì.

Naturalmenti, Giusippina tornò a insignari alla scola e con la picciliddra continuò a bitari nell'appartamento ch'era stato di sò matre 'n casa di don Fofò.

Catirina, quanno che fici vint'anni, vinni addimannata come zita da Pasqualino Mascolo, un beddro picciotto vintino figlio di don Angilino, che era il capo dei fascisti della provincia di Montelusa ed era omo pripotenti e senza rispetto per nisciuno.

Il pàisi ne vinni a canoscenzia e si ficiro scommisse sulla risposta che avrebbi dato don Fofò. Se si fusse trattato di 'n'autra pirsona qualunqui, il no senza rimeddio sarebbi stato certo, ma avenno a chiffare con uno dell'importanza di don Angilino c'era da pinsarisilla tri vote prima d'arrispunniri negativo.

Don Fofò accomenzò a tracchiarisilla, alle prissioni di don Angilino non arrispunniva né sì né no, diciva sulo che la facenna miritava attenta considerazioni.

Nell'aprili del milli e novicento e quaranta Pasqualino vinni chiamato sutta alle armi e partì. Ma non per questo mollò l'osso, non passava jorno che non scriviva a sò patre per 'ncitarlo a concludiri con don Fofò.

Nel misi di jugno dello stisso anno scoppiò la guerra e Pasqualino partì per il fronti.

A 'sto punto don Angilino, vistuto di tutto punto 'n divisa fascista, nìvuro 'n facci, s'apprisintò nello scagno di don Fofò e gli parlò a voci àvuta e 'mpiriosa, in modo che lo sintivano quelli che s'attrovavano nelle vicinanze.

«Camerata, sono venuto ancora una volta per domandare la mano di vostra nipote Catirina per conto di mio figlio Pasqualino. Non credo che direte di no a un soldato che serve al fronte la patria in armi!».

Don Fofò non potti tirarisi narrè. Vinniro subito fatte le pubblicazioni.

Tri misi appresso Pasqualino s'arricampò a Vigàta, aviva ottinuto 'na licenza matrimoniali di jorni cinco.

Il matrimonio, dato che si era 'n tempo di guerra, non fu accussì sfarzuso come era stato il doppio matrimonio delle dù cognate.

'N chiesa la funzioni vinni cilibrata da patre Germanà, quindi tutti li 'nvitati si trasfirero alla villa dell'Olivella. Mangiaro e vivero 'n abbunnanzia, po', al sono di 'n'orquestrina, si raprero le danzi.

Come era d'uso, il primo giro di ballo, che si faciva all'aperto nel baglio essenno ancora la stascione bona, attoccava a don Fofò il quali po' avrebbi lassato la sposina al frisco maritino.

Il ballo, ch'era un valziro, procidiva tra l'alligria ginirali quanno Pasqualino, ch'era 'n divisa di suttatinenti, 'mpacciato dagli stivali novi e mezzo 'mbriaco di filicità e di vino, si 'ntorciuniò le gamme cadenno 'n terra e trascinannosi appresso alla sposina.

Catirina si era romputa tri dita della mano mancina, ma pejo stava Pasqualino che si era fratturato la gamma dritta.

Praticamenti, il matrimonio finì ccà.

Pasqualino vinni portato allo spitali militari di Montelusa indove ristò sei jorni e nei quali Catirina non mancò un jorno ad annarlo ad attrovare.

Doppo, con un treno spiciali con autri feriti, fu trasferuto a Roma. Guarita pirfettamenti la gamma tempo un misi, partì per il fronti. Tri misi appresso morse cummattenno in Africa.

Catirina, al momento che addivintò vidova di Pasqualino, aspittava 'na criatura da lui.

«Da lui?! Vogliamo babbiare? Vogliamo pigliarinni per il culo tutti quanti semo?» fici Nicolò Zufolo all'autri soci del circolo.

«Lei porta qualichi dubbio?» spiò Michele Amaturo.

«Certo che lo porto!».

«E pirchì?».

«Pirchì ho carcolato che il poviro Pasqualino, ralogio e calinnario alla mano, non ebbi il tempo matiriali di, dicemo accussì, consumari il matrimonio!».

«Ne siti sicuro?» addimannò don Libirtino Vassallo.

«Come la morti. State attenti a mia. Pasqualino arriva a Montelusa alle deci del matino e sò patre se lo porta 'n casa. Alle cinco del doppopranzo Pasqualino e sò patre scinnino a Vigàta e vanno nello scagno di don Fofò, indove c'è macari Catirina. Fanno il fidanzamento ufficiali. Stanno un'orata e si nni tornano a Montelusa. Semo d'accordo?».

«D'accordo».

«Annamo avanti. Il jorno appresso, la matina, c'è la funzioni 'n chiesa. Po', senza 'ntirvallo, tutti si trasfiriscino all'Olivella. Si mettino subito a tavola e appresso accomenza il ballo. Pasqualino e Catirina cadino al primo valziro e lui veni portato allo spitali militari di Montelusa. E ti saluto e sono».

«Un momento» fici Michele Amaturo. «Lei, Catirina, a malgrado la mano 'nfasciata, l'annò ad attrovari tutti i jorna».

«Vi fazzo prisenti che Pasqualino era arricovirato in un cammarone con autri cinco militari e che non potiva susirisi dal letto. E allura me lo spiegati com'è possibili che sia stata mittuta prena da Pasqualino? So per certo che quel povirazzo le scriveva dal fronti littre ardenti di passioni, ma per posta non si fanno figli».

«Io potiria contarla diversamenti» 'ntirvinni a 'sto punto don Filippo Lobue, fascista della prima ura e grannissimo amico di don Angilino Mascolo.

«Ah sì? E a voi chi la contò?» spiò Nicolò Zufolo.

«Il patre dell'eroico tinenti Pasqualino Mascolo la cui mimoria di caduto 'n guerra non devi essiri allordata da nisciuno. M'arrifiriscio a don Angilino Mascolo, un fascista che nella sò vita ha avuto 'na sula parola!» dissi fermo Lobue.

La cosa si mittiva malamenti. Meglio starlo a sintiri.

«Parlasse» dissi Nicolò Zufolo.

«Il matrimonio è stato consumato. E puro ripitutamenti macari se scomodamenti. 'Nzumma, tutte le vote che Catirina annò ad attrovari a Pasqualino nello spitali».

«Ma si c'erano prisenti autri cinco sordati!».

«Non c'erano».

«Ma se li vitti io coi mè occhi 'na vota che annai ad attrovare a Pasqualino!».

«Ma voi non siete Catirina».

«Ho capito. Catirina possidiva la bacchetta magica che li faciva scompariri?».

«No. E nenti spiritosate, per favori. Ma in occasione dell'arrivo di Catirina il letto di Pasqualino, 'na mezzorata prima, viniva spostato in una càmmara senza nisciuno. Un favori che il direttori dello spitali volli usari a don Angilino».

Era chiaramenti 'na cosa di vento, 'na farfantaria, 'na pezza mittuta apposta pirchì macari don Angilino doviva essirisi addunato che i conti non tornavano.

Ma nisciuno osò ribattiri né al circolo né fora dal circolo epperciò supra alla paternità della criatura che Catirina portava nella panza non si nni discutì cchiù.

Si nni riparlò sulo quanno detti alla luci 'na figlia naturalmenti fìmmina che vinni chiamata Rosa.

Nel bummardamento di Vigàta dell'ottobriro del milli e novicento e quarantadù, don Fofò, che s'attrovava nel sò magazzino di sùrfaro, vinni firuto dalle scheggi di 'na bumma al petto, alla gamma mancina e al scianco dritto.

Soccorruto subito dai magazzineri che chiamaro 'mmidiato a Giusippina, Fofò fu dalla nipoti, che sapiva guidari l'atomobili, portato allo spitali di Montelusa. Le firute non arrisultaro gravi.

Vinni curato bono e doppo quinnici jorni fu rilassato. Ma aviva di bisogno che un dottori, un jorno sì e uno no, l'annasse ad attrovari per seguiri il sanamento delle firute e cangiare le 'nfasciature.

Giusippina si carricò nella machina a Fofò e se lo portò all'Olivella, doppo essirisi mittuta d'accordo col dottori Nuara.

Di conseguenzia, Giusippina e Catirina con le dù picciliddre si trasferero all'Olivella chiuienno momintaniamenti la casa di Vigàta.

«Ennò!» dissi Nicolò Zufolo. «Non mi torna propio!».

«Cos'è che non torna?» spiò Michele Amaturo.

«Ma raggiunate, santissimo Iddio! Pirchì Giusippi-

197

na ha voluto che don Fofò 'nveci di continuari a essiri curato nella sò casa di Vigàta fusse portato all'Olivella indove si sono trasferite macari lei stissa e Catirina con rispittive figlie?».

«Forsi pirchì all'Olivella non c'è scanto di bommardamenti» fici don Libirtino Vassallo.

«Ma quanno mai! La raggiuni è una e una sula e ve la dico io: né don Fofò né le nipoti vogliono che il dottori Nuara metta pedi nella casa di Vigàta. Vinitimi appresso un momento. Dal momento che don Fofò pigliò posesso di quella casa, stannoci prima con le dù cognate e po' con le loro figlie, non ha mai pirmittuto a nisciuno stranio di trasire 'n casa. Mai 'na cammarera, un servo, un operaio, un medico. Persino lo zitaggio di Pasqualino con Catirina lo ficiro nello scagno di don Fofò e no 'n casa. Vi pari logico?».

«Fettivamenti» fici pinsoso Michele Amaturo.

«Allura io m'addimanno e dico: che cosa ammuccia quella casa?».

Don Fofò morse per una purmonia che sopravvenni propio quanno s'era arripigliato dalle firute.

I funerali, che si partero dall'Olivella, foro sullenni. Apposta, da Montelusa, scinnero Sò Cillenza il viscovo, il prifetto, il sigritario fidirali, vinniro tutte le autorità catoliche e fasciste della provincia.

Subito appresso al carro funebri ci stavano le nipoti che l'avivano assistuto fino all'urtimo, Giusippina e Catirina con le figlie Sarah e Rosa. Erano distrutte dal dolori.

Appresso vinivano la prima cognata Concittina con le figlie Ciccina e Lucia e la secunna cognata Ernestina con le figlie Giovannina e Stella. Rocco e Alfio erano ammiscati 'n mezzo all'autra genti.

Il viscovo tinni un discurso che fici chiangiri a tutti, spieganno la santità di un omo che si era prodigato per le famiglie dell'autri ma che il distino crudeli aviva voluto che non ne avissi una propia. E accussì concludì:

«E, senza forse, son certo che il suo unico rimpianto sarà stato quello di non essere riuscito ad essere, lui stesso, un padre di numerosi figli, di quei figli che egli usava definire, cristianamente, un dono di Dio».

Giusippina e Catirina addicidero di ristarisinni all'Olivella dato che i bummardamenti e i mitragliamenti supra a Vigàta ora erano cchiù fitti.

E fu la loro fortuna.

Pirchì la notti del tridici di fivraro del milli e novicento e quarantatrì 'na bumma fici cadiri dù facciate della casa di don Fofò. Alle prime luci dell'alba, le càmmare della casa, ristate 'ntatte, parivano sceni di tiatro, esposte all'occhi di tutti.

Nicolò Zufolo e Michele Amaturo correro a vidiri, pirchì la casa era seriamenti lesionata e potiva crollari da un momento all'autro. Erano sulamenti loro dù, la genti aviva autro per la testa.

Arrivaro appena 'n tempo, po', davanti ai loro occhi, la casa sprofunnò con una rumorata di tirrimoto.

«Vidistivu quello che vitti io?» spiò Zufolo ad Amaturo.

«Sì» arrispunnì l'autro.

Ma addicidero di non parlarinni con nisciuno. Non sarebbiro stati criduti.

Avivano avuto modo di vidiri come e qualmente il letto di don Fofò cummigliava tutta la càmmara, ci stavano tanti letticeddri uno attaccato all'autro con un unico grannissimo matarazzo. E c'erano macari cinco cuscini.

'Nzumma, si nni aviva gana, don Fofò potiva ospitari nel sò letto da una a dù fìmmine 'nzemmula.

Ma quali fìmmine se in quella casa non c'erano state che le dù cognate prima e le dù nipoti dopo?

Meglio mittirici 'na petra supra – fu la conclusioni alla quali arrivaro Zufolo e Amaturo.

Nel milli e novicento e quarantotto Sò Cillenza il viscovo di Montelusa avviò le pratiche per la biatificazioni di don Alfonso Sferra.

200

Il morto viaggiatore

Uno

Lillo Palillo, che era un viddrano sittantino, ma ancora forti e dritto come un palo di tilegrafo, si nni dovitti stari per tri 'nteri jorni corcato a scascione di 'na gran botta d'infruenza che lo pigliò a tradimento mentri che azzappava nella vigna.

Quella matina di cinco jorni prima aviva accomenzato a chioviri talmenti a leggio che manco pariva e lui aviva continuato a travagliare, uno non si pò firmari per dù gocci d'acqua, ma la sira si era attrovato coi visiti completamenti assammarati.

Il jorno appresso, a gnà Ciccia, che era vinuta per spiarigli tanticchia di vino e che si nni 'ntinniva di malatie tanto dell'òmini quanto delle vestie e macari dell'erbe miraculuse per curarle, appena che l'aviva viduto 'n facci gli aviva ditto:

«Viditi che vi sta vinenno la 'nfruenza».

«Ma quanno mai!».

«Io, per il sì o per il no, vi priparo un decotto che vi doviti viviri friddo ogni sira a mezzannotti. Ve lo tiniti supra al commodino. Se vi sintiti la fevri, ve lo pigliate. Masannò, la fevri vi dura 'na simanata e passa».

La fevri gli vinni e il decotto se lo dovitti pigliari. Però, 'n capo a tri jorni, era tornato bono.

La prima cosa che Lillo Palillo fici quella matina che alli sei potti finalmenti nesciri di casa, fu d'addiriggirisi 'mmidiato verso quella parti del sò tirreno, ai pedi di 'na speci di collinetta, indove che c'era il frumento che oramà era accussì àvuto che gli arrivava al petto.

Ancora 'na simanata e po' sarebbi vinuto il tempo giusto per chiamari i metitori.

Ma appena che arrivò 'n cima alla collinetta dalla quali la distisa del frumento pariva un laco d'oro, s'addunò che qualichi filera di spiche era stata abbattuta e pistiata, sino a formari come un caminamento.

Era chiaro che cchiù pirsone, cornuti e figli di buttana, dalla trazzera che costeggiava il campo si nni erano trasute per una vintina di metri 'n mezzo al frumento. E gli avivano fatto danno, pirchì era evidenti che le spiche pistiate erano state tutte spizzate.

Ma che ci erano vinuti a fari, 'sti granni e grannissimi figli di troia?

Santianno, s'addiriggì alla trazzera, se la fici per un cento metri e po' s'attrovò all'altizza della rottura che c'era nel muretto a sicco e dalla quali gli scanosciuti erano trasuti nel campo.

Subito che misi il pedi dintra al frumento, accapì che le spiche erano state rompute non sulo per il passaggio di almeno dù òmini, ma macari pirchì vi era stato strascinato qualichi cosa di pisanti assà.

Seguì il caminamento e po' si firmò di botto.

Aviva 'ntravisto, 'n mezzo alle spiche abbattute, un catafero.

La vista l'aviva ancora pirfetta perciò nisciun dubbio era possibili, non si trattava di uno spaventapasseri o di un vecchio vistito abbannunato, quello era il corpo di un omo morto.

La morti, violenta o no, s'arraccanosci a distanzia, non c'è bisogno d'annarici vicino.

L'omo non doviva essiri stato ammazzato lì, pirchì masannò il danno al frumento sarebbi stato cchiù grosso assà, dovivano avirlo astutato in qualichi posto luntano, macari in un pàisi vicino, po' l'avivano ghittato supra a 'na mula ed erano arrivati di notti fino al sò tirreno indove si nni erano libbirati.

E dato che lui ogni matina annava a taliare il frumento, il fatto doviva essiri capitato in uno di quei tri jorni nei quali era stato corcato con la 'nfruenza.

E ora?

Ora non gli ristava autro da fari che pigliari il cavaddro, scinniri 'n pàisi e annare ad addenunziari la facenna ai carrabbineri.

Votò le spalli al catafero, fici un passo e si firmò.

Un momento. La cosa non era accussì facili. Abbisognava raggiunarici supra.

Ed era 'nutili farlo stannosinni 'n mezzo al frumento col soli che accomenzava a quadiare.

Tornò a la casa, pigliò un bummoliddro di vino tinuto al frisco, niscì fora, s'assittò supra allo sgabello di ligno che tiniva sempri allato alla porta, si fici 'na bella tirata dal bummoliddro e accomenzò a pinsari.

'N primisi, aviva le carti macchiate.

Nell'anno milli e novicento e quaranta c'era stata la guerra e lui propio il cinco majo di quello stisso anno si era maritato con Filippa che era 'na beddra picciotta tutta casa e chiesa.

L'anno appresso l'avivano chiamato a fari il sordato in Piamonti e doppo sei misi gli avivano dato 'na simana di licenzia. Lui non ne aviva ditto nenti a Filippa per farle 'na sorprisa, ma la sorprisa l'aviva avuta lui.

Aviva fatto un mallitto viaggio di dù jorni e dù notti ed era arrivato alla sò casa che la mezzannotti era passata da un pezzo. Aviva rapruto la porta adascio adascio e subito aviva sintuto i lamintii di sò mogliere che vinivano dalla càmmara di dormiri.

Il primo pinsero era stato che Filippa stava mali. S'era appreciptato. Alla luci di 'na cannila che c'era supra al commodino, aviva viduto a sò mogliere e a sò compari Lallo, nudi, che s'arrutuliavano nel letto.

Era ristato per qualichi momento 'ngiarmato e si nni era approfittato Lallo che era scappato fora nudo com'era.

Po' lui, videnno sulo 'na speci di neglia russa, aviva fatto un sàvuto verso il letto.

L'avvocato difinsori gli aviva ditto che aviva strangolato a Filippa, ma lui non s'arricordava di nenti. L'avvocato l'aviva macari 'nformato che, trattannosi di delitto d'onori, con l'attenuanti l'anni di càrzaro sarebbiro stati picca.

Si era fatto tutti l'anni di galera e po', manco doppo tri misi che era tornato in libbirtà, c'era stata la facenna per cui le sò carti avivano avuto 'na secunna macchiatura.

Il jorno stisso che era arrivato a Vigàta, vinenno da Palermo indove che s'attrovava il càrzaro, aviva spiato di Lallo. Ma l'amici gli avivano arrispunnuto che il sò ex compari, 'na simanata prima che lui nisciva, aviva pigliato il fujuto e si era trasfirito in un autro pàisi. Si scantava che Lillo faciva fari a lui la stissa fini che aviva fatto fari a Filippa.

Lillo si era mittuto il cori 'n paci.

Aviva attrovato il sò tirreno squasi in rovina, dato che nisciuno in quell'anni ci aviva abbadato, epperciò travagliava come un addannato dall'alba alla notti, macari la duminica, senza aviri il tempo di scinniri 'n pàisi.

'Na matina la gnà Pina gli vinni a contari che il sò amico Tano stava morenno e che lo voliva salutari. Lui non pirdì tempo, pigliò il cavaddro e annò 'n pàisi. Quanno arrivò 'n casa di Tano, tutti chiangivano pirchì era morto allura allura.

Aviva perso amico e tempo.

Dato che ci s'attrovava, addicidì di annare ad accattarisi tanticchia di sarde frische per farisille arrostute, erano anni che non ne mangiava e gli era vinuta gana.

Arrivato davanti al banconi di un pisciarolo indove che ci stavano clienti assà, lui e un tali vinniro spingiuti dalla genti l'uno contro l'autro. Si votaro per addimannarisi scusa.

207

Il tali era il sò ex compari Lallo.

Il quali, arraccanoscennolo, addivintato giarno come a un morto e facenno voci da pazzo, aviva fatto un passo narrè e scocciato il cuteddro. Ma a 'sto punto lui era stato cchiù viloci.

Eccesso di liggittima difisa, dissiro i judici mannannolo novamenti in càrzaro per un anno.

Ma per la testa dei carrabbineri, un omo che aviva già ammazzato, sia pure per onori, e aviva riammazzato, sia pure per liggittima difisa, sarebbi stato capaci di farlo ancora.

Epperciò era cchiù che sicuro che quelli, se annava ad addenunziari il ritrovamento del catafero, tanto per non sbagliari, l'avrebbiro arristato subito.

E capace che se lo tinivano dintra sino a passato il tempo giusto della metitura, facennogli perdiri travaglio e dinaro.

E macari se per miracolo si pirsuadivano subito che non era lui il sasìno, gli avrebbiro lo stisso fatto perdiri jornate 'ntere tra 'nterrogatori, comparse davanti al judici, soprallocchi, confronti.

No, annare 'n caserma non era propio cosa.

Allura, che fari?

L'idea bona gli vinni quanno il bummoliddro addivintò squasi vacante.

Ma 'ntanto, era nicissario annare a taliare il catafero da vicino per vidiri se era pirsona accanosciuta o no.

Aspittò che si faciva l'una, quanno la scattìa del soli avrebbi 'mpiduto macari alle serpi e alle lucertole di cataminarisi e quindi nella trazzera non sarebbi passata arma viventi, e po' tornò 'n mezzo al frumento.

Per fortuna il catafero si nni stava a panza all'aria epperciò non c'era bisogno d'arrivotarlo per taliarlo 'n facci.

Era un cinquantino che macari da morto faciva con le labbra 'na speci di surriseddro d'omo che la vita se la sapiva godiri e se l'era goduta. Era un morto simpatico, un amicionaro. Aviva 'na fidi matrimoniali nella mano mancina e nella dritta un aneddro con una petra sparluccicante. Di sicuro, non l'aviva mai accanosciuto prima. Meglio accussì.

Il corpo non prisintava, almeno a taliarlo di davanti, né firute di taglio né firute di foco. Forsi l'avivano colpito alle spalli.

Era vistuto bono, aviva scarpi di città che dovivano costari care. Si trattava evidentementi di uno al quali i dinari non fagliavano. Per un attimo, ma sulo per un attimo, pinsò che forsi dintra alla giacchetta del morto ci stava ancora il portafoglio.

No, nenti minchiate.

Alle deci di sira non c'era cchiù 'na luci addrumata nelle casuzze dei viddrani. I cani non abbaiavano, si sintivano sulo i grilli notturni. C'era appena uno spicchio di luna che però faciva lumi bastevoli per quello che doviva fari.

Pigliò il cavaddro, scinnì lungo la trazzera e, arrivato al muro rompiuto, disse alla vestia:

«Aspettami ccà».

«Vabbeni» arrispunnì il cavaddro.

Non aviva parlato dato che non potiva, ma con la testa aviva fatto 'nzinga affermativa. Oramà s'accanoscivano bono e s'accapivano.

Arrivato nel posto indove c'era il catafero, si calò per isarlo e carricarisillo supra alle spalli. Ma a momenti ci cadiva di supra.

Pirchì, a parti che il morto pisava chiossà di quanto s'aspittava, il corpo era addivintato rigito come a un baccalà.

Allura l'agguantò per sutta le asciddre e lo tirò addritta. E quello ristò accussì, che pariva un palo chiantato 'n mezzo al frumento. Però, appena che lo lassava, il morto abboccava ora da un lato ora dall'autro.

Perciò, di carricarisillo supra alle spalli, manco a parlarinni.

L'unica era strascinarlo fino al muretto come avivano fatto quelli che ce l'avivano portato. Ma erano di sicuro in dù, mentri lui era sulo.

A mità strata, per la faticata, era tutto assammarato di sudori a malgrado che era notti e faciva frischiceddro.

Quanno arrivò finalmenti alla trazzera, cchiù con la potenza dei santioni che ghittava a ogni passo che con la forza delle vrazza, dovitti assittarisi ad arriposarisi tanticchia.

Doppo appuiò il catafero al cavaddro e montò. Quanno fu in seddra, l'agguantò, se lo tirò su, se lo misi per traverso supra alle gamme come 'na tavola, e disse al cavaddro d'accomenzare a caminare, mentri che con una

mano tiniva fermo il morto che sciddricava continua-
menti e con l'autra usava le retini.

Si fici chiossà di un'orata di camino e po' arrivò indove voliva arrivari.

Appuiò il morto al cavaddro, scinnì, lo pigliò per le
asciddre, se lo strascinò fino a sutta a un granni aulivo saraceno e lì lo lassò.

Appresso, quanno tornanno arrivò all'altizza del muretto rotto, scinnì novamenti da cavaddro e si mise a
travagliare raccoglienno le petre del muretto che si
erano sparpagliate tra la trazzera e il sò tirreno.

Ci 'mpiegò tri ure di travaglio ad aggiustari il muretto.

Ma quanno taliò l'opra fatta, si sintì sodisfatto.

Ora chi passava dalla trazzera non avrebbi cchiù potuto vidiri il frumento abbattuto e pigliarisi di curiosità.

Due

Quella stissa guerra che era stata la ruvina di Lillo Palillo aviva 'nveci fatto la fortuna di don Pippino Zaccaria.

Quanno i bommardamenti 'nglisi e miricani 'ncaniaro per davero e l'isola vinni come tagliata fora dal continenti, e alla genti accomenzò ad ammancare la qualunqui, Zaccaria, che allura aviva vint'anni e che tutti acchiamavano sulo Pippinè, si misi a vinniri qualisisiasi cosa facenno quella che all'ebica s'acchiamava la borsa nera.

«Pippinè, aio di bisogno di cinquanta chila di farina».

«Pippinè, per domani mi devi attrovare trenta litri di benzina».

«Pippinè, sei capace di farimi aviri un midicinali che s'acchiama…».

«Pippinè, quanno me lo procuri il prosciutto?».

E quanno che sbarcaro i miricani, si misi 'mmidiato a trafichiare con loro, vinnenno generi cchiù consistenti come atomobili, gippi, camion, armi, copertoni e persino dù rioplani.

Addivintato ricco, i paisani accomenzaro a chiamarlo «don Pippino» e a salutarlo scappillannosi.

Lui 'ntanto s'era maritato, aviva avuto dù figli mascoli che ora travagliavano a Novajorca, s'era accattato la
casa del vecchio marchisi Bongiovanni che era addivintato un morto di fami, e po' dù motopiscariggi, quattro
negozi, un magazzino di lignami e un auliveto al quali
abbadava un viddrano che s'acchiamava Cosimo e che
era un sissantino mutanghero, allampanato e scorbutico.

Essenno che era un bonostanti, epperciò un omo che
non aviva da renniri conto a nisciuno, don Pippino la
matina si nni potiva ristare corcato fino all'otto, quanno sò mogliere Nunziata, che usava 'nveci arrisbiglia-
risi alle sett'arbe, gli portava il cafè.

Quella matina, quanno Nunziata gli disse: «Pippì, arrisbigliati, il cafè ti portai», lui subito notò qualichi cosa che non quatrava.

«Ma che ora è?».

«Le sei e mezza».

«E pirchì mi porti il cafè accussì presto?».

«C'è Cosimo che ti voli parlare».

Mentri si vistiva, ammatula si spiò che cosa Cosimo
voliva da lui.

Danno all'auliveto non potiva essercene stato, pirchì
il tempo, da quinnici jorni a 'sta parti, sempri bono s'e-
ra apprisintato. E in quanto a un eventuali sgarbo di
qualichi figliuibuttana, come un furto d'aulive o un'ab-
brusciatina di 'na para d'àrboli, nisciuno si sarebbi
mai attentato accanoscenno la sò amicizia stritta con
don Giurlanno Privitera, omo di rispetto che faciva ri-
spittari all'amici.

Cosimo si nni stava assittato supra a 'na seggia dell'anticàmmara, la coppola nella mano.

Appena vitti trasire a don Pippino si susì addritta.

«Voscenzabinidica».

«Ti saluto. Che fu?».

«La signura unn'è?».

«'N cucina, non ti senti».

«E la cammarera?».

«Ancora non è vinuta. Parla».

«Un morto attrovai».

«Che significa che attrovasti un morto?».

«Significa che l'attrovai».

Continuanno accussì, si potiva fari nuttata. Don Pippino tirò 'na sciatata funnuta. Abbisognava pigliarla alla larga.

«Assettati».

Cosimo si riassittò e lui si mise supra alla seggia allato.

«Te lo pigliasti il cafè?».

«Sissi».

«Vuoi qualichi autra cosa?».

«Nonsi».

«Chi si dici 'n campagna?».

«Chi si avi a diri?».

«Tutti boni 'n famiglia?».

«Sissi».

«Allura che mi cunti?».

«Un morto attrovai».

Bih, che camurria! E che era, un ritornello?

«Unni?».

«Sutta a un aulivo».

«Un aulivo mio?».

«Se non era sò, pirchì lo vinivo a cuntare a vossia?».

«L'accanoscivi al morto?».

«Nonsi».

«E io l'accanoscio?».

«E chi nni saccio a chi accanosce vossia?».

«Ammazzato?».

«Non s'accapisce».

«Come l'hai scoperto?».

«Stamatina, facenno il solito giro dell'auliveto, mi nni addunai. Prima pinsai che dormiva, m'avvicinai, lo taliai e vitti che era catafero».

Gli era vinuto il sciato corto, 'na parlata accussì longa non l'aviva mai fatta e si era stancato.

«Che facisti?».

«Lo cummigliai con la paglia».

«Dalla trazzera si vidi?».

«Nonsi. Che fazzo?».

«Che vuoi fari?».

«Vajo dai carrabbineri o no?».

«Dai carrabbineri non si nni parla».

«Sintisse, piglio 'na pala e...».

«E l'auliveto mè che è, un camposanto?».

«Allura mi comannasse vossia».

La meglio era di annare a vidiri di pirsona di che si trattava.

«'Sta filusa trazzera mi sta scassanno le balestre» fici don Pippino che guidava la machina nova nova e sparluccicanti, se l'era accattata appena un misi prima.

Cosimo non fici commento pirchì se rapriva la vucca avrebbi vommitato datosi che gli pariva non d'essiri supra a 'n'atomobili, ma a bordo di 'na varca in un jorno di timpesta.

«Firmasse ccà» arriniscì a diri a un certo punto.

Scinnero dalla machina.

«Ce la fa ad acchianare supra al limmito?».

Il muro di recinzioni era àvuto un metro e mezzo, ma era fatto di petre a sicco epperciò era di scarsa difficortà. Però don Pippino, che nell'urtimi anni aviva mittuto panza, arriniscì ad acchianare sudanno e faticanno sulo con l'aiuto di Cosimo che l'ammuttava sostinennolo per le natiche.

Caminaro dintra all'auliveto per una cinquantina di metri e po' don Pippino vitti un muntarozzo di paglia sutta a un àrbolo. Ancora 'na decina di passi e ci arrivaro.

«Leva tutta la paglia».

Cosimo bidì. Don Pippino taliò attento il catafero.

«Rimetti la paglia».

Votò le spalli e s'avviò verso la machina.

«E io che fazzo?» spiò Cosimo corrennogli appresso.

«'Ntanto m'aiuti a scinniri dal limmito».

«E il catafero?».

«Piccamora lo lassi indove sta. Po', verso le quattro di doppopranzo, mi veni ad attrovare a la mè casa e ti dico».

«Come morto, è morto minimo minimo da tri o quattro jorni. E di sicuro non l'hanno ammazzato nell'auliveto, ma ce l'hanno portato. Vossia che ne pensa?».

Don Giurlanno Privitera, prima d'arrispunniri, si fici 'na tirata di pipa.

Era un sittantino sicco e minuto, con la facci accussì china di rughi che l'occhi non si vidivano.

«E pirchì?» spiò.

Don Pippino non accapì la dimanna.

«Scusasse, pirchì che cosa?».

«Pirchì l'hanno portato propio nel vostro auliveto? Vi volivano per caso fari un rigalo?».

«E come pò essiri un rigalo, un catafero?».

«Pò essiri, lassativi prigari. A mia, 'na vota, mi nni arrigalaro uno. A Ninì Buttafoco, m'arrigalaro. Ninì Buttafoco, che aviva amminazzato d'ammazzarimi. Diciva che appena che m'incontrava strata strata mi sparava. 'Nveci un qualichi amico ci pinsò prima e ammazzò a lui e po' mi fici attrovare il catafero davanti alla porta con un biglittino 'nfilato dintra al naso per spiegarimi ch'era un rigalo».

«Ma io al morto non l'accanoscio!».

«Sicuro sicuro?».

«Sicuro sicuro».

«Manco di vista?».

«Manco di vista».

«Epperciò veni a diri che non è un rigalo. Veni a diri allura che si tratta di nimicizia gravi. C'è qualichiduno che vi voli portare danno. Allura livamo di mezzo il pirchì e al posto sò ci mittemo: chi?».

«Io non aio nimici».

217

«Davero? Nni siti sicuro? Pinsati che macari Cristo, che era Cristo, ne aviva».

Don Pippino accapì che la meglio era ristarisinni muto.

«Ma se voi mi dicite che non aviti nimici, io devo stari alla palora vostra» dissi don Giurlanno facennosi 'n'autra pipata. «'N conclusioni, non si tratta né di rigalo né di nimicizia gravi. Dunqui si devi pigliari 'n considerazioni la terza possibilità».

«E sarebbi?».

«Sarebbi che chi vi portò il catafero nell'auliveto non ci mise nisciuna 'ntinzioni».

Don Pippino lo taliò ammammaloccuto, non ci stava capenno nenti di nenti. Ma si nni stetti a vucca chiusa.

«Capace che chi ve lo portò» arripigliò don Giurlanno «non è lo stisso di quello che l'ammazzò. Mi spiegai?».

«Mi doviti scusari, ma...».

«Capace che uno 'na matina s'arrisbiglia e trova per caso un catafero nel sò tirreno. Uno ammazzato da autre pirsone in un autro tirritorio. Chiaro? Allura, non volenno camurrie, fa la bella pinsata di pigliarlo e di annarlo a mittiri in un posto qualisisiasi ma luntano. E per sfortuna va a scegliri l'auliveto vostro».

«Ho capito» fici don Pippino. «Ma io che dovrei fare?».

«Un momento che ci penso».

La pipa gli si era astutata. La ricarricò e la riaddrumò. Po' disse:

«Vi fazzo 'na dimanna, ma mi doviti arrispunniri sincero».

«Con voi sempri sincero sono».

«Non vi vorria portari distrubbo».

«Per voi nisciun distrubbo mai».

«Bono. A voi vi farebbi commodo?».

«Che cosa?».

«Il catafero».

Don Pippino ristò a taliarlo a vucca aperta, sbalorduto, senza arrinesciri a diri palora.

«Don Pippì, che vi pigliò, il sintòmo?».

«Nonsi, don Giurlà. Ma mi spiegati pirchì mi dovrebbi fari commodo un catafero?».

«Certe vote pò fari commodo, lassativi prigari. A mia, per esempio, ora come ora, mi farebbi commodo».

«Davero? Voliti il catafero?».

«Se a voi non vi necessita...».

Don Pippino si sintì allargare il cori. Se don Giurlanno se lo pigliava, gli arrisolviva ogni problema.

«Dicitimi indove voliti che ve lo porto e io stanotti stissa me lo carrico in machina».

«Pirchì vi voliti pigliari tutto 'sto distrubbo? V'arringrazio, ma ci pensa Minico».

E fici 'na vociata:

«Minico!».

Dalla càmmara allato si sintì 'na voci:

«Arrivo!».

E subito trasì Minico, un quarantino dalla facci d'ergastolo che pariva un armuàr.

«Fatti spiegari da don Pippino indove che s'attrova la robba che devi annare a ritirari con la gippi».

219

Tre

Quella matina Savatore Germanà niscì fora dal letto che manco erano sonate le sei. Del resto, aviva dormuto picca e nenti. Sò mogliere Nina s'arrisbigliò appena che sintì il movimento della riti e con la voci 'mpastata gli spiò:

«Pirchì ti susi accussì presto?».

«Dormi» fu la risposta.

Annò 'n cucina, si quadiò il cafè che Nina priparava la sira, raprì il balconi e s'assittò supra a 'na seggia con la tazzina 'n mano.

Da indove s'attrovava, aviva 'n facci, dall'autro lato della piazzetta, il sò novo granni magazzino di visititi per omo e per donna che sarebbi stato 'naugurato quella matina stissa alle deci alla prisenza del sinnaco e del parroco della chiesa matre.

Il magazzino era 'na vera billizza.

Quattro grannissime vitrine d'esposizioni e 'na porta di trasuta tutta di vitro, pricisa 'ntifica a quella d'un albergo di prima categoria, divisa in dù, 'na mità per chi trasiva e l'autra mità per chi nisciva. Aviva pigliato a sei commesse fìmmine, quattro per il riparto donna e dù per il riparto omo, i cammarini di prova erano tutti con gli specchi a tri lati e belli spaziosi, la merci era disposta in modo tali che i clienti stissi potivano vidirla da vicino, toccarla, sceglirla con commodo. Alla cassa ci sarebbi stato Lollo Camera, un raggiuneri appena diplomato, che a taliarlo pariva 'n attori di pillicule miricane e che piaciva a òmini e fìmmine.

Ma la maraviglia delle maraviglie sarebbiro state le vitrine. Aviva fatto viniri espressamenti da Palermo un arredatori che aviva assistimato i manichini fatti fari apposta e che gli erano costati squasi quanto tutto il magazzino.

Ora come ora, le cinco saracinesche erano tutte abbasciate. Supra di esse, uno striscioni diciva: «Grandi Magazzini Germanà – Inaugurazione ore 10 – Ingresso libero».

Finuto il cafè, tornò dintra, si puliziò, si vistì bono per l'inaugurazioni, niscì fora di casa e alle setti trasì dintra al magazzino dalla porticina di darrè. Addrumò le luci. Tutto sparluccicava, la sira avanti erano vinute le fìmmine delle pulizie. Il pirsonali sarebbi arrivato alle novi. Perciò addicidì che era troppo presto per isare le saracinesche.

Si annò ad assittare nel sò ufficetto, nico certo, ma provisto di tutto, tilefono, commodo divanetto e macari un bagnetto privato. C'era 'na commissa diciottina, Marisa, con la quali si erano accapiti a volo la prima vota che si erano parlati. Di sicuro tempo 'na simanata, Marisa, alla chiusura del magazzino, sarebbi stata stinnicchiata supra al divanetto e...

Il tilefono sonò.

E chi potiva essiri? Il nummaro ancora non compariva nell'elenco, forsi qualichiduno l'aviva liggiuto nei cincomila manifestini che aviva fatto distribuiri pàisi pàisi.

Vuoi vidiri che era il sinnaco che gli comunicava che non potiva participari pirchì aviva 'n impedimento? Sollevò il ricevitore.

«Magazzini Germanà?».

«Sì».

«Chi parla personalmenti?».

«Il proprietario».

«Ci passo 'na pirsona».

La voci che parlò appresso era cchiù cordiali assà.

«Carissimo amico! M'arraccanosce?».

Certo che l'arraccanosciva! E sintì 'na gran vampata di càvudo.

«Sì... certo che la... sì».

«Le volevo semplicementi fari i cchiù sinceri auguri per l'inaugurazioni».

«Gra... grazie».

Pausa. Ma sintì che l'autro stava ancora al tilefono. Forsi si stava facenno 'na tirata di pipa.

«Spiramo che vada tutto beni» dissi alla fini don Giurlanno.

E riattaccò. Savatore ristò che pariva 'mbarsamato col tilefono 'n mano mentri grosse gocci di sudori gli calavano dalla fronti.

L'urtima frasi di don Giurlanno gli aviva scavato la terra sutta ai pedi.

Il fatto era che 'na decina di jorni avanti, che tornava dal vattìo del figlio di un amico ed era alligrotto pirchì aviva vivuto assà, s'era 'ncontrato strata strata con lui.

«Signor Germanà, mi permette 'na palora?».

«Mi dicisse».

«Lo sapi che, a taliarlo di fora, il sò magazzino sta vinenno 'na vera magnificenzia?».

«Grazii».

«Mi livasse 'na curiosità: assai ci vinni a costare?».

Gli era vinuta la tintazioni d'arrispunnirigli di farisi l'affari sò. Ma non sarebbi stato prudenti.

«Beh, sissi. Mi sono dovuto 'ndebbitari con le banche».

«Ah. Perciò abbisogna che ci sta attento al magazzino».

«Ma certo che ci sto attento!».

«Ma quanno che lei non c'è chi ci sta attento? Non è che lei ci dormi dintra la notti. Giusto? E allura ponno trasire i latri, pò capitari un corto circuito, cose accussì. Disgrazie, 'ncidenti. Non sarebbi meglio se qualichiduno ci abbadasse?».

Fu il troppo vino vivuto a farlo arrispunniri.

«Grazii che mi ci fici pinsari. Veni a diri che mi fazzo l'abbonamento alla sorviglianza notturna».

E ora quella tilefonata aviva un priciso significato. E cioè che don Giurlanno gliela aviva tirata. Di certo aviva combinato un trainello che all'inaugurazioni avrebbi provocato un burdello tali da fari annigari ogni cosa nella merda.

Ma che potiva aviri tatto?

223

Taliò il ralogio. Erano le setti e vinti. Si livò giacchetta e cravatta e accomenzò a perquisiri il magazzino centilimetro appresso centilimetro.

Un'ura doppo non aviva attrovato nenti.

Si tranquillizzò tanticchia, forsi la tilefonata di don Giurlanno voliva essiri 'na semprici minazza.

Annò nel bagnetto, si lavò il sudori e mentri s'asciucava la facci s'immobilizzò.

Un momento. C'era stata qualichi cosa che aviva 'ntraviduto e alla quali sul momento non ci aviva fatto caso. Ma ora quella cosa gli s'apprisintava come 'na speci di campanello d'allarmi scattato dintra al ciriveddro. Però non arrinisciva a mettiri a foco 'sta cosa stramma che aviva appena appena notato in un vidiri e svidiri.

Che potiva essiri?

Po' gli vinni 'n testa 'na dimanna.

Quanti erano i manichini della prima vitrina che lui, duranti la perquisizioni, aviva viduti di spalli?

Tri o quattro? Ma non dovivano essiri sulamenti tri? Non ne aviva 'nfatti viduti tri la sira avanti?

Eppure gli erano parsi quattro.

Pirchì se erano quattro...

Scattò come 'na molla, currì alla prima vitrina e si bloccò, addivintato novamenti 'na statua.

I manichini erano quattro.

Il quarto manichino, che gli viniva di spalli, non sulo non indossava un vistito novo del magazzino, ma era mantinuto addritta, però leggermenti 'nclinato narrè, da un pezzo di tavolazza di ligno che stava da 'na parti tra le sò scapole e dall'autra appuiata 'n terra.

Di sicuro, 'n mezzo a quei tri manichini che costavano 'n occhio, ci nni avivano 'nfilato uno macari fatto di paglia come a uno spaventapasseri per farigli fari 'na gran malafiura davanti a tutti.

Raprì il vitro posteriori, trasì dintra alla vitrina, livò la tavola e il manichino cadì narrè, trascinannolo nella caduta.

Non se l'aspittava che era accussì pisanti.

Sulo allura, tastianno con le mano il manichino, si fici di colpo pirsuaso che il corpo che stava supra di lui non era fatto plastica, ma di carni e ossa. Carni fridda. Fridda del friddo della morti.

Si trattava di un catafero.

Chiuì l'occhi e sbinni.

Quanno rinvinni, accapì che ammancavano picca minuti alle novi. Con la vilocità d'una comica di Ridolini, si scrollò di supra il morto, l'agguantò, lo strascinò fino alla càmmara di sbarazzo che era china a mità di casse di ligno sbacantate, di scatoloni di cartone, di muntagne di cellophane, lo lassò 'n terra, chiuì la porta con la chiavi, se la misi 'n sacchetta, corrì nell'ufficio, si rilavò, si misi cravatta e giacchetta, annò a rapriri la porta di darrè al pirsonale.

La prima a compariri fu Marisa.

«Perché è così pallido, signor Germanà?».

«L'emo... l'emozioni» arriniscì a diri.

«Ma che ti pigliò?» gli spiò Nina mentri, chiuiuto finalmenti il magazzino, s'addiriggivano a la casa per annare a mangiare.

225

Non le arrispunnì. Che gli era pigliato?

Gli era pigliato che per tutta la matinata, dal momento che aviva ammucciato il catafero nella càmmara di sbarazzo, non aviva accapito cchiù nenti di quello che capitava torno torno a lui, nenti delle paroli del sinnaco, nenti del discurso del parroco prima della binidizioni, nenti di quello che gli dicivano le pirsone. Vidiva tutto come dintra a 'na neglia fitta, rumori e voci gli arrivavano come se all'oricchi ci aviva dù batuffoli di cotoni. Era come aviri la frevi a quarantadù. Rapriva la vucca sulo per diri:

«Grazie».

Ma certe vote la rapriva e la chiuiva senza diri nenti.

S'assittò a tavola facenno movimenti a scatti, da pupo carricato a molla.

«Ma ti senti bono?» gli addimannò sò mogliere mittennogli davanti un piatto di pollo friddo.

Gli abbastò taliarlo per corriri 'n bagno e vommitarisi l'anima.

Era stabilito che doppo l'inaugurazioni della matinata, il magazzino si sarebbi rapruto per i clienti il jorno appresso.

Perciò quel doppopranzo Savatore si nni ristò corcato fino alle tri e mezza con la scusa che non si era sintuto bono di panza. Faciva finta di dormiri per non aviri romputi i cabasisi da sò mogliere, 'nveci pinsava a come sbarazzarisi del catafero.

Era chiaro che non potiva annare dai carrabbineri. Per spiegari come il catafero s'attrovava dintra a 'na vitrina del sò magazzino avrebbi dovuto tirari 'n ballo a don Giurlanno e la cosa potiva arrisultare perigliosa assà.

L'unica era di farlo scompariri a taci maci. Ma come?

Tutto 'nzemmula gli vinni 'n testa a sò nipoti Gasparino, figlio di Carmela, sò soro cchiù granni che era da tempo vidova. Gasparino aviva trent'anni ed era un malaconnutta come picca ci nn'erano. Jocatore, fimminaro, 'mbriacone, 'mbroglioni, fagliava sempri a dinari e non passava misi che non annava a spiarli allo zio. Il quali glieli dava, pirchì il picciotto gli faciva simpatia assà. Si susì, si vistì, niscì, annò nel magazzino trasenno dalla porta di darrè. Erano le quattro e cinco, sicuramenti a quell'ura Gasparino, che faciva sirvizio notturno all'obbitorio di Montelusa, era ancora 'n casa. Fici il nummaro e gli arrispunnì propio il nipoti.

«Gasparì, aio di bisogno di un favori grosso assà che sulo tu mi puoi fari».

A Gasparino quelle palori sonaro come musica di celo. Un favori grosso allo zio significava che avrebbi potuto addimannarigli tutto il dinaro che gli abbisognava.

«A disposizioni, zizì».

Alle cinco Gasparino s'apprisintò in magazzino. Senza dirigli 'na parola di spiegazioni, Savatore raprì la porta della càmmara di sbarazzo, addrummò la luci, si tirò narrè. Il catafero non lo voliva vidiri, gli faciva 'mpressioni.

«Talia dintra».

Gasparino 'nfilò la testa, l'arritirò subito, taliò allo zio.

«Vossia fu?».

«Ma quanno mai!».

E gli contò la facenna. Alla fini Gasparino spiò:

«Io che dovrebbi fari?».

«Non potresti pinsarici tu a libbirariminni?».

Gasparino si grattò la testa.

«Mi ci facissi riflittiri tanticchia».

Frischittanno, si misi a caminare 'n mezzo ai vistiti con lo zio appresso. Tutto 'nzemmula si firmò, allungò un vrazzo, accarizzò un abito mascolino.

«Bello questo».

«Pigliatillo» fici subito Savatore sfilanno dalla gruccia pantaloni e giacchetta e mittennoglieli supra a un vrazzo.

«Grazii, zizì. Ora che ci penso, un modo ci sarebbi».

«Quali?».

«Vossia non s'apprioccupasse. All'unnici e mezza di stasira passo a ritirarlo».

Quattro

Gasparino arrivò puntuali con la sò machina.

Savatore l'aspittava davanti alla porta di darrè del magazzino e appena che lo vitti, gli pruì la chiavi della càmmara di sbarazzo. Lui non se la sintiva di rividiri il catafero.

«Gasparì, pensa a tutto tu. Io vajo nel mè ufficio. Quanno hai finuto, m'avverti».

Gasparino ci misi chiossà di un quarto d'ura a spogliari nudo il catafero, a livarigli il portafoglio dalla giacchetta e mittirisillo 'n sacchetta, a 'nfilari il morto dintra a 'na cesta longa che aviva contenuto abiti, a carricare la cesta nel portabagagli supra al tetto della machina, a salutari allo zio e a partirisinni.

Aviva 'ntinzioni di annare a ghittari il catafero a mari, ma pinsò che non avrebbi fatto a tempo, arrischiava d'arrivari tardo, il turno gli accomenzava a mezzannotti. Perciò pigliò la strata per Montelusa. L'operazioni di scarrico la potiva fari verso le tri del matino, abbastava tiniri chiuso l'obbitorio per una mezzorata. Inoltre, a quell'ura, nel posteggio non ci sarebbi stato cchiù nisciuno.

Sì, pirchì il posteggio dell'obbitorio, che era allocato fora pàisi, era da tempo addivintato il posto preferito delle coppiette che s'appartavano in machina. Ma non arrivavano a ristarici sino alle tri, in generi massimo massimo all'una si nni annavano tutte.

Il giomitra Stefano Rizzuto aviva arricivuto quella matina stissa, in ufficio, 'na littra nonima che l'informava come e qualmente sò mogliere Giuditta gli mittiva le corna. L'anonimo spicificava macari che l'incontri di Giuditta col sò amanti, lo studenti Gregorio Abbate, avvinivano la sira dei jorni dispari nel posteggio dell'obbitorio, dalle unnici e mezza a mezzannotti e un quarto, dintra alla machina di lui. La 'nformazioni corrisponniva: erano le sirate nelle quali Giuditta gli contava che annava a studiari da 'nfirmera con una sò amica.

Perciò quella sira, essenno jorno disparo, il giomitra arrivò al parcheggio che potiva essiri mezzannotti meno deci e scinnì dalla machina armato in una mano di 'na lampatina tascabbili e nell'autra di un revorbaro. Era deciso a fari 'na stragi.

A deci metri dalla trasuta dell'obbitorio, c'era 'na curva stritta. Gasparino la pigliò a vilocità pirchì mancavano tri minuti alla mezzannotti, ma macari la machina che viniva in senso inverso corriva, e a fari astutati, a 'na vilocità tripla della sò.

Arriniscì a scansarla non seppi manco lui come, ma s'attrovò fermo per traverso epperciò vinni pigliato in pieno da 'na secunna machina che assicutava, sparanno, la prima.

Mentri l'atomobili che l'aviva 'nvistuto continuava la sò strata sparanno, la machina di Gasparino, con un scianco sfunnato, firriò quattro vote supra a se stissa, niscì fora strata e annò a firmarisi contro a un àrbolo.

La botta era stata forti e Gasparino ristò 'ntronato al posto di guida.

Accomenzaro a passari davanti a lui machine che si nni scappavano dal posteggio, ma nisciuna si firmò a darigli aiuto.

Doppo tanticchia arriniscì a nesciri dall'auto e a stari addritta. La strata era traficata da atomobili e camion.

Tutto 'nzemmula, alla luci dei fari, s'addunò, aggilanno, che la cesta col morto non s'attrovava cchiù nel portabagagli ma che era caduta per lo scontro e che era arrutuliata per una decina di metri lungo un pendio.

Non potiva assolutamenti lassarla lì.

S'apprecipitò, ma quanno arrivò alla cesta vitti che aviva il coperchio aperto e che era vacante.

Era chiaro che duranti l'arrutuliamento il catafero era nisciuto fora ed aviva continuato ad arrutuliarisi fino 'n funno al pendio che s'attrovava allo scuro cchiù fitto.

Non potiva abbinturarisi a circari il morto. Ci avrebbi 'mpiegato 'na gran quantità di tempo. E non era ditto che l'avrebbi attrovato. E macari se l'attrovava, che faciva? Se lo caricava supra alle spalli a rischio d'essiri viduto da qualichi machina che passava? No, non era cosa. Tra l'autro il morto, senza cchiù documenti, sarebbi stato difficill da identificari e an-

cora cchiù difficili sarebbi stato scopriri chi ce l'aviva portato.

L'importanti era recuperare la cesta pirchì da essa si
potiva risaliri fino a sò zio Savatore.

La pigliò, la risistimò nel portabagagli supra al tetto, doppo dù o tri tentativi arriniscì a rimittiri la machina in strata e finalmenti arrivò all'obbitorio con un
quarto d'ura di ritardo.

Gersomina Losurdo aviva vinticinco anni e da quattro era maritata con Lovicino Trubbia il quali ammancava da un anno datosi che era annato a travagliare 'n
Germania. I sociri Trubbia, che erano viddrani, non
volenno che la nora si nni stassi da sula 'n pàisi, se l'erano portata nella loro casa 'n campagna macari per po-
tirla meglio tiniri d'occhio. Accussì non ci sarebbi stata occasioni di voci maligne.

I Trubbia si annavano a corcari ogni sira alle novi
spaccate e macari Gersomina doviva fari l'istisso. Ma
all'unnici e mezza, quanno i sociri dormivano della bella, la picciotta nisciva dalla finestra della sò càmmara
di letto e annava a 'ncontrarisi con Fifì Decorato, un
carrittere quarantino che aviva la forza di un toro.

Facivano all'amori fino all'alba, 'n mezzo all'erba, a
manco cinco passi di distanzia dalla finestra di lei.

Quella sira, in un momento di pausa che si nni stavano tutti e dù a panza all'aria a taliare le stiddre, distintamenti sintero, dal frusciare dell'erba, che qualichiduno stava scinnenno di cursa lungo il pendio.

«Scappa!» murmuriò Fifì a Gersomina.

E mentri che la picciotta ritrasiva nella sò càmmara dalla finestra, il carrittere si susì addritta.

Ma un attimo appresso viniva falciato dal catafero e con lui annava a sbattiri contro la casa dei Trubbia facenno 'na gran battaria. I quali Trubbia, per fortuna, non s'arrisbigliaro.

Fifì Decorato doppo tanticchia trasì dalla finestra e contò a Gersomina che si trattava di un catafero probabilmenti perso da qualichi ambulanza che lo stava portanno all'obbitorio.

«Riportaccillo tu» dissi Gersomina.

«Ma sei pazza? E se m'addimannano che ci facivo da 'ste parti, che gli conto? Che ero ccà con tia? No. Io ora lo piglio, me l'acchiano fino al margini della strata e lì lo lasso».

«Lo devi fari propio ora?».

«No, pozzo farlo quanno mi pari, ma prima dell'alba».

«Allura veni ccà» dissi Gersomina tirannosillo per un vrazzo.

Tanto, era addimostrato che i sociri non s'arrisbigliavano manco con le cannonati.

Il primo ad addunarisi del catafero supra al ciglio della strata fu il notaro Gambardella che stava accompagnanno la mogliere all'aeroporto di Punta Raisi.

«Che è quella cosa?» spiò la signura che era assittata allato a lui.

«Un manichino» dissi il notaro.

Sapiva benissimo ch'era un morto. Ma ci ammancava che si firmavano e la mogliere pirdiva l'aereo per Milano!

Lui aviva già dato appuntamento a Liliana. Se la sarebbiro spassata.

La secunna machina che passò era guidata dall'onorevoli democristiano Arcangelo Burruano. Macari l'onorevoli accapì subito che si trattava di un morto. Ma prosecuì pirchì doviva annare a Palermo per essiri eletto sigritario regionali. Se non s'apprisintava alla riunioni, capace che gli amiciuzzi del partito lo fottivano. Però, doppo cento metri, fici 'na curva a U e tornò narrè. Firmò, scinnì, raprì il bagagliaio, pigliò un plaid novo novo e cummigliò il corpo nudo. Po', dato che era catolico praticanti, si fici un signo di croci e ripartì.

La terza machina che passò era un furgoncino scassato appartinenti a Ricuccio Paoloantò, vinnitori ambulanti di tutto quello che gli capitava a tiro, patre di quattro figli che pativano la fami. Non vitti il morto, ma il plaid novo novo. Frinò, scinnì, si pigliò il plaid e si nni ripartì cantanno. Il mangiare, per quel jorno, era assicurato.

La quarta machina era guidata dal maestro limintari Agostino Imperio, che aviva già stampato dù libri di poesie, uno che s'acchiamava *Luna levante* e l'autro *Luna calante* e ne stava finenno un terzo, *Quarti di luna*. Vitti il morto, ma non si firmò pirchì gli era vinuta 'n testa 'na poesia.

O povero morto abbandonato
sul ciglio di una stradetta
sei come un fiore inviato
a chi più non t'aspetta.

La quinta machina era di un giornalista, Aitano Squarascia, corrispondenti da Montelusa del cchiù 'mportanti giornali dell'isola. 'Nzemmula a lui viaggiava il fotografo Nannino Piccicò.

Tornavano dall'aviri fatto un sirvizio supra alla festa notturna del santo patrono di un pàisi vicino.

«Minchia, un morto c'è!» disse Nannino.

Aitano frinò di colpo.

Scinnero, s'avvicinaro, taliaro. Oramà il colori della facci del catafero virava al virdi.

«Annamo dai carrabbineri» fici Nannino.

«Ma quanno mai!» disse Aitano. «Ce ne hai ancora rollini?».

«Sì».

«Allura scatta».

Il giornali dell'indomani a matino, 13 giugno 1950, niscì con un titolo in prima pagina:

UN MORTO SI RECA ALL'OBITORIO
MA CADE STRADA FACENDO.

Il sirvizio ammostrava le fotografie del catafero supra al ciglio della strata, po' Aitano che lo pigliava e se lo strascinava prima nel parcheggio davanti all'obbitorio e approssso che lo tiniva addritta davanti alla porta indove compariva il direttori dottor Agatino Bellavia, medico ligali, che taliava il catafero a vucca aperta.

Fu lo stisso dottori Bellavia a fari l'autopsia. Arrisultò che lo scanosciuto era morto per cause naturali, gli era vinuto 'n infratto. L'esami accertò macari che l'omo era diciduto doppo aviri mangiato, e probabilmenti vivuto, a tinchitè. La morti era avvinuta minimo minimo 'na simanata avanti. Ma pirchì era nudo e come era arrivato accussì vicino all'obbitorio, mistero fitto. E po', soprattutto, come mai nisciuno ne aviva addenunziato la scomparsa?

'Na vintina di jorni appresso la quistura di Villa San Giovanni si misi 'n contatto con quella di Montelusa per aviri maggiori notizie supra al morto.
Era un tintativo dispirato che quelli di Villa San Giovanni facivano doppo aviri circato per terra e per mari all'avvocato Giorgio Manin, vinuto da Vinezia a Villa per participari al matrimonio del figlio di un sò carissimo amico calabrisi.
Doppo il pranzo nuziale che era finuto alle sei di sira, l'avvocato, visibilmenti 'mbriaco, aviva ditto che si nni annava a pedi alla stazioni per pigliari il treno e tornarisinni a Vinezia. Non aviva voluto farisi accompagnari.
L'avvocato Manin non era maritato e non aviva parenti stritti. Tri jorni appresso, la sigritaria dell'avvocato aviva tilefonato all'amico calabrisi per sapiri se egli s'attrovava ancora in Calabria.

Accussì vinni scoperto che era scomparso.

Ma pirchì l'avvocato Manin, che aviva il biglietto per la vittura letto Villa San Giovanni-Bologna, era 'nveci acchianato supra al traghetto che lo portava a Missina? E pirchì aviva proseguito probabilmenti 'n treno fino a Montelusa?

Dice: pirchì era 'mbriaco e non si rinniva conto di quello che faciva.

Ennò, la spiegazioni non reggi. Pirchì con la lintizza dei treni siciliani e i cambi che c'erano da fari, la sbornia gli sarebbi passata da un pezzo.

Ma po', visto e considerato che semo stati in condizioni di seguiri l'urtimi viaggi del catafero, chi ci assicura che l'avvocato Manin non acchianò supra al traghetto che era già morto?

Lo stivale di Garibaldi

Questo racconto si basa in gran parte su fatti realmente accaduti. Vedi in proposito il libro dello stesso Falconcini: *Cinque mesi di prefettura in Sicilia*, Sellerio editore Palermo, 2002.

Uno

Appena nominato prifetto e accanosciuta la distinazioni, va' a sapiri pirchì a Sò Cillenza Enrico Falconcini vinni 'n testa di raggiungiri la località della sò prifittura, Montelusa, via mari.

Ora qual è la scascione per la quali un quarantino di bona famiglia, nasciuto a Pescia (indove non c'è mari), addivintato deputato prima ad Arezzo (indove mari non si nni vidi) e doppo a Bibbiena (indove del mari non arriva manco il sciauro), addicidi di fari un longo viaggio mari mari da Livorno a Palermo supra a 'na navi militari e da Palermo a Vigàta, porto distanti otto chilometri da Montelusa, col postali?

Biniditto omo, ma non c'era il treno?

Però forsi prima ancora di farisi questa dimanna è nicissario farisinni 'n'autra: per quale scascione, uno che non è del misteri, accetta di annare a fari il prifetto a Montelusa, Sicilia, un anno appresso lo sbarco di Garibaldi?

Non è priciso 'ntifico a come se Daniele si fossi ghittato lui stisso nella fossa dei leoni?

Comunqui, Falconcini arriva a Livorno di matina presto per 'mbarcarisi. È 'na jornata di stati, di soli ab-

241

bruscioso, senza nuvoli e senza vento. Veni accolto con tutti l'onori, quipaggio schierato, bannere, colpi di fischietto. Il comannanti l'accompagna nella gabina e torna subito appresso supra al ponti di comanno per dari l'ordini di salpare.

La navi fa appena a tempo a nesciri dal porto di Livorno che, com'è e come non è, il celo si cummoglia di colpo, si scatina un vento fortissimo, le onde accomenzano a 'ngrossari, la navi si metti a ballari e di conseguenzia ogni cosa che s'attrova supra di issa fa l'istisso.

Falconcini non l'ha ditto a nisciuno, ma è la prima vota che si trova a navicare. Perciò s'assetta supra alla cuccetta pirchì avi le gamme addivintate tutto 'nzemmula di ricotta e senti 'na speci di pugno che gli 'nserra la vucca dello stommaco e che gli procura 'na grannissima gana di sputazziare.

Per caso, i sò occhi cadono supra al ritratto di Sò Maistà appinnuto a un chiovo. Il Re pari essiri addivintato il pendolo di un ralogio, oscilla a dritta e a manca, e Falconcini resta pinnotizzato a taliarlo.

Tempo un dù orate, la forza del vento passa da burrasca forti a timpesta (secunno la scala Beaufort veni a diri che ora il vento viaggia a cento chilometri orari) e lo stato del mari passa da molto agitato a grosso (secunno la scala Douglas veni a significari che le onde sunno àvute da sei a novi metri).

Il comannanti, avenno autro da pinsari, si era completamenti scordato di Sò Cillenza. Quanno si nni arricordò, mannò un nostromo a vidiri come stava l'ospiti 'llustri. Il nostromo, un livornisi, tuppiò alla porta

242

della gabina ma non ebbi risposta. Allura raprì e trasì. Sò Cillenza stava stinnicchiato con l'occhi 'nsirrati supra alla cuccetta ed era tanto virdi 'n facci che pariva che gli avivano passato 'na mano di virnici.

«Come sta, Eccellenza?».

Falconcini, senza raprire l'occhi, isò faticanno la mano dritta, iungì l'indice e il medio e li fici firriare a leggio, come a diri che era catafero.

Il nostromo sorridì.

«Lo sa 'ome si dice dalle mie parti? C'è tre specie d'òmini, chi è vivo, chi è morto e chi è 'n mare. 'Oraggio, Eccellenza, 'r male è di passaggio».

E avenno fatto il sò doviri, si nni niscì.

Il malottempo si era affezionato alla navi e non l'abbannunò fino a Palermo. Il viaggio durò un jorno, 'na notti e 'n'autra jornata, erano le otto di sira quanno la navi attraccò.

Falconcini, che non aviva avuto la forza di mangiari per tutta la travirsata, quanno sbarcò non s'arriggiva addritta e lo dovittiro portari 'n barella in casa del prifetto di Palermo che l'avrebbi ospitato.

Tri jorni appresso acchianò sul postali Palermo-Vigàta che ancora non si era arripigliato del tutto. 'Nfatti, a malgrado che il vento fossi a grado zero e puro lo stato del mari fossi all'istisso grado, lui appena che la navi si misi 'n moto accomenzò a vommitare e non la finì cchiù. Quanno l'avvirtero che erano arrivati a vista di Vigàta, si era vommitato macari l'arma. La sò facci oramà virava al virdi scuro.

243

Erano le deci del matino del tridici di austo del milli e ottocento e sissantadù.

Supra al molo c'era il comitato d'accoglienza composto dal sinnaco di Vigàta, dal viciprifetto, dal maggiori dei carrabbineri, dal comannanti del porto, dal colonnello che comannava dumila sordati sbarcati dù jorni avanti e da 'na decina di notabili. Il maestro che addiriggiva la banna comunali stava con la bacchetta isata, pronto a fari sonare la marcia reali appena che il novo prifetto spuntava 'n cima allo scalandrone. Finalmenti Falconcini comparse e il maestro fici 'nzinga d'attaccare.

Il prifetto e il comannanti del postali che gli stava allato si chiantaro sull'attenti avanti che fossi sonata la prima nota.

E allura capitò un fatto strammo. I musicanti, 'nveci di sonare, ghittaro all'aria gli strumenti facenno vociate da pazzi e si misiro a scappare. E appresso a loro pigliò il fujuto tutto il comitato d'accoglienza.

In un vidiri e svidiri il molo ristò diserto.

«Pe… perché scappano?» spiò Falconcini 'ntordonuto.

«Credo ci sia stata una scossa di terremoto» fici il comannanti.

Falconcini la scossa non l'aviva avvirtuta in quanto tali pirchì era da jorni che sintiva la terra di continuo abballari sutta ai pedi doppo la travirsata Livorno-Palermo. Per lui erano jornate di tirrimoto quotidiano.

Essenno però un omo del nord, il prifetto pigliò il tirrimoto per quello che era: 'na semprici scossa sismica.

Ma io mi dimanno e dico: biniditto omo, possibili che non ti passa manco per l'anticàmmara del ciriveddro che questo era il secunno avvertimento doppo il primo rapprisintato dalla timpesta? Possibili che non accapisci che il distino ti sta dicenno: talè, Falconcì, sta' attento che viniri 'n Sicilia non è cosa, ti conveni ristari supra al postali, tornaritinni a Palermo e da lì pigliari il treno per il continenti?

Falconcini non accapì e scinnì da bordo.

Un tri orate doppo che il novo prifetto aviva pigliato posesso della prifittura, s'accampò a Montelusa un battaglioni di birsaglieri. Ma i militari continuaro ad arrivari senza 'nterruzioni. 'Nfatti, a mità doppopranzo, Falconcini dovitti ascutare il saluto del ginirali Ricotti, ghiunto allura allura alla testa di 'na gran quantità di sordati con artiglieria da campagna.

Ma Ricotti ebbi appena il tempo di farisi un'arriposata che arricivì l'ordini di assicutari a Calibardi che aviva passato lo Stritto vocianno come un pazzo:

«O Roma o morte!».

Ma nell'isola che stava succidenno? I taliàni avivano addiciso di fari la guerra ai siciliani?

Oddio, propio guerra guerra, no. Oramà non eravamo un'unica nazioni?

Però era vinuto il momento di dari ai siciliani 'na bona carmata, abbisognava che si mittivano la testa a posto e la finivano di scassare i cabasisi al governo

Non erano bituati alla leva obbligatoria? I picciotti

'nveci di prisintarisi alla chiamata si nni scappavano campagne campagne addivintanno renitenti? E quanno
uno supra a cento s'apprisintava, tutta la famiglia lo seguiva fino al distretto chiangenno, vistuta a lutto stritto come se annava a un funerali? Bene, dovivano bi-
tuarisi, o con le bone o con le tinte.

E po' era nicissario che i siciliani accapissero che lo
sviscirato amori che portavano per Calibardi non era
cosa, che il partito garibaldino la doviva finiri di reclu-
tari e armari òmini per mannarli a combattiri agli ordini del giniralissimo. Si doviva obbidiri a Sò Maistà
il Re che non era d'accordo con Calibardi e basta.
Senza discussioni. Chi comannava in Italia? Il Re. E
allura?

E ancora: i briganti erano addivintati tali e tanti che
non era possibili viaggiari. Uno si nni partiva metti
da Montelusa 'n carrozza per Palermo con dù baligie?
Potiva stari sicuro che sarebbi arrivato a distinazioni senza baligie, senza portafoglio e a pedi nudi pirchì gli avivano arrubbato macari cavaddro, carrozza
e scarpi.

«Ordine! Ordine!» era addivintata la parola d'ordini del governo.

Assillato da questa parola che gli viniva ripituta con-
tinuamenti da ministri, deputati e ginirali, il prifetto
di Palermo, Cuggia, che era il capo dei prifetti dell'i-
sola, il 21 di austo fici la bella pinsata di proclamari lo
stato d'assedio. La risposta 'mmidiata fu che la Sicilia
parse aviri pigliato foco, sparatorie, rivolte, 'ncendi di
palazzi pubblici.

Manco deci jorni doppo che era arrivato, Falconcini s'attrovò a navicare in acque cchiù perigliose di quelle 'ncontrate partenno da Livorno.

Era un omo riservato, austero, che gli viniva difficili fari amicizie e che non friquintava i dù circoli 'mportanti di Montelusa. Per la prima simana alloggiò 'n prifittura nell'appartamento distinato al prifetto. Ma quanno vinni lo stato d'assedio si vitti apprisintari al colonnello Briquet che comannava la piazza.

«Eccellenza, sarebbe opportuno che lei non dorma in prefettura».

«E perché?».

«C'è il rischio che venga incendiata nottetempo».

Il deputato Picone, montelusano, gli offrì il quarto piano della sò villa 'n campagna indove bitava con la mogliere e i figli. Falconcini accettò e si trasfirì. Dù jorni appresso Picone arricivì 'na littra anonima:

«Si prepara una combinazione, che sembra infernale, la quale se verrà ad effetto, la vostra casa andrà in fumo. Ciò non si fa per colpire voi, ma il prefetto».

Come primo provedimento, Picone spidisci mogliere e figli in 'n'autra casa, e subito appresso piglia contatto con un sò camperi 'ncaricannolo di parlari con una certa pirsona.

Fatto sta che 'na matina Falconcini è appena nisciuto fora per pigliare la carrozza che lo devi portare a Montelusa quanno si vidi circonnato da sei òmini malovistuti, armati da fari spavento, che lo salutano con gran-

nissimo rispetto, scappillannosi e 'nchinannosi fino a
'n terra.

«Baciolemano, Cillenza. Dormì bono?».

«Sì, grazie. E voi chi siete?».

«Nuautri, Cillenza, semo briganti della banna Cusumano».

Ne ha già 'ntiso parlari, Sò Cillenza il prifetto, del
briganti Cusumano. Epperciò subito pensa a un rapi-
mento. E addiventa giarno come un morto.

Ma il capo dei sei òmini lo tranquillizza:

«Semo ccà, Cillenza, per proteggiri la casa. Con nui
ccà, nisciuno s'attenta ad avvicinarisi. Ci chiamò il deputato Picone».

A Falconcini, durante il viaggio verso la prifittura,
gli veni la vava alla vucca per la raggia. Il prifetto protetto dai briganti! Cose da pazzi!

Manna a chiamare a Picone:

«L'avverto che sto dando disposizioni perché quei briganti da lei assoldati per proteggere la villa siano subito arrestati!».

Picone addiventa bianco come un linzolo lavato di
frisco.

«Ma che fa, babbìa? Scherza?».

«No, non scherzo! E lei mi renderà conto di questa
sua...».

Ma Picone, che pare scantato assà, non si controlla
e l'afferra per un vrazzo.

«Guardi che se lei li fa arrestare, sarà responsabile
della mia morte!».

Falconcini lo talia strammato.

«Che c'entra lei?».

«Cusumano mi farà ammazzare! Come fa a non capirlo? Lui ha avuto fiducia in me! Mi sta facendo un favore! E penserà che io l'ho ripagato tradendolo!».

Confusamenti, oscuramenti, Falconcini 'ntuisci la virità nelle paroli di Picone, macari se non arrinesci a capiri la logica del raggiunamento.

«Guardi, il massimo che posso fare per lei è che stasera, quando rientro, quei briganti non ci siano più. Se li ritrovo, li faccio arrestare».

«Allora devo pregarla, con molto rincrescimento, di non essere più mio ospite» dice arrisoluto Picone.

Pirchì si devi fari abbrusciare la villa per quel sittentrionali che non accapisce 'na minchia?

Falconcini lo talia sdignato e lo congeda. Manna qualichiduno a pigliare la sò robba dalla villa e se la fa riportari in prifittura. Ma il colonnello Briquet storci la vucca, gli concedi di dormiri 'n prifittura sulo 'na notti.

Nelle sei nuttate che vinniro appresso, il prifetto dovitti cangiare sei bitazioni: la casa del viciprifetto, la casa del sinnaco, la casa del vicisinnaco, la caserma dei carrabbineri, la caserma dei bersaglieri e la caserma dell'esercito.

Tra tutti i sò ritratti, ce n'è uno che Falconcini predilige. È 'na fotografia fatta prima che addivintasse prifetto. Rapprisenta a un omo bastevolmenti bono vistuto che teni nella mano dritta il cilindro e nella mano mancina un'aliganti borsa da viaggio. Pirchì si fa fotografari con una borsa da viaggio? All'ebica, le pirsone

249

'mportanti si mittivano 'n posa con un libro 'n mano e con un vrazzo appuiato a 'na colonnina. Lui, no. Con una baligia da viaggio.

Un'altra premonizioni della quali non seppe tiniri conto?

Due

Un jorno il prifetto addicidi di farisi mannare dal distretto militari l'elenco dei renitenti. Resta tutta la jornata e tutta la nuttata a taliarisillo, dato che l'elenco è longo assà, e ogni tanto scrivi un nome supra a un foglio di carta.

La matina appresso chiama al viciprifetto D'Angelantonio e gli proi il foglio. A quello gli abbasta un'occhiata per sintirisi moriri il cori, ma fa finta di nenti. Glielo ristituisci.

«Non capisco, Eccellenza».

«Sono dodici nomi di renitenti, D'Angelantonio. Voglio che siano seriamente ricercati e arrestati. Per dare l'esempio».

«Eccellenza, mi perdoni. Ma vede, forse lei non ha ancora avuto modo di rendersi conto che questi renitenti non sappiamo dove trovarli perché latitano in zone impervie che...».

Falconcini lo blocca isanno 'na mano.

«Dio bonino, D'Angelantonio! Questi son tutti nobili e figli di nobili! Ma non ha visto? Il figlio del marchese Scozzari, il figlio del barone Gesualdi, il figlio del principe di Luna, del conte di Mezzojuso...».

«Ho visto, Eccellenza. Ma non…».

«Ovvìa, D'Angelantonio, non mi dirà che anche loro, abituati 'ome sono agli agi e alle 'omodità, latitano in zone impervie!».

«Ah, no? E dove allora?».

«Ma nelle loro belle ville di 'ampagna dove nessuno li va a cercare! E invece i nostri 'arabinieri ci andranno!».

A farla brevi, i carrabbineri annaro ville ville, ma non attrovaro a nisciuno pirchì tutti erano stati prontamenti avvirtuti del loro arrivo.

In compenso, Falconcini s'inimicò tutta la nobiltà della provincia.

Dù jorni appresso, ebbi 'n'autra bella alzata d'ingegno.

«D'Angelantonio, qua vedo dalle carte che il clero non ha mai pagato le decime!».

«Eccellenza, sono stati tempi irrequieti e non è stato possibile…».

«Bando alle ciance, D'Angelantonio! Hanno tre giorni di tempo per mettersi in regola. Faccia un bando!».

E accussì si nimicò a tutti i parrini della provincia.

Bandi nni fici assà, nei primi jorni del sò prifitturato. E nni fici macari uno d'appoggio all'ordinanza con la quali il famigerato colonnello Eberhardt proibiva la detenzioni d'armi da foco, pena la fucilazioni sul posto.

Ma come faciva un galantomo ad addifinnirisi dai briganti, dai renitenti affamati, dai sdilinquenti, se non potiva portari un'arma?

E accussì il prifetto si fici nimici a tutti i borgisi, i bonostanti, i comercianti, i propietari terrieri di tutta la provincia.

A deci jorni dal sò arrivo a Montelusa, 'na matina strate strate comparino scritte supra ai muri delle case. Sunno tutte eguali:

«Abbasso Falconcini!».

Justizia voli che a 'sto punto si devi sapiri che Falconcini non era il sulo che 'n Sicilia agiva accussì. Dell'isola egli non accanosciva nenti di nenti. O almeno, accanosciva sulo quello che il ginirali Medici gli aviva ditto prima della partenza:

«Guardi, cavaliere, che il traviamento morale di questi siciliani ha creato in essi tali condizioni che minacciano di portarli all'ultima rovina. Agisca dunque di conseguenza».

E lui, di rimanno:

«Mi scusi, generale, pensa sia utile che mi porti il casco coloniale?».

E nenti ne accanosciva il luogotinenti Cordero di Montezemolo, che la Sicilia l'aviva viduta sulo supra alla carta giografica, e che tri jorni appresso al sò arrivo 'n Palermo scriviva al re a Torino che «i beduini di quest'isola sono assai più feroci di quelli delle Cabilie».

E il ginirali Govone, 'na tragica macchietta di torturatore e di fucilatore, diciva 'n parlamento: «La Sicilia non è sortita dal ciclo che percorrono tutte le nazioni per passare dalla barbarie alla civiltà».

Lui, che aviva fatto torturari per vintiquattro ure di seguito, senza 'nterruzioni, a un povirazzo che s'arrefutava d'arrispunniri alle sò dimanne, prima d'addunarisi che si trattava di un sordomuto!

Epperciò l'ordini che viniva dato ai rapprisintanti dello Stato era che coi siciliani non si doviva né parlari né raggiunari, tutto tempo perso. L'unica era la forza delle armi, la repressioni.

Quanno arriva a Montelusa la notizia che Calibardi s'è arrennuto, firuto a 'na gamma, ai sordati di Sò Maistà e che i sò òmini (squasi tutti siciliani) stanno scappanno, Falconcini ha appena il tempo di tirari mezzo sospiro di sullevo.

Mezzo, pirchì non arrinesci a finirlo dato che veni a sapiri che tri quarti dell'isola si è subito arribbillata alla notizia del ferimento di Calibardi e delle feroci persecuzioni contro ai sò òmini in fuga.

Ignora macari un particolari di quel ferimento e cioè che il luogotinenti di Calibardi, Rocco Ricci-Gramitto, per fasciarigli la firuta alla gamma, gli ha dovuto livari lo stivali. E che Calibardi, arraggiato, lo ha pigliato e l'ha lanciato in aria.

Parlanno 'n metafora, è come se quello stivali avissi principiato un viaggio aereo per annare a colpire un punto priciso.

Fora di metafora, lo stivali veni raccolto dal luogotinenti che se lo porta appresso nella sò longa scappatina dai sordati taliàni che lo vogliono arristari.

Tornanno alla Sicilia, in un vidiri e svidiri in decine e decine di paìsi si organizzano manifestazioni a favori di Calibardi, e lo Stato taliàno reagisce arristanno migliara di siciliani (nella sula provincia di Palermo l'arristati foro 2.010, fìmmine comprese) e fucilanno decine di manifestanti ad Alcamo, Racalmuto, Siculiana, Grotte, Casteltermini, Bagheria e Fantina.

A Canicattì, autro paìsi che appartiniva alla provincia governata da Falconcini, oltre a Racalmuto, Siculiana, Grotte e Casteltermini, la «plebe» (accussì lui la chiamò nel sò rapporto) misi a ferro e a foco il paìsi e i 500 birsaglieri mannati a fari tornari l'ordine faticaro tri jorni e tri notti prima d'ottiniri un qualichi risultato.

Falconcini arristò l'arristabili, vecchi, picciliddri, fìmmine, squasi centottanta pirsone, li carricò supra a un papore e li spidì a Gaeta.

A 'sto punto capitò un fatto che manco la menti cchiù ardita di un autori di romanzi avrebbi potuto mai immaginari.

Che saccio, fu come se Polifemo fussi comparso 'n carni e ossa 'n mezzo alla via Atenea e si fussi mittuto a caminare strata strata.

Il jorno appresso della deportazione dei canicattinisi, Falconcini arriva 'n prifittura e la trova mezza diserta. Non è jorno di festa, è un jorno lavorativo come l'autri.

«D'Angelantonio, mi vuole spiegare che succede?».

Il viciprifetto si talia la punta delle scarpi e non arrispunni.

«D'Angelantonio, ovvìa! La mi di'a!».

«Si sono dimessi, Eccellenza».

A Falconcini pare di non aviri sintuto giusto.

«Dimessi?».

«Sì, Eccellenza».

«In quanti?».

«Sono stati 43 quelli che hanno presentato una lettera di dimissioni irrevocabili».

«Oh bella! E perché?».

«In segno di solidarietà con Garibaldi».

Pinsateci bono: quarantatrì 'mpiegati dello Stato!

Quarantatrì capifamiglia che hanno stipendio sicuro, pinsioni assicurata, figli mascoli allo studio, figlie fimmine da maritare, ebbeni, addicidono d'arrinunziari a tutto per non voliri cchiù aviri a chiffari con lo Stato! Mai era capitato un fatto simili nella storia della burocrazia!

Al posto di Falconcini, qualisisiasi autra pirsona avrebbi addimannato asilo politico minimo minimo in Svezia.

Falconcini no, accetta le dimissioni e resta a Montelusa.

Intanto lo stivali di Calibardi, vola che ti vola, è arrivato nei paraggi di Villa San Giovanni e s'appronta a passari lo Stritto.

Mentri pare che le acque si stanno calmanno, a Racalmuto, il 6 settembrio, centocinquanta renitenti latitanti occupano il paìsi, abbrusciano l'archivio comunali, assaltano la posta e la caserma dei carrabbineri e si mettino ad assediari la casa dei Matrona che sunno accanosciuti per le loro simpatie per Calibardi.

Falconcini veni avvirtuto della situazioni doppo vintiquattro ure che i Matrona sunno assediati.

«D'Angelantonio, perdio! S'intervenga subito!».

«A fare che, Eccellenza?».

«E me lo domanda? A riportare l'ordine a Racalmuto e a liberare i Matrona!».

«Eccellenza, lo sa che i Matrona sono filogaribaldini?».

«Ben lo so, D'Angelantonio! Ma non signifi'a niente! Voglio che i responsabili siano arrestati!».

«Ma vede, Eccellenza, i renitenti sono stati subornati da un'altra famiglia del luogo, i Ferrauto».

«Si arrestino codesti Ferrauto!».

«Eccellenza, i Ferrauto sono filoborbonici».

Nel ciriveddro di Falconcini si rapre uno spiraglio, stritto, ma quanto abbasta.

«Mi vuol lasciare intendere che le 'ose non stanno come appaiono?».

«Eccellenza, capita spesso dalle nostre parti».

«Quindi mi par di 'apire che la politi'a è solo un pretesto per rinfo'olare la loro inimicizia».

«Ha capito benissimo, Eccellenza».

Falconcini ci pensa supra tanticchia.

«D'Angelantonio, mandiamo un po' di bersaglieri a sgombrare la piazza. E dopodomani mattina voglio in prefettura i capifamiglia dei Matrona e dei Ferrauto».

Jachino Matrona è un sissantino àvuto, robusto, l'occhi chiari.

Augustino Ferrauto 'nveci è vascio di statura, minuto, pare un surci.

I dù, nello studdio del prifetto, fanno 'n modo di non taliarisi mai.

Sono guardati a vista da D'Angelantonio e dal sinnaco di Montelusa, Mirabile, chiamato per l'occasioni.

Finalmenti trase Sò Cillenza, proi la mano a Mirabile, non saluta né a Matrona né a Ferrauto e va ad assittarisi nella sò pultruna. L'autri restano tutti addritta.

Naturalmenti, Falconcini parte col pedi sbagliato.

«Non ho tempo da perdere».

«E manco io» fa Matrona.

«E figurati io» dici Ferrauto.

Il prifetto fa finta di non aviri sintuto.

«Voglio che facciate la pace. Stringetevi le mani davanti a me».

Come se si fossiro parlati, Matrona e Ferrauto si 'nfilano le mano in sacchetta.

«Se non lo fate» prosecue Falconcini «io non vi faccio tornare a 'asa, ma vi faccio mettere le manette ora stesso e vi spedisco direttamente a Gaeta».

I dù continuano a tiniri le mano in sacchetta.

«Mi permette, Eccellenza?» spia il sinnaco Mirabile.

«Certamente».

Mirabile chiama sparte a D'Angelantonio a Matrona e a Ferrauto. Parla a voci vascia.

«Jachino e Augustino, statimi a sentiri. Se non vi stringiti la mano, il prifetto veramenti vi spidisci a Gaeta. D'Angelantonio, non è accussì come dico io?».

Il viciprifetto fa 'nzinga di sì calanno la testa.

«Vi conveni?» prosecue il sinnaco. «Voi vi date la mano ccà dintra, e non c'è nisciuno che vi vidi epperciò nisciuno lo verrà a sapiri. Chiaro? Nisciti libberi da ccà dintra e ripigliati a fari quello che aviti sempri fatto. Che deciditi?».

«Vabbeni» dici Jachino.

«Vabbeni» gli fa eco Augustino.

Tornano davanti alla scrivania di Sò Cillenza e si danno la mano. E subito appresso, per fari la scena cchiù convincenti, persino s'abbrazzano.

Falconcini è palesemente sodisfatto del risultato.

La matinata del jorno appresso, uno della latata dei Matrona spara a uno dei Ferrauto. Nel doppopranzo, uno dei Ferrauto ricambia. D'Angelantonio, vinuto a sapiri della sparatoria, prifirisci non contarici nenti a Falconcini.

'Ntanto lo stivali 'nsanguliato di Calibardi ha passato lo Stritto ed è arrivato a Missina.

Tre

Quanno Falconcini amminchiava supra a 'na cosa, non c'erano santi.

'Na matina di novembriro, appena arrivato 'n ufficio, chiama al viciprifetto.

«D'Angelantonio, la mi di'a. Quanti reclusi ci sono in carcere?».

Essiri mannati a scontare 'na pena nel càrzaro di Montelusa, che è 'na speci di vecchio castello mezzo sdirrupato nel quali ci chiovi dai soffitti e ci passiano surci che parino gatti, è cosa cognita all'urbi e all'orbo che è da considerari come a 'n'aggravanti, tanto è il lordumi e il degrado. 'Nfatti si sta priparanno un novo càrzaro nell'ex convento di San Vito. Ma ancora ci voli tempo per il trasloco.

«Vado a informarmi, Eccellenza».

Mentri va a pigliari la 'nformazioni D'Angelantonio si spia se Sò Cillenza non farebbi meglio a passare la notti a dormiri 'nveci di ristarisinni vigliante a strumentiare autre rotture di cabasisi. Torna doppo tanticchia.

«Sono centoventisette, Eccellenza».

«Domattina si va a fare una visita».

D'Angelantonio aggiarnia. Da 'na visita al càrzaro di

Sò Cillenza non può che viniri rugna per tutti. S'arra-comanna al Signuruzzu.

Lo stivale di Calibardi è arrivato quella notti stissa a Montelusa. Devi però ancora fari qualichi centinaro di metri prima di jungiri alla distinazioni finali. Falcon-cini ancora non ne sapi nenti.

La prima cosa che il prifetto nota trasenno nel càr-zaro è che nel cortile ci stanno 'na trintina di gaddri-ne che razzolano, cacano, fanno coccodè, si fanno montare dal gallo. Veni pigliato da 'na raggia lìvita.

«O di chi son coteste galline?».

«La mità è mè, Cillenza» arrispunni il capoguardio che sta rispittosamenti un passo narrè a lui.

«E l'altra metà?».

«Dei carzarati è, Cillenza. Accussì ogni tanto si man-giano qualichi oviceddro frisco».

Falconcini agliutti la raggia.

«Voi di dove siete?».

«Di ccà, Cillenza. Di Montelusa».

«E le altre guardie?».

«Tri quarti sunno di Montelusa. E il rimanenti del-la provincia».

Falconcini non dici nenti e procidi fino a 'n funno al cortili indove stanno schierati i carzarati. Non ci nn'è uno che sia vistuto uguali a 'n autro. E i visiti che por-tano sunno lordi, 'ngrasciati e strazzati. E hanno var-ba e capilli longhi e trascurati. Uno sulo è pulito, un quarantino con l'occhiali.

«Ci sono politici?» spia il prifetto al sò vici.

«No, Eccellenza. Tutti reati comuni».

«E quello ben vestito e con gli occhiali chi è?».

«Quello è il geometra Azzaro. È in attesa di giudizio. Doveva essere processato due mesi fa, poi, con tutto quello che è capitato...».

«Di 'osa è accusato?».

«È stato denunziato da una donna di facili costumi per violenza carnale».

Falconcini allucchisce.

«A una donna di facili 'ostumi? Non aveva mi'a bisogno di violentarla!».

D'Angelantonio allarga le vrazza.

«Gli vada a chiedere se vole essere trasferito in un carcere più 'onfortevole».

D'Angelantonio va a parlari col geometra, torna.

«Dice che qua si trova benissimo. E che comunque non può essere trasferito perché collabora all'adattamento a carcere del convento di San Vito. È un geometra eccezionale, Eccellenza».

«'Ontento lui...» fa il prifetto.

Trasino dintra al càrzaro. Avrebbi 'na capacità massima di 'na quarantina di carzarati, 'nveci ci nni stanno 127. Nella prima camerata, supra a un pagliarizzo, ci sunno 'n bella vista le palle numerate, le cartelle e il cartellone del joco della tombola. Il capoguardio intercetta la taliata di Falconcini e si giustifica:

«Cillenza, non li potemo sempri pigliare a nirbate. Ogni tanto li facemo sbariare».

Sulo allura il prifetto nota che il capoguardio teni 'n mano un nerbo «consunto dall'uso», come scrisse nel rapporto al ministro. In ogni cammarone ci stanno appisi ai muri pignate e tigami per cucinari e ci sono macari fornelli a ligna.

Appena tornano in prifittura, Falconcini ordina che il capoguardio sia mannato 'mmediatamenti in pinsione e che tutte le guardie siano, tempo 'na simanata, trasferite in un càrzaro oltre lo Stritto e che al loro posto vengano tutte guardie settentrionali, da Firenze ad acchianare verso il nord.

«Eccellenza» dice il viciprifetto «i carcerati, fatta eccezione del geometra, parlano solo il dialetto. E i carcerieri, naturalmente, parleranno solo l'italiano».

«Embè?».

«Come faranno a capirsi?».

«E che bisogno hanno le guardie di capirli?».

Dù jorni appresso Falconcini arricivi al marchisi Ruggero della Fiumara che ha addimannato udienza 'nzemmula con un amico del quali però non ha fatto il nomi. Il marchisi è cognito come firventi calibardino. Ma dato che le facenne con Calibardi parino essirisi carmate con bona paci di tutti e quelli che l'avivano seguito in Aspromonte sono stati rimittuti in libbirtà, Falconcini non ha avuto probremi a fari sapiri al marchisi che l'avrebbi viduto volanteri.

Ruggero della Fiumara s'apprisenta 'nzemmula a un quarantino àvuto, robusto, un cristone, l'occhi sparluccicanti, granni fierizza nel portamento.

«Eccellenza, mi permetta di presentarle l'avvocato Rocco Ricci-Gramitto».

L'omone sbatte i tacchi all'uso militari.

Ed è in quel priciso 'ntifico momento che lo stivali 'nsanguliato di Calibardi finisci la sò longa volata: propio tra il capo e il collo, o meglio, tra cozzo e cuddraro del prifetto Falconcini.

Il quali, a sintiri quel nomi, aggiarnia. Sapi di trovarisi davanti all'eroico luogotinenti di Calibardi che, doppo Aspromonte, l'esercito taliàno ha circato d'arristari senza mai arriniscirici. E ora che è tornato al sò paìsi, non può cchiù essiri mannato 'n càrzaro per la sopravvinuta amnistia.

Falconcini arrispunni al saluto dell'ex luogotinenti e po' talia 'nterrogativo al marchisi.

«Siamo qua per chiederle l'autorizzazione per una pubblica manifestazione in onore della sacra reliquia».

Siccome è allo scuro della facenna dello stivali, Falconcini, strammato, cade in un equivoco. Sacra reliquia? Si vidi che i calibardini si sono convertiti e sunno addivintati chiesastri. Meglio accussì per la paci di tutti.

«Cotesta prefettura non ha nulla in 'ontrario» dichiara.

Il marchisi e l'ex luogotinenti lo taliano 'mparpagliati. S'aspittavano 'na risposta diversa.

«Allora possiamo procedere?» spia il marchisi.

«Ma certamente! Avete il mio nulla osta».

L'omone batte i tacchi, stinni il vrazzo con la mano aperta verso il prifetto.

«Lei è un uomo d'onore! Mi permetta di stringerle la mano!».

Mentri se la stanno stringenno, Falconcini addimanna, accussì, tanto per parlari:

«A quale santo appartiene la reliquia?».

L'omone si blocca sempri stringenno la mano del prifetto.

«Santo? No, Eccellenza, si tratta dello stivale insanguinato del Generalissimo che io stesso gli tolsi ad Aspromonte...».

«Ahhhhhh!».

Falconcini fa 'na vociata 'mprovisa e ritrae la mano come se avissi toccato un ferro 'nfocato. Si metti spalli al muro, l'occhi sgriddrati squasi che vidissi il diavolo:

«Via! Via! Non se ne fa niente! Non se ne parla nemmeno! Via!».

Manco passano tri jorni e a Falconcini s'apprisenta Ermanno Bova, ispittori ginirali del ministero, dislocato a Palermo.

«Cavaliere Falconcini, abbiamo ricevuto una forte lagnanza nei suoi riguardi da parte di alcuni notabili di Montelusa».

«Di che si lamentano?».

«Del fatto che lei non abbia concesso l'autorizzazione per le onoranze allo stivale di Garibaldi».

«Mi pare che le direttive di Sua Eccellenza il Ministro...».

«Cavaliere, le conosco benissimo queste direttive. Che però risalgono a qualche tempo fa. Chiaro?».

265

«Non sono più in vigore?».

«Non ho detto questo. Sono sempre in vigore, ci mancherebbe. Non va lasciato nessuno spazio a rigurgiti garibaldini, è questo il senso delle direttive».

«E allora?».

«Cavaliere egregio, i tempi mutano. E inoltre non sarò certo io a ricordarle che anche le direttive, come le leggi, vanno interpretate, valutate di volta in volta a seconda delle circostanze...».

«Allora devo concedere l'autorizzazione?».

«Falconcini, ma io non ho mai detto questo!».

«Mi di'a che devo fare!».

«Io?! Ma è lei ad avere il polso della situazione locale! La decisione spetta solo e unicamente a lei. Io sono qui a raccomandarle prudenza».

Passata tutta la nuttata vigliante a pinsari a quello che gli conveni di fari, all'indomani matina il prifetto manna a diri al marchisi e a Ricci-Gramitto che nel doppopranzo sono convocati in prifittura per stabiliri i termini della concessioni dell'autorizzazioni.

In un vidiri e svidiri tutta Montelusa veni a sapiri che il prifetto avi la 'ntinzioni di diri sì alla manifestazioni. 'Na cinquantina di citatini, con le camicie russe di Calibardi, si precipitano davanti al palazzo del principi Mazzarulo, capo del partito amico del governo, e organizzano un concerto di frischi e pirita al grido di: «Mazzarulo, te la pigliasti 'n culo!».

I famigli del principi affrontano i calibardini e finisce a schifìo.

I carrabbineri arrestano a sei pirsone, cinco feriti sunno trasportati allo spitali. Il sinnaco arriva 'n prifittura con l'occhi di fora.

«Ma Eccellenza! Vuole scatenare una rivoluzione? Se tanto mi dà tanto, che succederà quando porteranno in processione lo stivale?».

Accussì, quanno il marchisi della Fiumara e Ricci-Gramitto vanno in prifittura, si sentono diri da Falconcini che il pirmisso per le onoranze allo stivali lui non avi cchiù 'ntinzioni di darlo.

«Posso sapere il perché?» domanda il cristone addivintanno russo 'n facci per la raggia.

«E me lo domanda? Non ha visto quello che hanno 'ombinato i suoi amici?».

«Se lei mi assicura il suo consenso alla manifestazione, io saprò tenerli a freno. Ne ho l'autorità».

A quelle paroli, Falconcini pari muzzicato da 'na tarantola.

«Lei non ha nessuna autorità, ha 'apito? Qua la sola autorità sono io! E tanto per 'ominciare, io la faccio arrestare per turbativa dell'ordine pubblico!».

Alla notizia che Rocco Ricci-Gramitto è stato arristato, a Montelusa succedi il finimunno. Il palazzo della prifittura non veni abbrusciato sulo pirchì è addifinnuto da un battaglioni di birsaglieri. Quello del marchisi Mazzarulo 'nveci piglia foco. Alle quattro del matino arriva sparato da Palermo Ermanno Bova.

«Falconcini! Rimetta subito in libertà il Ricci-Gramitto! Ma non si rende conto che le sue continue oscitanze rischiano di creare una situazione insostenibile?».

«Che devo fare?».

«Si decida. O concede l'autorizzazione o non la concede».

«Ho capito. Ma sarebbe meglio concederla o non concederla?».

«Questo spetta a lei. Ma intanto dia l'ordine di liberare il Ricci-Gramitto».

La situazioni si carma tanticchia quanno si veni a sapiri che l'ex luogotinenti è tornato in libbirtà. Alli setti del matino arriva in prifittura il sigritario di Sò Cillenza il pispico di Montelusa, monsignor Occhiobello. Porta 'na proposta del pispico. E cioè che Falconcini conceda subito l'autorizzazioni per le onoranze allo stivali ma stabilenno 'na data pricisa e cioè tra 'na misata, nei jorni tra natali e capodanno. La fistività natalizia di sicuro carmerà gli spiriti bollenti dei calibardini, oltretutto è cosa cognita che nisciuno voli sciarriarisi in quel periodo.

Falconcini accetta la proposta del pispico e, con un bando, avverte la popolazioni che il trasporto in processione dello stivali avverrà il 28 dicembriro.

Finalmenti, quanno è jorno fatto si va a corcari. La spiranza di potiri passare un natale bono gli concilia il sonno.

Mentri lui dorme, Ermanno Bova scrivi al ministro un rapporto supra a Falconcini definennolo «assolutamente inadeguato» e «incapace di rapide decisioni».

La botta dello stivali di Calibardi ha lassato il signo.

Quattro

Il vinti di dicembriro il prifetto convoca al marchisi della Fiumara e all'avvocato Ricci-Gramitto e detta le condizioni per la manifestazioni di jorno vintotto.

Il corteo, con in testa la banna municipali, sarà rapruto da 'na vara, portata a spalli da quattro ex calibardini, supra alla quali ci starà lo stivali protetto da 'na cupola di vitro tipo quelle che cummogliano le statuine casaligne della Madonna. Subito darrè, il marchisi e l'avvocato. Appresso, tutta la genti che vorrà participari. Un reparto di bersaglieri sorveglierà che non capitino 'ncidenti. Nisciuno dei participanti devi indossare la cammisa calibardina.

A 'st'urtime paroli, l'ex luogotinenti addiventa russo come un gallinaccio.

«Nemmeno io?».

«Nemmeno lei».

«Allora rinunciamo al corteo. Dichiarerò pubblicamente come lei ci abbia posto condizioni inaccettabili».

Volanteri Falconcini lo farebbi novamenti arristari, ma nell'oricchi senti la voci dell'ispettori ginirali Bova che arraccomanna prudenzia. Doppo un dù orate di

269

discussioni, si jungi all'accordo. A mittirisi la cammisa russa saranno in cinco: l'avvocato Ricci-Gramitto e i quattro portatori della vara con lo stivali. Inoltre, nenti birsaglieri. Saranno sostituiti dai carrabbineri che i calibardini digiriscino meglio.

La matina di jorno vintuno, al prifetto jungi 'na littra nonima.

Supra alla busta c'è scrivuto:

A Sò Cillenza Cavaleri Falgongini
Profeta di Montilusa.

E dintra ci sta un foglio che dice accussì:

Cillenza, statevi accorto che i carzarati si nni vonno scappari.

Prioccupatissimo («questa sola ci man'ava!»), Falconcini non perdi un minuto di tempo e ordina al diligato cintrali, Francesco Gaudio, 'na «rigorosa» spezioni al càrzaro. Gaudio si porta appresso un colonnello con una compagnia di soldati, il maggiori dei carrabbineri con vinti militari dell'Arma e tutte le guardie di Pubblica Sicurezza disponibili, 'na vintina. Perquisiscino i cinco cammaroni e non trovano nenti di nenti. «In allora si visitarono minutamente tanto le muraglie che le inferriate e i pavimenti, le abbiamo battute e ribattute con spranghe di ferro, e nulla si offerse di rimarchevole essendo stato trovato tutto intatto», accussì

scrisse, con qualichi 'ncirtizza nella lingua taliàna, il diligato cintrali nel sò rapporto al prifetto. E concludi-
va: «soggiungo poi anche che il risultato delle dette perquisizioni non lasciò in tutti gli intervenuti alcun dubbio che i prigionieri potessero effettuare la sospettata
evasione».

Non ancora contento, Falconcini chiama a rapporto
il novo capoguardio che di cognomi fa Birindelli ed è
milanisi.

«La mi di'a, Birindelli, qual è stato il 'ontegno dei
'arcerati dopo l'ispezione?».

«Erano felicissimi, Eccellenza. Una festa. S'ab-
bracciavano, ridevano, scherzavano, parlavano ad alta voce...».

«E che dicevano?».

«Non l'ho capito, Eccellenza. Sa, io con questo dialetto siciliano...».

«Ma nessuna delle guardie ha 'apito?».

«Nemmeno una sillaba, Eccellenza. Son tutti pa-
dani».

Falconcini lo congeda. Ma è squieto.

Che avivano d'essiri accussì allegri i carzarati?

Forsi aviva raggiuni D'Angelantonio: almeno 'na
guardia che accapiva come parlavano 'sti zulù ci sarebbi voluta. Ma oramà era troppo tardi.

E po' pirchì prioccuparisi? Il rapporto del diligato
cintrali parlava chiaro, tutto era in ordini dintra al càrzaro, l'evasioni non ci sarebbi stata.

E va' a sapiri pirchì, dintra di lui nasci un curioso

271

sintimento verso quei povirazzi di carzarati per i quali il natali rapprisintava un jorno piggiori dell'autri.

La matina del vintiquattro, mentri si sta taglianno i baffi, Falconcini fa 'na bella pinsata. La comunica subito a D'Angelantonio appena scinnuto in ufficio.

«'Ome si chiama quel vostro dolce rotondo coperto di glassa e con sopra tanti 'anditi?».

«Cassata, Eccellenza».

«Ordini venti 'assate alla pasticceria del 'orso. Le pago di tasca mia. Domattina, poco prima delle sei, le portiamo in dono ai 'arcerati».

«Poco prima delle sei, Eccellenza?» spia sdisolato il viciprifetto.

«Certo. Alle sei nel carcere suona la sveglia, no? Si va, si 'onsegnano le 'assate, faccio un discorsino e dopo si torna di 'orsa in prefettura che 'ominciano le visite d'auguri».

«Devo avvertire il capoguardia?».

«No, si fa loro una bella sorpresa. Appuntamento qua domattina alle cinque e mezza, D'Angelantonio».

Il viciprifetto soffoca un lamento, a lui piaci stari corcato sino alle setti e mezza del matino.

Le dù carrozze, la prima indove ci stanno il prifetto con il viciprifetto e la secunna con le cassate e dù usceri per portarle, arrivano alla porta del càrzaro alli sei meno deci. Il coccheri della prima carrozza scinni e tuppia al portoni, ma devono passare cinque minuti prima che 'na guardia mezza addrummisciuta s'addicida a raprire. Avanti che si sistema 'na tavolata longa con supra le cassate passano 'na decina di minuti.

Sunno le sei e un quarto quanno il trummitteri, 'n mezzo al cortili, può finalmenti sonare la sveglia.

«Han dormito un po'ino in più ma va bene, oggi l'è giorno di festa» commenta Sò Cillenza.

Ora abbisogna sapiri che i carzarati, essenno il càrzaro privo d'acqua correnti, si devono annare a lavare in dù granni vasche cummigliate da 'na granni tettoia che s'attrovano in un lato del cortile. Hanno cinco minuti di tempo per susirisi dai pagliarizzi e mittirisi 'n fila davanti alle vasche.

Passano i cinco minuti regolamentari e non si vidi compariri a nisciun carzarato. Il trummitteri talia dubbitoso a Sò Cillenza come a spiare:

«Sono daccapo o non sono cchiù?».

Il prifetto fa 'nzinga di sì con la testa. Il trummitteri arrisona.

Ma mentri l'urtima nota s'astuta, tutti ora si capacitano del grannissimo silenzio che c'è dintra al càrzaro, dai cammaroni non arriva 'na voci, un lamento, un suspiro.

La fronti di Falconcini s'imperla di sudori a malgrado che fa friddo assà.

«Andate a vedere che succede» dici, con un filo di voci, al capoguardio.

Questi, con quattro guardie appresso, s'apprecipita dintra.

Falconcini, 'n mezzo al cortili, è priciso 'ntifico a 'na statua.

D'Angelantonio 'nveci è stato assugliato da 'na botta di stranuti, forsi per il nirbùso, forsi pirchì si è susuto cchiù presto del solito.

C'è un silenzio che si sentino volari le mosche che si vanno a posari supra alle cassate.

Po' dalla porta ricompare Birindelli, il capoguardio. Pare 'mbriaco, s'appoia allo stipite pirchì non s'arreggi addritta, allarga le vrazza e dici:

«Cazz d'on cazz! Fioeui d'ona baltrocca! Sono scappati tutti! Foeura in troppa! Roba da dà via el cuu!».

Scappati. Volatilizzati. Evasi. Tutti e centovintisetti. Nella santa nuttata tra il vintiquattro e il vinticinco. 'Nzumma, hanno celebrato la notti di natali a modo loro. Ma come hanno fatto?

Su richiesta di Sò Cillenza, l'ingigneri capo del genio civili, Giovanni Priolo, 'speziona il càrzaro e doppo prisenta la sò relazioni. Il punto di partenza è un pirtuso, profunno un metro e trintotto, àvuto un metro e largo altrettanto, fatto nel muro del cammarone a pianoterra e abilmenti ammucciato, tanto da sfuggiri all'ispezioni pricidenti. Da questo pirtuso si passa a 'na speci di traforo longo tri metri il quali porta a 'na gallaria sutterranea, tutta 'n salita, di dudici metri. Da qui si arriva a un magazzino dell'ex convento dei padri Liguorini ora addivintato caserma dei carrabbineri. Sissignori, i centoventisette evasi arrivano dritti sparati dintra alla caserma dei carrabbineri! Sulo che si tratta di un magazzino vacante la cui pareti di funno dà in aperta campagna. Su questa pareti i carzarati fanno l'urtimo pirtuso e scappano campagne campagne. Nisciuno di loro verrà ripigliato. L'ingigneri Priolo definisci «opera egregia» il complesso degli scavi e ritiene che direttori dei lavori sia stato qualichiduno che nni accapiva.

Qualichiduno che nni accapiva? A Falconcini veni subito 'n testa un nomi: quello del giomitra Azzaro, in attesa di giudizio per aviri violentato 'na buttana. Voli immediatamenti vidiri il documento d'accompagno del giomitra al càrzaro. Gli basta un'occhiata per accapire che quel documento è fàvuso.

Si fa portari davanti dai carrabbineri il vecchio capoguardio ora in pinsioni. Il quali dici d'arricordarisi che il giomitra era stato accompagnato da dù guardie di Pubblica Sicurezza in divisa. Fatto un controllo, arrisulta che nisciuna guardia ha tradotto in càrzaro al giomitra.

E in tribunali non c'è nisciuna carta che parla di un giomitra Azzaro.

E po': il giomitra si chiamava veramenti Azzaro?

'Na cosa è chiara. Che come si chiamava si chiamava, il giomitra si è fatto 'ncarzarare a bella posta per priparari la fuitina ginirali. Ma pirchì l'ha fatto? Non ci sunno che dù spiegazioni possibili: o dintra al càrzaro ci stava qualichiduno amico di qualichi potenti o il giomitra è stato mannato per futtiri definitivamenti a Falconcini, che s'è fatto nimici a tutti, calibardini e anticalibardini, parrini, nobili, borgisi e genti minuta.

Pirchì è certo che, doppo 'na botta accussì, il prifetto non si ripiglierà cchiù.

E 'nfatti. Il 27 dicembriro, di prima matina, Falconcini arricivi un dispaccio dall'ispittori Ermanno Bova.

Ho ricevuto li vari telegrammi speditimi dalla S.V. per annunziarmi la evasione da codeste carceri di n. 127 detenuti. Per verità non so se la relazione che vossignoria mi annunzia varrà a modificare la impressione che ho provata in seguito a tale annunzio, ma per ora non posso dispensarmi dal dire che una evasione preparata da lungo tempo, come mi vien detto, rivela tale un difetto di sorveglianza per parte di codesto ufficio, che pel medesimo ne risulta una grave responsabilità.

Manco i saluti ci metti l'ispittori capo!
Falconcini veni pigliato da 'na botta di fevri àvuta. È costretto a starisinni corcato. Oramà accapisce che la sò sostituzioni è questioni di jorni.

La processioni per lo stivali arrinesci che è 'na maraviglia. La genti è arrivata macari dai pàisi vicini. Porta di Ponte, da cui devi partiri il corteo, è stipata, oltri un migliaro di pirsone. Duranti tutto il percorso longo la via Atenea ogni finestroni esponi, come se fusse 'na bannera, 'na cammisa calibardina. La genti, a vidiri lo stivali macchiato di sangue, si metti a chiangiri. Gli òmini si scappellano al sò passaggio, le fìmmine s'agginocchiano. Non succedino 'ncidenti.

Capita sulo un fatto che nisciuno nota. L'ex luogo-tinenti Ricci-Gramitto ha prisintato sò soro Caterina a un compagno d'armi calibardino che si chiama Stefano Pirandello. I dù si fanno 'mmidiata simpatia e per tutto il corteo si nni staranno l'uno allato all'autra. 'Na poco d'anni appresso, dal matrimonio di Caterina e Stefano nascirà Luigi Pirandello.

L'unica cosa bona che, sia puro 'ndirettamenti, Falconcini fici nei cinco misi che stetti a Montelusa.

L'unnici ghinnaro del 1863, Falconcini arricivi un tiligramma da Torino a firma del ministro.

Le comunico che a far data da oggi lei è stato dispensato dalla carica di prefetto di codesta provincia.

E non sarà mai cchiù prifetto di nisciun'autra provincia del Regno.

Il sò arrivo a Vigàta era stato salutato da uno scappa e fuj ginirali per la scossa di tirrimoto. La sò partenza da Montelusa capitò a causa di 'n'autra fujtina ginirali, stavota da un càrzaro.

Sarà stato un incapaci, un fissa, uno sprovviduto, uno che non sapiva campari, tutto quello che voliti, ma 'na cosa è certa: Falconcini fu un omo particolarmenti pigliato di mira da 'na jella 'mplacabili. Non era superstizioso epperciò, arrivanno 'n Sicilia, non si era portato appresso un corno russo, granni quanto a 'na casa.

Forsi questo fu il sò vero e unico errori.

L'oro a Vigàta

Uno

Tanino nascì il dù ottobriro del milli e novicento e vinti, settimo figlio di Angilo Coglitore e di Anastasia Pirretta.

Angilo faciva il jornatanti, vali a diri che travagliava a jornata, vali a diri che travagliava quanno c'era il travaglio, vali a diri che travagliava un jorno sì e cinco no.

Anastasia 'nveci faciva la fìmmina di casa, e manco potiva fari autro, con setti figli a cui dari adenzia non gli ristava il tempo manco per diri amèn.

'N casa Coglitore si pativa 'na fami nìvura.

La pativa soprattutto Micheli, il figlio cchiù granni che oramà aviva sidici anni ed era già àvuto un metro e sittanta. Jennosinni a corcari con la panza vacanti, spisso non arriniscìva a pigliari sonno e smaniava e si lamintiava. Siccome che dormiva nello stisso letto con i tri frati mascoli, quelli vinivano arrisbigliati e protestavano.

Allura, quanno non ne potiva cchiù, Micheli si susiva e si viviva mezza quartara d'acqua, accussì potiva 'ngannari la fami e se stisso.

Ogni jorno si nni annava al porto e aspittava il ritorno delle paranze che portavano il pisci.

281

Nello scarricare le cassette, spisso qualichi sarda o qualichi mirluzzo cadiva 'n terra e Micheli in un vidiri e svidiri se l'agguantava, supiranno 'n vilocità quei tri o quattro gatti cchiù affamati di lui che stavano lì per il sò stisso scopo.

Micheli, va' a sapiri pirchì, s'affezionò subito a Tanino, mentri agli autri tri frati mascoli, Pippino, Ciccino e Jachino, manco li taliava 'n facci.

E appena il picciliddro fu 'n condizioni di mantinirisi addritta e di caminare, pigliò la bitudini di portarisillo appresso.

Un jorno che si nni stavano arricampanno dato che Micheli aviva arrimidiato quattro sarde da spartiri in novi, Tanino, che trotterellava darrè a sò frate, vitti 'n terra 'na cosa che luciva assà.

Si calò, la pigliò e se la misi 'n sacchetta.

Picca prima d'arrivari a la casa, Tanino tirò fora la cosa lucenti e la detti a Micheli.

Ci ammancò nenti che quello non stramazzò sbinuto.

'Na lira! 'Na lira sana sana! Maria, quante cose di mangiari ci si potivano accattare con una lira!

«Unni la pigliasti?» spiò Micheli al picciliddro.

Tanino non sapiva ancora parlari, ma era 'ntelligenti e accapì la dimanna.

Con la manuzza 'ndicò 'n terra.

Quel jorno 'n casa Coglitore fu festa granni.

Si mangiò carni doppo tri misi che supra alla tavola non si nni era viduta manco l'ùmmira.

La simana che vinni, Tanino attrovò vinti cintesimi, e la simana appresso mezza lira e la simana appresso

282

appresso ancora 'na lira. Sempri nel tratto di strata che annava dalla loro casa al porto.

Allura, doppo sei misi, che oramà 'n casa Coglitore si mangiava tutti i jorni, Micheli fici 'na bella pinsata.

Vali a diri quella di portari a sò frate Tanino un lunidì matina all'alba, prima che passavano i munnizzari, a spasso nel corso, indove la sira passata le pirsone ricche avivano fatto avanti e narrè fino a tardo.

Fu come annare a piscari con la reti a strascico.

Tanino attrovò prima 'na lira, po' 'n'autra lira, po' un aniddruzzo d'argento, po' 'na scatola con dù sicarri, un fazzoletto di sita, un paro di mutanni di fìmmina che non s'accapì come la propietaria avissi fatto a perdirli e un portamoniti con tri liri dintra.

Micheli notò che ogni vota che si calava a pigliari 'na cosa di 'n terra, Tanino, che oramà sapiva spiccicari qualichi parola, diciva:

«Mizzica!».

E da allura Micheli a Tanino l'acchiamò accussì.

E accussì, doppo picca, lo chiamò macari il resto della famiglia.

A Micheli non ci potiva sonno, non si sapiva spiegari la cosa.

«Mi doviti accridiri. Nei posti indove Tanino attrova le cose, io ci aio taliato un momento avanti e non ci vitti cosa. Anzi, pozzo giurari che fettivamenti non c'era nenti di nenti. Ora vossia, patre, come me lo spiega che lui vidi le cose e io no?».

Angilo, il patre, ristò tanticchia 'mparpagliato.

Po' decretò:

«Lunidì nescio io con Tanino».

Quel lunidì Mizzica attrovò 'na cosa sula ma che era un vero tisoro: 'na monita di cinco liri. D'argento.

Mai, in tutti i sò quarantasetti anni di vita, Angilo ne aviva viduta una. Perciò, quanno tornaro a la casa, Angilo pigliò la monita, isò la mano, raprì le dita e la fici cadiri 'n terra.

Po' arripitì l'operazioni.

«Ma chi fai?» gli spiò la mogliere.

«M'arricrio con lo scruscio» arrispunnì Angilo, biato.

E appresso, a tavola, addichiarò:

«Un secunno avanti, nello stisso priciso 'ntifico posto indove Mizzica attrovò le cinco liri, io ci avivo già taliato e pozzo giurari che non c'era nenti. Mi successi come successi a Micheli».

«E cu è? Lu magu di Punta Arabica che le cosi se le flabbrica?» sgherzò Jachino.

Quelle palori ficiro aggilari ad Anastasia.

Fìmmina chiesastrica che annava a cunfissarisi e a farisi la comunioni ogni duminica matina, Anastasia sapiva, pirchì glielo aviva ditto patre Stanzillà, che i maghi e le streche, quelle che facivano le carti e quelle che liggivano nella palla di vitro, erano criature del dimonio dalle quali abbisognava quartiarisi come dalla pesti.

Perciò, 'na sira che annò a cunfissarisi, contò la storia a patre Stanzillà.

«Domani, a tò figlio, portamillo ccà alla scurata, doppo il vespiro, quanno non c'è cchiù nisciuno».

La prima cosa che fici Mizzica trasenno 'n chiesa fu

di calarisi e pigliari di 'n terra 'na monita di deci cintesimi.

Il parrino se l'acchiamò vicino e gli fici vidiri il crocifisso.

«Lo sai che è?».

«Sissi. 'U Signuruzzu 'n croci».

Allura patre Stanzillà pigliò l'aspersorio e l'acqua santa e assammarò al picciliddro.

Il quali non s'arrotuliò 'n terra o si misi a santiare con la vava alla vucca, ma dissi semplicementi:

«Tutto mi vagnò».

«Te lo sai fari il signo della croci?».

Mizzica se lo fici.

Patre Stanzillà chiamò sparte ad Anastasia.

«Tò figlio non è 'ndimoniato. È sulamenti un picciliddro fortunato. Spiramo che la fortuna gli dura macari quanno crisci».

Il marisciallo dei carrabbineri Agazio Strazzullo di tutti l'abitanti di Vigàta sapiva l'arca e la merca. Non gli scappava nenti. Non c'era famiglia, ricca o povira che fusse, che il marisciallo non ne accanosciva macari i secreti cchiù ammucciati come difficortà di dinaro, corna da parte di marito o di mogliere, e vizii in ginirali.

Perciò assà s'ammaravigliò e assà si 'nsospittì che in casa Coglitore, senza che nisciuno avissi un travaglio qualisisiasi, tutto 'nzemmula avivano accomenzato a passarisilla bona.

«Indove l'attrovano il dinaro per accattarisi un jorno sì e uno no la carni?».

«Indove l'attrovano il dinaro per accattarisi le scarpi?».

«Indove l'attrovano il dinaro per farisi vistiti novi?».

'Ste dimanne non lo facivano arrinesciri a pigliari sonno.

Annò a 'nformarisi con la signorina Jolanda che tiniva il putichino del joco del lotto, ma quella gli giurò che i Coglitore non avivano mai né jocato né vinciuto.

E allura come si spiegava?

Il fatto risolutivo fu quanno, 'na duminica sira, vitti trasire a tutta la famiglia dintra al ginematò e doppo, alla nisciuta, la vitti annare ad assittarisi a un tavolino all'aperto del cafè principali e pigliarisi i pezzi duri.

«Ennò! Non me la contano giusta!».

E l'indomani ordinò al carrabbineri Tomasello di tiniri sutta strittissima sorviglianza alla famiglia Coglitore.

Passata 'na simana, il carrabbineri Tomasello fici rapporto.

Anzitutto, i Coglitore s'erano affittati 'na casa ch'era 'na vera casa e non il fituso catojo indove bitavano prima.

Angilo si nni ristava corcato sino alle novi di matina. Po' si susiva e principiava a farisi solitari. Alle deci si susivano le figlie fìmmine e aiutavano la matre a puliziare la casa. All'unnici si susivano i figli mascoli e si mittivano a jocare a trissetti e briscola mentri la matre e le figlie annavano a fari la spisa. Doppo mangiato, i mascoli ripigliavano a jocare, le fìmmine cusivano.

«Ma non nescino mai?».

«Sissi, quanno è bello, verso le novi di sira si fanno 'na passiata al molo».

«E mentri passiano non l'avvicina nisciuno?».

«Nisciuno».

«E fanno sempri 'sta vita?».

«Sissi. A cizzioni del lunidì».

«E che succedi il lunidì».

«Il lunidì il figlio cchiù granni, Micheli, nesci, all'alba, col figlio cchiù nico, Tanino 'ntiso Mizzica».

«E indove vanno?».

«Si mettino a passiare nel corso. Se lo fanno dù o tri vote avanti e narrè e po' si nni tornano a la casa».

«E non succedi nenti duranti 'sta passiata?».

«Nenti. Però ogni tanto Tanino si cala e piglia qualichi cosa di 'n terra».

«Che piglia?».

«Mariscià, non lo saccio. Io, vossia m'accapisce, mi sono dovuto tiniri a 'na certa distanzia. Piglierà bottoni, petruzze, cose accussì».

Strazzullo si sintì nesciri pazzo.

«E secunno tia, coi bottoni e le petruzze si ponno pirmittiri di spenniri e spanniri?» fici aggridenno al carrabbineri.

Tomasello allargò le vrazza sconsolato.

«Sai che ti dico?» dissi doppo tanticchia Strazzullo piglianno 'na decisioni subitanea. «Ad Angilo Coglitore portamillo subito ccà 'n caserma».

«L'ammanetto?».

«Piccamora non ce n'è di bisogno».

Angilo era un galantomo, ma come tutti i galantomini siciliani si scantava a morti dei carrabbineri.

«Nenti aio fatto!».

Anastasia e le dù figlie fìmmine si misiro a chiangiri e a fari voci alla dispirata:

«'Nnuccenti è! 'Nnuccenti come a Cristo!».

Tomasello era 'ntronato da quelle vociate.

Micheli, seguito dai tri frati granni, gli s'avvicinò con un'ariata minazzosa:

«Che fici mè patre?».

Il picciotto era àvuto squasi dù metri e Tomasello s'appagnò:

«Nenti, fici! Il marisciallo gli voli sulo spiare 'na cosa! Lo giuro!».

Per il sì e per il no, Micheli, Ciccino, Jachino, Pippino e macari Mizzica accompagnaro il patre 'n caserma.

Ma il marisciallo non li fici trasire, li lassò davanti alla porta. Voliva parlari a quattr'occhi con Angilo.

«Tu a mia non mi pirsuadi!» esordì. «E sappi che devi ancora nasciri l'omo capace di pigliari per il culu a mia!».

Ad Angilo le gamme gli addivintaro di ricotta.

S'assittò supra alla prima seggia che gli vinni a tiro masannò cadiva sbinuto.

«Io?... a vossia... 'u culu?» arriniscì a diri cchiù morto che vivo.

«Come te lo procuri tutto 'sto dinaro?».

Angilo sbracò e gli contò la facenna.

Il marisciallo prima non gli accridì e gli ammollò dù pagnittuna. Po' 'nterrogò i figli e manco allura si pirsuadì.

«Vi siti mittuti d'accordo, eh, maniata di figli di buttana?».

'N quel priciso momento Mizzica si calò, pigliò 'na cosa e se la tinni dintra al pugno 'nserrato.

Il marisciallo si nni addunò.

«Fammi vidiri quello che teni 'n mano».

Mizzica raprì il pugno.

Era un portaritratti d'argento nico nico da tiniri appiso al collo.

«Maria!» sclamò filici Strazzullo. «'U ricordu di mè matre che mi persi aieri! Maria, quanto l'aio circato!».

E dovitti arrinnirisi all'evidenzia.

Due

Ma dù jorni appresso, quanno la quistioni pariva arrisolvuta, Angilo vinni novamenti chiamato 'n caserma.

«Vidi che 'sta storia di tò figlio non può continuari» attaccò 'mmidiato Strazzullo.

Ad Angilo ci morse il cori.

«E pirchì?».

«Pirchì ho parlato col nostro comannanti di Montelusa. Lui dice che fino a che tò figlio attrova 'n terra vinti cintesimi o 'na lira, passi. Ma si attrova un borzellino, un portafogli, un oricchino, 'nzumma un oggetto, Mizzica non può tinirisillo».

«Ah, no? E che devi fari? Li lassa unni l'attrovò accussì passa 'n autro e se li piglia?».

«No, la liggi dici che li devi portari all'ufficio oggetti smarriti che c'è 'n municipio».

«Ma...».

«Nenti ma. È la liggi, ti dissi. Masannò c'è la galera pirchì s'attratta di appropriazioni 'ndebita».

'N casa Coglitore ci fu 'na prioccupata riunioni di famiglia.

Consumati erano.

Il maggiori guadagno viniva propio da quelle cose che da ora in po' dovivano consignari al municipio.

«Ma semo sicuri che 'sto comannanti avi raggiuni?» spiò Micheli. «Non è meglio se nostro patre va a parlari con l'avvocato Minacapilli?».

Era cosa cognita 'n pàisi che l'avvocato Minacapilli vinciva macari le cause perse 'n partenza e 'na vota 'n tribunali era persino arrinisciuto ad addimostrari che dù cchiù dù non faciva quattro ma sei.

L'avvocato ascutò quello che gli contò Angilo, po' si livò l'occhiali, si misi a taliare il soffitto e principiò a cantari a mezza vucca «che gelida manina».

Appresso, taliò ad Angilo e si persi dintra a un longo discurso chino chino di de cuius, di res nullius, di nihil obstat.

«È ragionato?» spiò alla fini.

«Nenti ci accapii» fici Angilo sdisolato.

«Vostro figlio, a quanto ho capito, è l'opposto di uno jettatore. Lo jettatore porta disgrazia, vostro figlio porta fortuna. Perciò, in teoria, vostro figlio non dovrebbe essere penalmente perseguibile, come non lo è lo jettatore».

«Ma 'n pratica?» spiò Angilo.

«In pratica, mi dispiace, ma il comandante dei carabinieri ha ragione».

«Allura non c'è nenti da fari?».

Minacapilli ci pinsò supra bastevolmenti, ricantò «che gelida manina» e po' dissi:

«Io mi domando e dico perché non utilizzate vostro

figlio in sé, in quanto tale, senza mandarlo per le strade a raccogliere soldi perduti?».

«Manco stavota ci accapii nenti, avvocà».

«Qual è la media dell'introito giornaliero di Mizzica?».

Ad Angilo gli spuntaro le lagrime. Si dispirò.

«Ma com'è che non ci accapiscio nenti di quello che mi diciti? Lassamo perdiri, va'. E scusati il distrubbo».

E fici per susirisi.

«Un momentu. Quantu porta a la casa ogni lunidì vostro figlio?».

«Non si pò diri, avvocà. Certe vote ducento liri, certe vote cento. Ma non sempri è dinaro. Spisso sunno oricchini, aneddri, braccialetti che annamo a vinniri a don Nino, quello che avi il negozio di...».

«Sì, sì. Ho capito. Vi faccio una proposta».

«Sintemula».

«Vorrei fari un esperimento. Se io vi dugnu ducentocinquanta liri fissi a simana me l'affittati a vostro figlio?».

Angilo strammò.

«E che devi fari?».

«Nenti. Stari assittato vicino a mia al circolo il sabato sira, dalle novi alli tri del matino».

«E basta?».

«Beh, ogni tanto gli strufino le carte che aio 'n mano supra alla fronti. Ma a leggio, senza farici mali».

«Avvocà, però vossia devi carcolari che il picciliddro teni cinco anni. Quello di sicuro s'addrummisci».

«Non avi 'mportanzia».

«Oggi doppopranzo ci dugnu la risposta».

L'unica a fari opposizioni fu Anastasia.

«'Nzamà, Signuri! Un picciliddro di cinco anni che devi supportari 'sti strapazzi fino alli tri di matina! Ma siti nisciuti pazzi? E po' al circolo indove l'ominazzi biastemiano e jocano!».

Ma vinni mittuta 'n minoranza.

Alli novi spaccate del sabato che vinni, Mizzica fu accompagnato da Micheli al portoni del circolo. L'avvocato Minacapilli arrivò, pigliò per la mano al picciliddro e disse a Micheli:

«Torna stanotti alli tri».

«Chi è questo bambino?» spiò il presidenti del circolo appena che vitti trasire all'avvocato con Mizzica.

«Un mio nipotino che i suoi genitori mi hanno temporaneamente affidato. Siccome non ho nessuno in casa, non ho dove lasciarlo».

«Lo si può mettere a dormire nel mio ufficio. C'è un divano comodo».

«No, ha paura a stare solo. Meglio dargli una sedia vicino a me».

L'abituali tavolo di poker del sabato sira, oltre che dall'avvocato Minacapilli, che pirdiva regolarmenti, era composto dall'avvocato Guarnera, dal medico cunnutto Geraci e dall'ingigneri Spatafora.

Quel sabato Minacapilli, strammanno a tutti, vincì le prime cinco partite di seguito. I poker e le scali reali gli trasivano ch'era 'na billizza. Pariva che se l'acchiamava.

Geraci, annirbusuto dalla novità, allura addimannò di cangiare mazzo. Il cammareri gliene portò uno novo.

E l'avvocato Minacapilli perse la sesta partita.

Al principio della settima, quanno il dottori Geraci ebbi finuto di dari le carti, Minacapilli pigliò le sò e le strofinò supra alla fronti di Mizzica che non dormiva.

Tutti gli vittiro fari quel gesto.

«Che ha fatto?» spiò Guarnera.

«Sulla fronte del bambino c'era una mosca e io...».

«Non c'era nessuna mosca» disse Spatafora.

«Comunque protesto» fici Geraci.

«E perché? Non sono libero di scacciare una mosca?».

«Caro collega» arrispunnì Guarnera che come avvocato non era da meno dell'avvirsario a spaccari un capillo 'n quattro. «Lei può scacciare una mosca che si è posata sul suo corpo, ma non sul corpo degli altri».

«Vogliamo babbiare? Mi spieghi perché non posso».

«Collega, finiamola qua» tagliò Guarnera. «Non c'era nessuna mosca. Il suo è stato un gesto di scaramanzia. Lei, che non ha mai vinto, stasera s'è fatto cinque partite di seguito. E appena ne ha perso una, ha fatto ricorso al bambino. Evidentemente questo bambino è un portafortuna. Ed è proibito».

«Che significa proibito? Chi l'ha stabilito? E lei che si porta attaccato al panciotto un corno rosso lungo sessanta centimetri?».

«Una cosa è un corno e una cosa è...».

«Ma non mi faccia ridere!».

Il presidenti del circolo, che aviva ascutato la discussioni, si decisi a 'ntervìniri.

«Avvocato Minacapilli, i signori soci hanno ragione. Lei non può tenersi questo bambino accanto. Lo porto da me».

E siccome la palora del presidenti faciva liggi, nisciuno replicò.

Fino alle tri del matino, l'avvocato Minacapilli non fici che perdiri.

Quanno Micheli vinni a pigliari a sò frate e se lo dovitti carricari supra alle spalli pirchì dormiva della bella, l'avvocato gli consignò ducentocinquanta liri e gli dissi:

«Dicci a tò patre che domani a matino mi veni a trovari».

«Sono disposto a fare una società con voi. Io mi faccio carico delle spese e i guadagni li dividiamo a metà. È una proposta onesta».

«Ma che società è?» spiò 'ntordonuto Angilo.

«Per lo sfruttamento delle doti di vostro figlio. Ora vi dico i dettagli».

Ma 'ntanto la voci che 'n paìsi ci stava un picciliddro miraculuso che potiva fari la fortuna di ognuno si era sparsa in un fiat.

'Nfatti, quanno tornò a la sò casa, Angilo seppi che era vinuto l'avvocato Guarnera che aviva fatto a Micheli la stissa pricisa 'ntifica proposta dell'avvocato Minacapilli. C'era però 'na differenzia: Guarnera offriva il cinquantadue per cento di guadagno.

«Il cinquantasei» rilanciò Mìnacapìllì.

«Il cinquantasetti» disse Guarnera.

«Facemo sissanta e non si nni parla cchiù» fici Minacapilli.

Guarnera s'arritirò.

Ma quanno il sinnaco, anzi il potestà, dato che al potiri c'erano i fascisti e i sinnachi ora s'acchiamavano accussì, vinni a sapiri che la società «Mizzica», appena costituita, avrebbi avuto sedi 'n Palermo, mannò a chiamari all'avvocato Minacapilli.

Il potestà, che di nomi faciva Arelio Bellavista, squatrista e marcia su Roma, omo col quale era meglio non spartirici il pani, l'arricivì 'n cammisa nìvura e gli fici il saluto romano. Parlò con voci tonanti, che 'ntronava l'oricchi.

«Camerata Minacapilli, ho saputo che la sede della società Mizzica sarà a Palermo. Mi spiegate perché cazzo l'avete fatto?».

«Perché a Palermo c'è una maggiore possibilità d'affari».

«Che cazzo significa? Parlate chiaro! Che il bambino si domicilierà a Palermo?».

«Naturalmente».

«Naturalmente un cazzo! Il bambino da qua non si muove!».

«E perché?».

«Perché sarebbe un danno del cazzo per Vigàta!».

«In che senso?».

«Ogni giorno centinaia di teste di cazzo arrivano dai paesi vicini solo per vederlo! Il turismo è rifiorito! C'è uno smercio quotidiano di panini col salame, col tonno, con le panelle che non vi dico! E molti restano qui a dormire! E inoltre...».

«Ma voi non potete proibirmi di...».

«Lasciatemi finire, cazzo! Se voi domiciliate il bambino a Palermo, io vi denunzio per sottrazione di minore!».

«Ma se i genitori sono d'accordo!».

«E io gli faccio levare la patria potestà del cazzo!».

Il jorno appresso il consiglio comunali al completo, tutti con la cammisa nìvura che parivano beccamorti, decretò l'appartinenza di Mizzica alla «comunità fascista e rivoluzionaria» di Vigàta, qualificanno il picciliddro come «bene inalienabile».

Lo stisso consiglio addicidì d'assignari uno stipendio di milli liri al misi ad Angilo Coglitore per «servigi resi all'Italia fascista» e quali «custode del bene inalienabile».

L'avvocato Minacapilli arricorrì al tribunali.

Tempo un misi, il tribunali gli detti torto.

Un misi e mezzo appresso, dato che Minacapilli aviva osato scriviri direttamenti a Mussolini addimannanno giustizia, vinni addenunziato al Tribunali spiciali per «manifesto antifascismo».

Il Tribunali spiciali lo cunnannò a cinque anni di confino.

Allura il professori Orazio Caltabiano, che aviva arricivuto l'incarrico dal potestà, prisintò al consiglio comunali il sò «Piano per lo sfruttamento razionale del bene inalienabile Gaetano Coglitore inteso Mizzica».

C'era 'na primissa 'mportanti, nella quali si sostiniva scientificamenti che Mizzica non era un picciliddro fortunato, ma un picciliddro rabdomanti. E come tali annava utilizzato.

Di conseguenzia, il professori suggeriva di 'mpiegarlo in quella parti dell'area archeologica che appartiniva al comune di Vigàta e mai scavata prima.

Di sicuro, seguenno le 'ndicazioni del picciliddro, si sarebbiro attrovati non sulo resti di tempii e di case, ma macari reperti d'altissimo valori come statue, gioielli, anfore preziose.

Tutto 'sto materiale, in seguito, doviva essiri mittuto dintra a un museo da costruiri a Vigàta.

Quel museo, data l'enormi quantità di turisti che avrebbi attirato, sarebbi stato la fortuna del paìsi.

Il consiglio accittò, per acclamazioni, il piano del professori Caltabiano.

Tre

Le cose stavano a 'sto punto bono quanno tutto 'nzemmula nella facenna 'ntirvinni il fidirali di Montelusa, Ettore Marcantonio Martinazzo, miliano, che era il capo assoluto di tutti i fascisti della provincia. Lo fici ordinanno al potestà Bellavista di prisintarisi 'mmidiato a rapporto nella Casa del Fascio.

All'ordini, il potestà aggiarniò.

Il fidirali Martinazzo era cognito in tutta Italia per dù 'mprise fasciste che l'avivano fatto addivintari, da semplici gregario, un potentissimo girarca.

La prima era che, nel 1921, aviva ammazzato con setti pugnalati alle spalli a un fituso comunista sorpriso a cantari *Bandiera rossa* mentri, di notti, pisciava contro un muro.

La secunna era l'aviri abbrusciato con la benzina la càmmara del lavoro del sò pàisi, arrustenno a morti le tri pirsone che c'erano dintra.

Lui di quelle 'mprise si nni gloriava assà e ne parlava spisso e volanteri.

'Nfatti torno torno alla manica mancina della divisa portava 'na striscia russa che era «il simbolo del sangue versato e fatto versare per la Causa della Rivoluzione Fascista».

Con lui non si discutiva, ci si mittiva sull'attenti, s'ascutavano i sò ordini, s'obbidiva e basta.

Il potestà Bellavista, doppo aviri fatto il saluto romano, si nni ristò 'mpalato sull'attenti.

Macari lui, ch'era 'na grannissima carnetta capace della qualunque, si sintiva scantato.

«Camerata podestà Bellavista!».

«Agli ordini, camerata federale!».

«Vi ho convocato per comunicarvi che ho preso un'irrevocabile decisione forgiata nella determinazione più assoluta e nella più profonda dedizione alla causa della Rivoluzione Fascista! Saluto al Duce!».

«A noi!» arrispunnì Bellavista.

Aviva accomenzato a sudari.

«Voglio che quel bambino del vostro paese, quello che porta fortuna, come si chiama, Pizzica...».

«Mizzica, camerata».

«... sia mandato in regalo a Sua Eccellenza Benito Mussolini!».

Bellavista strammò. Tutto s'aspittava, meno che 'sta richiesta.

Accapì subito che non c'era cchiù nenti da fari, ma volli provarici lo stisso, masannò che figura ci faciva davanti al consiglio comunali?

«E che se ne fa Sua Eccellenza?».

«Che se ne fa, che se ne fa! Se lo tiene accanto a Palazzo Venezia. Gli porterà fortuna!».

Bellavista, sudanno friddo, attrovò il coraggio di ribattiri ancora.

«Ma camerata federale, il bambino non va assolutamente considerato solo come un portafortuna!».

«Ah, no? E come allora?».

«Secondo il camerata professor Orazio Caltabiano, scienziato di grande fama e soprattutto vicepresidente della consulta scientifica del governo di Sua Eccellenza Benito Mussolini e inoltre...».

«Conosco, conosco, proseguite».

«... il bambino è un rabdomante di capacità eccezionali. Il professore vorrebbe impiegarlo a scopo archeologico facendogli riportare alla luce i resti della...».

Ma il potestà parlava ammatula. Pirchì appena aviva sintuto la palora rabdomanti, il fidirali, dalla seggia, aviva fatto un sàvuto in aria di mezzo metro.

«Davvero?!» spiò con l'occhi sgriddrati.

«Vi posso mandare copia del...».

Ma il fidirali aviva autro 'n testa.

Si era susuto e ora annava avanti e narrè dintra all'ufficio facenno dù metri a ogni passo.

«Allora a maggior ragione va spedito immediatamente a Sua Eccellenza Mussolini!».

«Ma perché?!».

«Altro che archeologia e stronzate simili! Quel bambino può scoprire i giacimenti petroliferi del nostro sottosuolo e rendere l'Italia fascista ricca e autonoma! Un'Italia finalmente libera dalla schiavitù del combustibile! Ma vi rendete conto? La dottrina fascista, con la forza delle nostre armi, potrà conquistare il mondo! Basta, domani stesso questo bambino parte per Roma!».

«Ma camerata...».

«Niente ma. È un ordine! Avvertite la famiglia del bambino! Saluto al Duce!».

Sbattì i tacchi e allungò il vrazzo nel saluto romano.

«A noi!» arrispunnì, sbattenno i tacchi e allunganno il vrazzo nel saluto romano, il potestà.

Appena che Bellavista fu nisciuto, il fidirali s'attaccò al telefono e chiamò al sigritario del partito nazionali fascista che si nni stava a Roma.

L'entusiasmo del fidirali fu contagioso.

Un'orata appresso il sigritario nazionali del partito fascista era a rapporto dal capo del governo.

Mussolini, sintuta la notizia, addivintò filici e contento e detti al sigritario l'ordini di portari il picciliddro, appena che arrivava, dal ministro dell'industria.

E stabilì macari che le ricerche petrolifere in Val Padana sarebbiro state dirette dal profissori Orazio Caltabiano.

'Ntanto, con un decreto a effetto 'mmidiato, Sò Cillenza Erasmo Rigutini, prifetto di Montelusa, che aviva arricivuto 'na tilefonata dal ministro dell'interno, cangiava la denominazione di Mizzica da «bene inalienabile» a «bene mobile».

Un idrovolanti militari all'indomani ammarrò nel porto di Vigàta, si carricò a Mizzica, che chiangiva pirchì vidiva a tutta la sò famiglia che chiangiva, e se lo portò a Ostia.

Ccà c'era ad aspittarlo il profissori Caltabiano che lo fici acchianari supra a 'na machina scortata da quattro motogiclisti.

Il ministro dell'industria abbrazzò a Mizzica, gli consignò un sacchetto di caramelli e po' gli spiò:

«Vorresti altro?».

«Sissi, fari la pipì» dissi Mizzica.

All'indomani il picciliddro e il profissori, sempri con un aeroplano militari, vinniro portati a Milano e alloggiati in una càmmara a dù letti di un albergo di lusso.

La sveglia era alle cinco del matino.

Colazioni alle cinco e tri quarti.

Alle sei e mezza 'na machina li viniva a pigliari e li portava nel tirreno delle ricerche, stabilito di jorno in jorno dal profissori che caminava sempri con una granni carta topografica 'n mano.

Mentri Mizzica macinava chilometri appresso chilometri a pedi, catammari catammari, con l'occhi sempre fissi 'n terra, Caltabiano lo seguiva 'n bicicletta.

Doppo la prima misata di ricerche, il risultato fu deludenti.

Mizzica non aviva attrovato nenti.

O meglio, non aviva attrovato il pitrolio, però si era mittuto 'n sacchetta, col pirmisso del profissori che chiuiva un occhio, quattro monite dell'ebica romana, sette monite dell'ebica dei Visconti, un braccialetto d'oro e un aneddro con un brillanti del sitticento, e ancora milli e setticento liri in monite di vario taglio.

Caltabiano non ci dormiva la notti. Non arrinisciva a capacitarisi come mai le ricerche non avivano esito.

Un jorno, sollecitato da un tiligramma di Mussolini che addimannava notizie, arrivò alla conclusioni che Mizzica non attrovava il pitrolio pirchì portava le scarpi.

Gli viniva ad ammancare il contatto diretto con la terra.

E gliele fici livari.

La sira, quanno s'arricampava all'albergo, il picciliddro aviva i pedi tutti gracciati e 'nsanguliati.

Un medico ci passava pomati spiciali e all'indomani Mizzica potiva ripigliari il travaglio.

Senonché la stascione era cangiata, ora chioviva, c'era la neglia e faciva friddo assà.

Mizzica continuava a caminari sempri a pedi nudi, mentre il profissori lassò la bicicletta e si fici viniri 'na machina.

Passati autri quinnici jorni e non avenno ancora Mizzica scoperto il pitrolio, ma sulo cincomila liri in monita correnti, Caltabiano si fici pirsuaso che il picciliddro doviva annare 'n giro completamenti nudo. Accussì avrebbi meglio sintuto supra alla pelli le emanazioni che provinivano dal profunno della terra.

Doppo 'na simanata di 'sta vita, a Mizzica ci vinni prima la fevri e po' la purmunia.

Il dottori che fu mannato a chiamari si scantò che il picciliddro moriva e lo mannò allo spitali.

Il ministro dell'industria spidì a Milano un ispettori che attrovò a Mizzica accussì deperito da arrischiari la morti.

Di conseguenzia, per ordini diretto di Mussolini, il profissori vinni subito destituito dall'incarico e rimannato a la sò casa e al posto sò arrivò 'n autro profissori che s'acchiamava Eraldo Costantini e che era nimico giurato di Caltabiano.

Mizzica, doppo un misi e mezzo, fu giudicato in grado di ripigliari la ricerca.

Il «Popolo d'Italia», che era il jornali fascista che tutti avivano l'obbligo di leggiri ogni jorno, fici un titolo in prima pagina che pigliava otto colonni:

RICOMINCIA LA RICERCA DEL PETROLIO IN VAL PADANA.

Indove viniva spiegato come e qualmente si era virificata 'na brevi 'nterruzioni nella ricerca dovuta alla sbagliata manutenzioni del sinsibilissimo strumento impiegato. Uno strumento unico al munno che sulo il genio di Mussolini era arrinisciuto a mittiri in opira. Ma ora era certo che la ricerca, meglio guidata, avrebbi portato a un risultato sicuro.

Mizzica però si era stufato di quella vita sagrificata.

E siccome, oltri a essiri 'ntelligenti, era macari sperto, attrovò il modo di farisi rimannari a Vigàta. Moriva dallo spinno di rividiri alla sò famiglia.

Il modo era quello di non attrovari cchiù nenti, manco 'na monita di un cintesimo.

E dari a tutti la 'mprissioni d'aviri pirduto il potiri che aviva.

Costantini gli fici rimittiri le scarpi e i vistiti. Non sulo, ma gli accattò un cappotto, 'na sciarpa, un basco e lo fici accompagnari da un omo con un paracqua pronto per quanno chiuviva.

'N capo a 'na quinnicina di jorni, viduto il risultato assolutamenti negativo della ricerca, Costantini scrissi un rapporto sigreto a Mussolini nel quali addenunziava il profissori Caltabiano per «avere irreparabilmente danneggiato le doti innate del Mizzica, rendendolo assolutamente inutilizzabile in futuro».

Mussolini fici subito tri cose: rimannò a Vigàta il picciliddro, obbligò il fidirali di Montelusa a prisintari le dimissioni e spidì al confino il profissori Caltabiano con l'accusa di sabotaggio.

Il «Popolo d'Italia» pubblicò 'na notizia nica nica in funno alla sesta pagina indove s'informava che le ricerche del petrolio in Val Padana erano momintaniamente sospise.

Un decreto prefettizio a effetto 'mmidiato livò ogni qualifica a Mizzica, con la rilativa cancellazioni dello stipendio minsili di milli e cincocento liri che Mussolini 'n pirsona aviva voluto assignari ad Angilo.

Mizzica aviva avuto l'ordini di non parlari di quello che aviva fatto in tutto il tempo che si nni era stato fora pàisi.

E a quell'ordini bidì, facenno cizzioni per quelli della famiglia, ai quali però fici giurari di mantiniri il segreto.

Perciò l'unica cosa che si sapiva a Vigàta era che Mizzica era stato chiamato a Roma da Mussolini pirsonalmenti.

Tutti avivano viduto arrivari e partiri all'idrovolanti militari.

E la cosa lo faciva pariri un pirsonaggio 'mportanti assà all'occhi della genti.

Tra il dinaro e le cose antiche che Mizzica aviva attrovato nella Pianura Padana, Angilo misi 'n banca vintimila liri.

Ora potivano campari bono e senza pinseri.

Quattro

Il novo fidirali, che di nomi faciva Cesare Augusto Mazzagrossa, ginovisi, ecchisi spallone portuali, che aviva studiato sino alla terza limintari ma che 'n compenso era macari lui squatrista e marcia su Roma, non aviva mai sintuto parlari di Mizzica prima d'arrivari a Montelusa.

Ma quanno seppi che a Vigàta c'era un picciliddro, che ora aviva sei anni, che era stato chiamato a Roma da Mussolini e che si nni era stato con lui squasi dù misate, strammò e si 'mpressionò.

Un jorno che aviva a rapporto il professori vigatisi Titomanlio Calà, il quali voliva brivettari un progetto di aquilone-bombardieri da arrigalari all'aviazione fascista, il fidirali gli spiò se sapiva qualichi cosa supra a 'sto picciliddro.

«Eh! Eh!» fici Calà.

E ridacchiò mistirioso.

Titomanlio Calà era uno di quei pazzi che non parino tali, ma che anzi passano come pirsone di genio.

«Spiegatevi meglio, camerata».

«Camerata federale, il bambino, Gaetano Coglitore inteso Mizzica, è dotato di eccezionali poteri paranormali ed extrasensoriali».

«Ah!» sclamò Mazzagrossa che non aviva accaputo il resto di nenti. «Andate avanti».

«Con felice decisione, il vostro predecessore, se posso permettermi, poi ingiustamente silurato, ha segnalato il fenomeno a Sua Eccellenza Benito Mussolini. E il nostro Duce, con la luminosa e pronta intelligenza, con il fulmineo intuito e con la rapidità decisionale che lo contraddistinguono, ha chiamato a Roma il bambino».

«Va bene, ma voi sapete perché l'ha trattenuto quasi tre mesi?».

Calà si susì, si calò verso il fidirali che era assittato darrè alla scrivania e gli dissi a voci vascia all'oricchio:

«Se ci riflettete un momento, vi renderete conto che è il tempo minimo indispensabile che occorre per una buona sintonizzazione».

Mazzagrossa non capiva e sudava.

«Camerata, parlate chiaro!».

«Io parlo, d'accordo, ma voglio essere garantito che non mi verrà danno da ciò che vi rivelerò. E che resterà un segreto tra me e voi».

«Avete la mia parola di fascista».

«Il cervello del bambino è stato sintonizzato sulla lunghezza d'onda del cervello del nostro Duce. Telepatia indotta, è il termine scientifico. Avete capito?».

«No».

«In parole povere, il bambino è come una radio ricevente e trasmittente che trasmette direttamente al Duce tutto quello che sente dire a Vigàta e in provincia».

Il fidirali allucchì.

«Ma voi come siete riuscito a scoprirlo?».

Titomanlio Calà si fici 'na risateddra alla sò manera.

«Io, camerata, ho inventato un apparecchio che intercetta tutte le onde possibili e immaginabili. Anche quelle cerebrali. Ora mi permetto di spiegarvi come funziona il mio apparecchio che intendo brevettare e regalare al controspionaggio italiano».

E mentri quello accomenzava a spiegari, il fidirali ebbi un pinsero agghiazzanti.

Il picciliddro potiva consumarlo. Se arrifiriva a Mussolini sulo la mità di quello che la genti diciva di lui, faciva di sicuro la stissa fini del camerata Martinazzo, fatto dimittiri dalla sira alla matina.

Liquitato di prescia a Calà, si misi a pinsari a come evitari il periglio rapprisintato dal picciliddro.

E siccome che era uno sdilinquenti, non gli vinivano 'n testa che pinseri da sdilinquenti.

Po' l'occhio gli cadì supra a 'na decina di volantini antifascisti che la polizia aviva attrovato supra a 'na panchina della passiata.

Allura acchiamò a Geremia Tarlatano, 'n autro sdilinquenti ecchisi spallone che si era portato appresso come autista pirsonali, gli spiegò quello che voliva da lui.

Quattro jorni appresso la polizia perquisì la bitazioni dei Coglitore.

Vinniro attrovati quattro volantini antifascisti dintra a un armuàr. Uno dintra a un paro di quasette di Angilo, uno dintra a 'na cammisa di Micheli, uno tra

le mutanne di Anastasia e il quarto dintra a un reggi-
petto di 'Mmaculata, la cchiù granni delle figlie.

Con provvedimento a effetto 'mmidiato, tutta la famiglia Coglitore vinni spiduta al confino.

Indove Mizzica arritrovò al professori Orazio Caltabiano.

Al quali, avenno suttamano novamenti il picciliddro,
non ci parse vero di potirisi pigliari la rivincita supra al
professori Costantini che l'aviva fatto spidiri al confino.

Proponì perciò ad Angilo di darigli il picciliddro per
potirlo studiari ogni jorno, ma sulo la matina.

Avrebbi come compenso pagato, di sacchetta sò,
milli liri mensili alla famiglia.

Ma Anastasia, alla quali il figlio aviva contato tutti
gli straminii che il professori gli aviva fatto patiri 'n Val
Padana, misi la sò condizioni.

Mizzica avrebbi dovuto caminare con le scarpi e vistuto secunno stascione e inoltri, quanno chioviva o faciva malottempo, il picciliddro si nni sarebbi ristato a
la casa.

Il professori accittò.

Sapenno che sutta a quell'isola pitrolio non ci nn'e-
ra, Caltabiano, col pirmisso della polizia e ammucciuni da Mizzica, fici scavari un pozzo funnuto dù metri,
lo inchì di pitrolio, lo cummigliò con tavole di ligno che
appresso ricoprì di terra.

Quanno finì l'opira, nisciuno avrebbi potuto 'mma-
ginari che ddrà sutta c'era un pozzo.

Il jorno dell'esperimento, il commissario che era a capo del confino lo volli seguiri.

Mizzica passò supra al pozzo senza dari il minimo signali d'aviri avvirtuto la prisenza del pitrolio.

Continuò però a caminare e il profissori e il commissario ci annaro appresso.

Tutto 'nzemmula Mizzica si firmò e 'ndicanno il posto indove tiniva i pedi dissi:

«Scavati ccà».

Subito il commissario fici viniri a dù agenti con le pale che accomenzaro a travagliare.

A un metro da terra, le pale sbattero contro a qualichi cosa di mitallico.

«Andateci piano» s'arraccomannò il commissario.

«Forse è meglio scavare con le mani» fici il profissori.

L'agenti scavaro con le mano. E a lento a lento vinniro fora da suttaterra vinti taniche di benzina da vinti litri ognuna.

Mentre il commissario si nni corriva in ufficio a tilefonari, Caltabiano si dava 'na gran manata 'n fronti.

«Mizzica sente i solidi, non i liquidi!».

Tempo un dù orate arrivaro tri corvette della marina cariche di poliziotti che si misiro a perquisiri tutte le case, mentre le navi pattugliavano l'acque torno torno.

Era chiaro che tutta quella benzina era stata portata nell'isola ammucciuni da un motoscafo per fari evadiri, al momento giusto, a qualichi confinato e portarlo o 'n Francia o 'n Tunisia.

Con dicreto a effetto 'mmidiato, firmato da Mussolini, vinni revocato il confino alla famiglia Coglitore alla quali fu macari assignato un minsili di milli e cincocento liri «per i servigi resi alla Nazione».

Il professori Caltabiano fu riabilitato.

Il commissario di polizia ristò al confino ma in qualità di confinato «per non aver saputo evitare lo sbarco clandestino nell'isola di mezzi atti a favorire la fuga degli antifascisti ivi ristretti».

'Na simanata appresso al sò ritorno a Roma, il professori Caltabiano ottinni un'udienza da Sò Cillenza Mussolini.

Era accompagnato dal famoso giologo e vulcanologo Silvestro Sclafani.

Il professori spiegò al duci come e qualmente Mizzica captava i metalli suttaterra e no i liquidi.

Il picciliddro perciò non era adatto alla ricerca del pitrolio, ma dell'oro.

«Oro?» sbalordì Mussolini. «In Italia ci sono giacimenti d'oro?».

'Ntirvinni il giologo Sclafani.

«Eccellenza, ho la quasi certezza che una vasta falda aurifera si trovi in Sicilia, nei pressi proprio di Vigàta, in una contrada denominata Passo dell'omo morto».

«D'altra parte, Eccellenza» 'ncalzò Caltabiano «mi permetto di farvi notare rispettosamente il bassissimo costo che avrebbero queste ricerche. Saremmo appena in tre: io, il professore Sclafani e il bambino. E due aiutanti che possono fungere anche da autisti».

«E sia!» fici Mussolini. «Ma ad una sola condizione. Nessuno deve saperne niente! È un ordine categorico!».

Ma i movimenti dei tri, dù grossi scienziati e un picciliddro dotato del potiri, che ogni matina alli sei si nni partivano per il Passo dell'omo morto e si nni tornavano quanno faciva scuro, vinniro notati da Gnazio Buscetta, corrispondenti locali del «Giornale dell'Isola».

Ci misi picca Buscetta a collegari la prisenza di Sclafani a un articolo che il profissori aviva pubblicato un anno avanti supra a 'na rivista scientifica e che parlava della possibilità che al Passo dell'omo morto ci fusse 'na falda aurifera.

Il risultato fu che tri jorni appresso «Il Giornale dell'Isola» si nni niscì con un articolo 'n prima pagina 'ntitolato:

FORSE TROVATO L'ORO A VIGÀTA.

All'alba del matino seguenti migliara di dispirati morti di fami s'apprecipitaro da ogni parti armati di zappuna, pale e picuna al Passo dell'omo morto e si misiro a scavari facenno pirtusa ammuzzo, unni veni veni.

Quanno Mizzica e i dù profissori arrivaro, manco arriniscero a cataminarisi tra la folla.

Caltabiano mannò un tiligramma a Mussolini e quello fici 'ntirviniri l'esercito che allontanò con la forza i morti di fami e circunnò la zona con cincomila sordati, uno a ogni cinco metri.

Allura un granni jornali del nord sparò un titolo a tutta pagina:

L'ORO IN SICILIA! UN ENORME GIACIMENTO A VIGÀTA!

Arrivaro centinara di jornalisti non sulo da tutta Italia, ma macari di fora. Che ottinniro di potiri assistiri alle ricerche.

Al decimo jorno, alla scurata, Mizzica si firmò e dissi: «L'oro è ccà sutta!».

Successi il virivirì.

Tutti si misiro a battiri le mano. Un jornalista sbinni, 'n autro nell'ammutta ammutta ginirali si rumpì la testa, 'na poco di sordati spararo in aria, i fotografi corrivano a dritta e a manca fotografanno la qualunque, il professori Sclafani faciva voci come un pazzo che la sò teoria era stata confirmata mentri Caltabiano, acchianato supra a un masso, cantava l'inno fascista *Giovinezza giovinezza*.

Il posto indove Mizzica aviva individuato l'oro vinni signato con una gran croci bianca di calci e sorvigliato a vista da cinquanta sordati.

Dù jorni appresso arrivaro, trasportate con l'aeroplani, tri enormi scavatrici.

Mussolini in pirsona detti il via per tilefono da Roma al principio dello scavo.

Il terzo jorno, a vinti metri di profunnità, vinni attrovato 'no schilitro umano.

Aviva dù denti d'oro.

Vista la gran malafiura fatta davanti a tutto il mun-

no, Mussolini mannò 'n càrzaro a Caltabiano e a Sclafani.

In quanto alla famiglia Coglitore lo stipendio minsili gli vinni revocato con dicreto a effetto 'mmidiato e
con l'obbligo a Mizzica, pena la galera a vita, di non
esercitari cchiù e in nisciun modo il sò potiri.

Mizzica, come sempri, bidì.

Ma il sò potiri, ammucciuni da tutti, l'usò ancora dù
vote.

La prima fu quanno, a vint'anni, addicidì di maritarisi e attrovò a 'na beddra e brava picciotta che lo fici filici.

La secunna fu quanno, tri anni appresso il matrimonio, visto e considerato che sò mogliere non potiva aviri figli, Mizzica ne attrovò a uno appena nasciuto, allato a 'na varca tirata a riva, ammucciato sutta a un foglio di jornali.

Lo pigliò e se lo portò 'n casa.

Nota

I racconti qui raccolti sono stati scritti negli ultimi quindici anni.

Mi diverte sempre notare le sfumature di alcune parole che se pronunciate da un borghese, da un contadino o da un pescatore cambiano di radica, con grande disperazione di Floriana e Valentina che tentano di uniformare un linguaggio che, essendo inventato, ubbidisce a certe mie regole interiori mutevoli assai.

Due di questi racconti («Lo stivale di Garibaldi» e «Il palato assoluto») sono già apparsi in allegato alla rivista «Stilos» nel 2010.

A. C.

Indice

La cappella di famiglia e altre storie di Vigàta

Questo volume è stato stampato
su carta Palatina
delle Cartiere di Fabriano
nel mese di ottobre 2016
presso la Leva (divisione di AB int.)
Sesto S. Giovanni (MI)
e confezionato
presso IGF s.p.a. - Aldeno (TN)

La memoria

Ultimi volumi pubblicati